極悪児童文学

犬義(けんぎ)なき闘(たたか)い

新堂冬樹

集英社文庫

目次

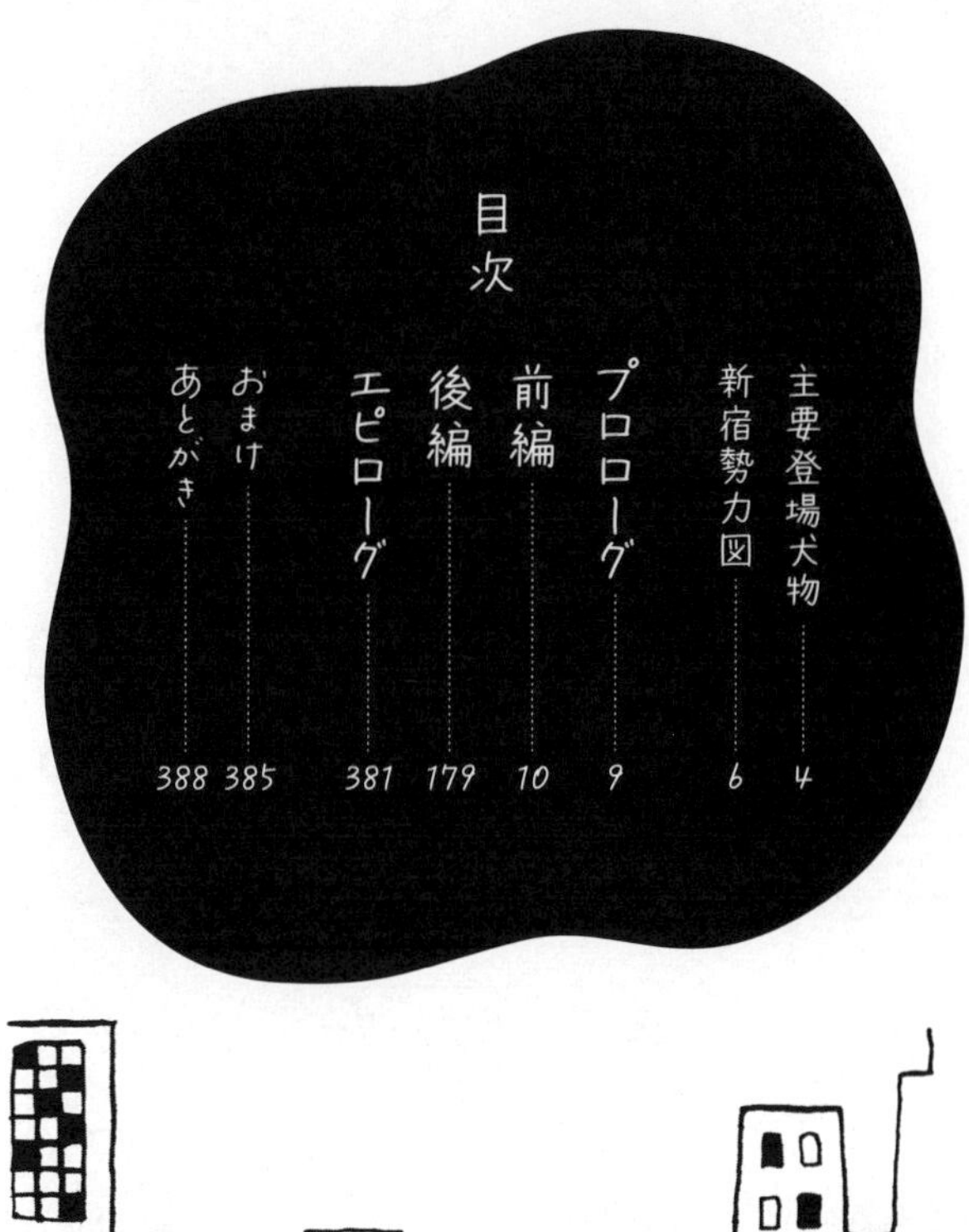

新宿
三大ファミリー

警察犬ファミリー

No.1
シェパード
ボス

No.2
ドーベルマン
サブボス

No.3
ロットワイラー
特攻隊長

ラブラドール
レトリーバー
警部補

ハスキー
(カイザー義兄)
警備犬

巨大犬ファミリー

No.1
セント
バーナード
ボス

No.2
グレート
デン
サブボス

No.3
グレート
ピレニーズ

No.4
ウルフ
ハウンド
隊長

闘犬ファミリー

No.1
土佐犬
組長

No.2
秋田犬
若頭

No.3
ピットブルテリア
特攻隊長

No.4
白狼犬
(サウザー義弟)

愛玩犬ファミリー

No.1
チワワ
ボス

No.2
トイプードル
サブボス

No.3
ミニチュア
ダックスフンド

新宿勢力図

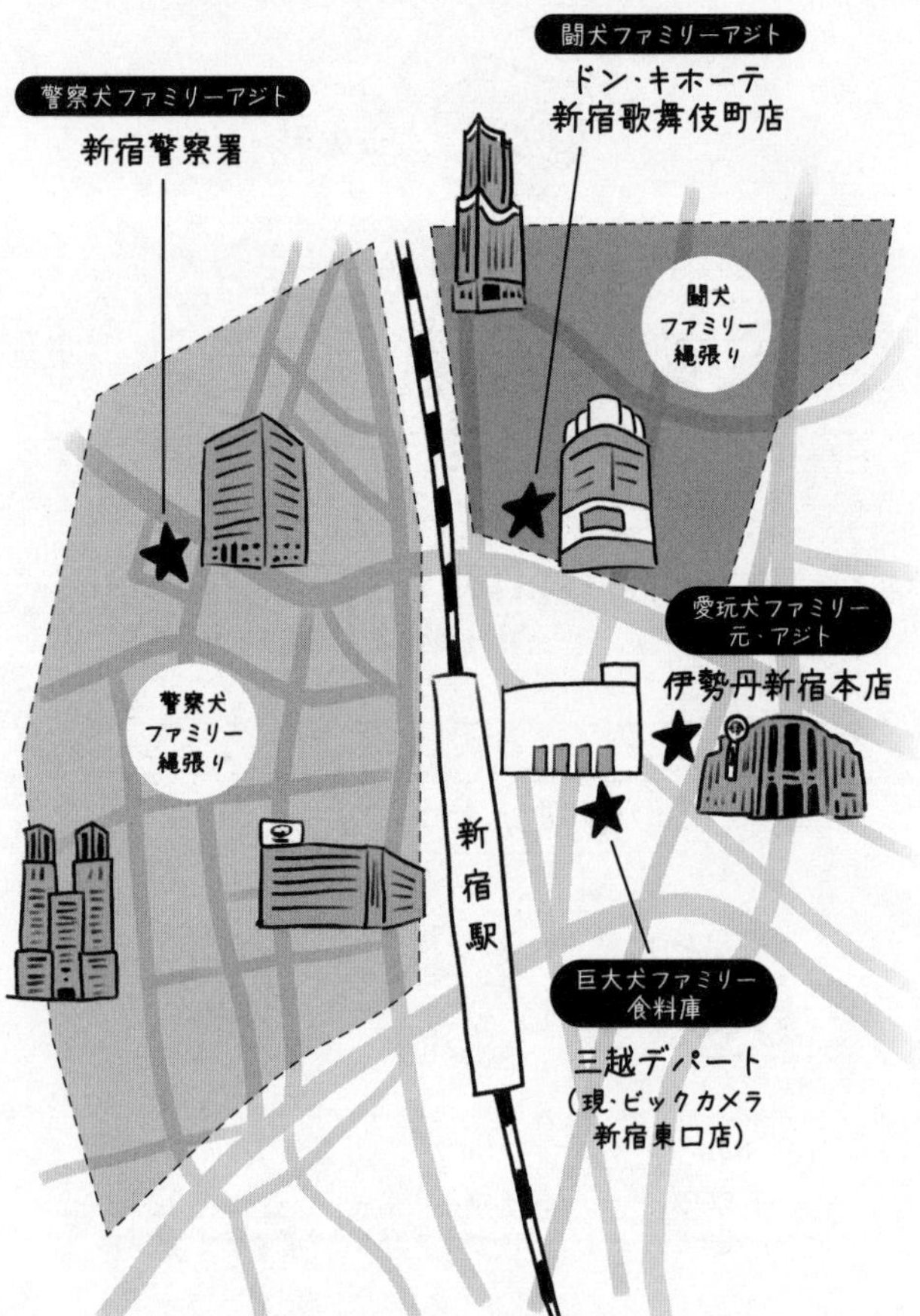

闘犬ファミリーアジト
ドン・キホーテ
新宿歌舞伎町店
警察犬ファミリーアジト
新宿警察署
闘犬
ファミリー
縄張り
愛玩犬ファミリー
元・アジト
伊勢丹新宿本店
警察犬
ファミリー
縄張り
新宿駅
巨大犬ファミリー
食料庫
三越デパート
（現・ビックカメラ
新宿東口店）

極悪児童文学

プロローグ

時は二〇三五年。

六年前に吹き荒れた新型殺人ウイルスの猛威は、世界中の人間を震撼させた。

日本も例外ではなく、殺人ウイルスによって未曽有の危機に陥った。

中でも殺人ウイルスが蔓延した悪の根源とされている夜の店がひしめく東京の新宿から地方へと、人間達は競うように逃げ出した。

無人の街となって半年……新宿は人間から捨てられ野犬化した犬達が支配する街となっていた。

この物語は、人間の愛情を失い本能と牙で生き抜かなければならなくなった元飼い犬達の血で血を洗う「犬義なき」天下取りの物語だ。

★警察犬ファミリー

シェパードとロットワイラーは早朝の西新宿のビル街をパトロールしていた。

ビル街といっても立ち並ぶのはすべて廃墟だ。

シェパードはもぬけの殻になった新宿警察署をアジトに西新宿一帯を縄張りにしている警察犬ファミリーのボスで、ロットワイラーはナンバー3の特攻隊長だ。

季節は冬になり気温は低くなっていたが、大部分の犬種は暑さより寒さに強く動きも活発になる。

二頭は通りの両端を歩き、十メートルごとに立ち止まると高々と後ろの片肢を上げて電柱や建物にマーキングを繰り返した。シェパードとロットワイラーの尿は、この一帯

が警察犬ファミリーの縄張りであるということをほかのファミリーに知らしめるための警告だ。

「ボス、おはようさん！　今朝も早くからご苦労様！」

　家電量販店の空き店舗の前で寝そべり、日光浴していた柴犬爺やが挨拶してきた。

「おはよう！　柴ジイも健康維持の日課は欠かさないな」

　シェパードは挨拶を返し通り過ぎた。

「ボス、温かいミルクを飲んでいかない？」

　カフェの空き店舗から顔を出したシュナウザーおばさんが肉球招きをした。

「ありがとう。気持ちだけもらっておくよ。まだパトロールしなきゃならないからね」

　シェパードは笑顔を返し通り過ぎた。

「ボシュ！　いちゅも街のあんじぇんを守ってくれてありがとうございましゅ！　パトロール頑張ってくだちゃい！」

居酒屋の空き店舗から出てきた生後六ヵ月のブルドッグ坊やが、ひしゃげた顔に満面の笑みを浮かべながら両前肢を大きく左右に振った。

「おはよう！　一杯ご飯を食べて早く大きくなって、一緒にパトロールしような！」

シェパードは力強く言葉を返し通り過ぎた。

僅か半年前まで人間達で賑わっていた店は、代わりに犬達が主となっていた。

「ボスは相変わらず人気犬だな。一緒に歩いたら、俺には誰も声をかけてくれない。イケメンでスタイルがよくて知能が高くて戦闘力が高くて優しくて……ああ、神様は不公平だな～」

ロットワイラーがイジけてみせた。

「馬鹿なこと言ってないで、パトロールに集中しろ」

シェパードは笑いながら言うと、ハンバーガーショップだった店舗の前で四肢を止めた。

ガラス扉越しに見える店内では、三匹のパピーが一心不乱にハンバーガーパテに貪りついていた。

三匹とも親犬を失った生後六ヵ月の雑種のパピーだった。人間にたとえると育ち盛りの九歳で、食欲が旺盛な時期だ。

「ほらほら、そんなに急いで食べたら気管支に詰まるわよ。パテは逃げないからゆっくり食べなさい」

十三歳の老犬……シェルティー婆やが、微笑みながらパピー達に言った。

シェルティーはコリーを小型にしたような牧羊犬で、シェルティー婆やも人間に飼われていたときは公園の芝生を活発に駆け回っていた。

三ヵ月前までシェルティー婆やは、四歳と六歳になるオスの孫犬達とこの空き店舗に暮らしていた。

半年前に新型殺人ウイルスの蔓延で人間達が街を離れるまでは大手チェーンのハンバーガーショップだったので、冷凍庫には大量のハンバーガーパテ、フライドポテト、チキンナゲットが保存されていた。

小型犬の祖母犬と孫犬が半年は暮らしていけるだけの食料は十分にあった。

シェルティー婆やは最初こそ冷凍庫から取り出したばかりの凍った食料を食べていたが、少し待てば柔らかく美味しく食べられることを学習した。

自宅や店を離れた人間にはウイルスが落ち着けば戻ってこようと考えている者と、二度と戻ってこないつもりの者と二通りいた。

前者は新宿を離れている間も光熱費を払い続けているので、電気、ガス、水道のライフラインは生きている。

光熱費が払われていない建物に冷凍保存されていた食料は、腐敗して餌にはできなかった。

半年前に捨てられた犬達は人間が使用していたライフラインが生きている住居や店舗に棲みつき、雨風と飢えを凌いでいた。

保存されていた食料が尽きれば、新たな棲み処を探し求める旅に出る。どこでも棲めるというわけではなく、新宿を仕切る三大ファミリーの許可を取る必要があった。

棲み処と食料を得る条件として、それぞれのファミリーのボスが定めたルールに従わなければならない。

警察犬ファミリーの縄張りに棲む犬達に課せられた条件は、人間の還暦にあたる健康な十歳以上の老犬はオス、メスを問わず、縄張り内の孤児犬と病気や怪我をした犬達の棲み処と食料の世話をすることだ。

一歳から五歳までの健康な成犬は、シェパードからの招集があれば二十四時間いつでもアジトの新宿署に駆け付けなければならない。

他ファミリーとの抗争の際には兵隊として戦い、平時は縄張り内をパトロールして治安を守るのが主な役目だ。

この条件は警察犬ファミリーのものであり、他ファミリーには別のルールがある。

ボスのシェパードはもともと警察犬ということもあり、新宿の治安維持に心血を注いでいた。高齢犬に孤児犬の世話をさせているのも、餌ほしさに不良犬になることを防ぐためだった。

街には略奪や喧嘩（けんか）を繰り返す半グレ犬が徘徊（はいかい）している。

半グレ犬は孤児犬をドッグフードやガムボーンで誘い、言葉巧みに悪の世界へと引き摺（ず）り込むのだった。

甘い言葉に乗らない孤児犬達には誘拐という強硬手段もいとわない危険な輩（やから）だ。

「あなた達、お腹（なか）が空（す）いたらいつでもここにくるのよ。街で知らない成犬がササミ巻きボーンをあげると言っても、ついて行ったらだめよ」

シェルティー婆やが、解凍したハンバーガーパテを食べ終えた三匹に諭し聞かせた。

「なんで？」

茶色の短毛の鼻回りが黒いオスのパピーが訊（たず）ねた。

「鼻黒（はなぐろ）のバーカ！　犬さらいの悪い成犬がたくさんいるって、いつも婆やが教えてくれてるだろ！」

一番肥えた黒い短毛のオスのパピーが、意地悪な口調で言った。

「こらっ、デブっち！　そんな言いかたしないで、優しく教えてあげなさいよ！」

クリーム色の長毛のメスのパピーが肥えたパピー……デブっちを叱りつけた。

「姫ちゃん、僕は大丈夫だから喧嘩しないで」

気弱な鼻黒が、メスのパピー……姫に言った。

「メスがえらそうにすんな！」

デブっちが姫の鼻面に肉球パンチを浴びせた。

「なにすんのよ！」

すかさず姫が肉球パンチを鼻面に返すと、デブっちはキャンキャン鳴きながらシェルティー婆やの後ろに隠れた。

「ほらほら、また始まった。あなたはメスなんだから、もっとおしとやかになさい。あなたもすぐに鳴くんだから、肢を出さないの」

シェルティー婆やが姫とデブっちを交互に諭した。

「婆や、あの三匹の面倒を見るようになってずいぶん元気になったな」

ロットワイラーが、店内のやり取りを見ながらシェパードに言った。

ロットワイラーはサブボスのドーベルマンと似たブラック&タンの毛色をしているが、体重は倍近くあり重戦車のようなガッチリした体軀をしている。気質は大胆且つ好戦的で戦闘力が高く、武闘派揃いの凶暴集団、闘犬ファミリーの面々からも一目置かれている実力犬だ。

シェパードとロットワイラーは、人間達から捨てられる前はともに新宿署の警察犬として活躍していた三歳の同期だった。

「婆やのおかげで孤児犬達が不良犬にならずに済んでるし、お互いにとっていい関係だな」

シェパードが眼を細めた。


「ドン・キホーテ」をアジトに歌舞伎町一帯を縄張りにしている闘犬ファミリーは、新宿を制覇しようと他ファミリーの縄張りを手下の半グレ犬を使い、荒らし回っていた。新宿を無法地帯にしないために、蛮行を繰り返す極悪犬から区犬を守るのが警察犬ファミリーの使命だった。

とくに闘犬ファミリーのボスで人間に飼われていた頃は闘犬横綱だった土佐犬と、ヤクザの護衛犬として何人もの組員に瀕死の重傷を負わせてきた特攻隊長のピットブルテリアは要注意犬物だ。

「あの事件以来俺らが毎日パトロールするようになって、西新宿には半グレ犬どもも寄り付かねえな」

ロットワイラーが言った。

あの事件とは、三ヵ月前の秋に起きた惨劇だった。

ハンバーガーショップに食料の強奪目的で侵入した四頭の半グレ中型犬を追い払おう

としたシェルティー婆やの二頭の孫犬が、返り討ちにあい寿命を奪われてしまったのだ。物資の倉庫代わりに使っている「京王百貨店」から高齢犬のための毛布類を調達したシェパード、ロットワイラー、縄張りに棲む準構成犬十頭がハンバーガーショップに立ち寄ったときには、半グレ犬の肢元に血塗れのシェルティー二頭が倒れていた。

シェパードとロットワイラーは一分もかからずに四頭の半グレ犬の喉笛を咬み切った。半グレ犬のほとんどが動物愛護相談センターから逃げ出し、不良化した元保護犬なので、警察や自衛隊で本格的な戦闘訓練を受けていたシェパードとロットワイラーには犬歯が立たなかった。

事切れた孫犬達に覆い被さり泣きじゃくるシェルティー婆やの姿に、シェパードは毎日のパトロールをファミリーの構成犬と準構成犬に義務付けたのだった。

「支配欲の塊の土佐犬が諦めるとは思えない。いまは機を窺っているだけだ」

シェパードは厳しい表情で言った。

警察犬ファミリーが眼を光らせる西新宿は平穏でも、ほかのファミリーの縄張りは違った。

ボスのチワワを始め、サブボスのトイプードル、ヨークシャーテリア、ポメラニアン、ミニチュアダックスフンドと超小型犬の集まりの愛玩犬ファミリーは、もともと人間に室内で飼育されていたのでほかのファミリーのように屋外の縄張りは必要なかった。

なので「伊勢丹新宿本店」の全フロアを縄張りにしていたのだが、食料狙いで襲撃してきた闘犬ファミリーに乗っ取られてしまったのだ。

「たしかにそれは言えるな。先手必勝で俺が兵隊連れて、土佐犬を殺してこようか？」

ロットワイラーが眼をギラつかせた。

「早まるな。こっちから攻め込んだら敵の思うツボだ。俺達が闘犬ファミリーの縄張りを奪うために襲撃したことになるんだぞ。俺達が警察犬だったという誇りを忘れるな。無闇な殺犬は奴らと同類になる」

シェパードは気性の荒い配下をたしなめた。

「俺もボスも警察犬であると同時に軍用犬の訓練を受けていたことを忘れていねえか⁉ 任務のために敵の人間を殺すことが軍用犬の使命だろうが！　そんな甘っちょろいこと言ってると、この西新宿も奴らに支配されるぞ！　闘犬ファミリーの狂犬どもにルールなんて通用すると思ってんのか⁉　奴らがこれまでどれだけ悪逆無道な行いをしてきたか、ボスが一番知ってるだろうが！」

ロットワイラーがいら立たしげに訴えた。

「ルールにこだわらなければ、なにを基準に善悪を決めるんだ？　許せないから殺す。それじゃ警察犬ファミリーも、単なる暴力集団に成り下がってしまう。俺もお前もサブボスのドーベルマンも、軍用犬の教えと訓練を受けていた事実は認める。だが、いま掲げているファミリーの看板は警察犬だ。秩序を無視した行動は許さない！」

シェパードは言葉とは裏腹に、ロットワイラーの憤る気持ちが痛いほどわかった。だが、闘犬ファミリーの挑発に乗って新宿に血の雨を降らせるわけにはいかなかった。

「秩序もへったくれもない狂犬どもなんだから、眼には眼を！　犬歯には犬歯をだろうが！」

ロットワイラーが、後肢でアスファルトを蹴った。

ロットワイラーはシェパードにはパワーと顎力では勝るが、スピード、テクニック、戦略……総合力では敵(かな)わない。シェパードの戦闘力の高さを誰よりも知っている。

警察犬大学時代も首席はシェパードで次席がロットワイラーだった。

戦闘の天才という呼称をつけられていたほどのシェパードが、闘犬ファミリーを一気に潰しにかからないのがロットワイラーには歯がゆくてならなかった。

「お前の気持ちはわかるが、少しは感情をコントロールする術(すべ)を覚えろ。奴らの狙いは、全面抗争の大義名分を作ることだ。俺達の感情に任せた行動で、区犬を抗争に巻き込むわけにはいかない。俺を信じて、ここは堪(こら)えてくれ」

シェパードは右前肢の肉球をロットワイラーの肩に置いた。

「くそっ！」

ロットワイラーがシェパードの前肢を振り払い、大股で歩き始めた。シェパードはため息を吐きながらあとを追った。

二頭が十数メートルほど進んだときだった。

ハンバーガーショップからシェルティー婆やの叫び声と孤児犬達の悲鳴が聞こえてきた。

シェパードとロットワイラーが顔を見合わせ、ほとんど同時に引き返した。

ガラス扉の向こう側——四頭の半グレ犬が店内で暴れていた。黒の雑種、白黒斑模様の雑種、茶の雑種、灰色の雑種……四頭とも大型犬同士の交配で生まれた雑種とおぼしく、立派な体軀をしていた。

中でも白黒斑模様の雑種は、四十キロのシェパードより一回り大きかった。均整の取れた体形や模様から察して、グレートデンなどの大型犬の血が混じっている可能性が高かった。

ほかの三頭もシベリアンハスキーなどの血が流れていそうなガッシリとした体軀をしており、警察犬時代に本格的な戦闘訓練を積んできたシェパードとロットワイラーでも気を引き締めてかかる必要があった。

半グレ犬達は冷凍庫からハンバーガーパテを奪い、デブっち、姫、鼻黒の三匹の首の皮を咬み、連れ去ろうとしていた。

「やめてください！　このパピー達はまだ六ヵ月なんです！」

シェルティー婆やが、半グレ犬の行く手を遮り訴えた。

「心配はいらねえよ。二匹のオスガキは俺達のパシリとして鍛えてやるし、メスガキはパピー好きのロリコン犬に売り飛ばしてやるからよ」

白黒斑半グレ犬が下卑た笑いを浮かべながら言った。

「そんな……お願いします！　食料は全部持って行っても構いませんから、このパピー達だけは……」

「どけやっ、くそババア！　言われなくても食料もガキどももらって行くぜ！」

茶半グレ犬がシェルティー婆やを突き飛ばした。

「老犬に暴力を振るいやがって！　外道犬が！」

ガラス扉に体当たりしようとするロットワイラーを押し退け、シェパードは先に店内に踏み込んだ。ロットワイラーは頭に血が上るとやり過ぎてしまうので、シェパードは先陣を切らせたくなかったのだ。

シェパードはまず、姫をくわえている一番大きな白黒斑半グレ犬に狙いをつけた。

恐らく四頭の中のリーダーだろうとシェパードは見当をつけた。

真っ先に一番強い敵のリーダーを倒して、配下の戦意を奪うのは多犬数相手の戦闘の鉄則だ。

「なんだてめえ……」

姫を投げ捨てて戦闘態勢に入ろうとする白黒斑半グレ犬のマズルを咬んだシェパードは、遠心力を利用して放り投げた。

テーブルをなぎ倒しながら白黒斑半グレ犬が壁にぶつかった。

シェパードはダッシュした――テーブルに飛び乗り助走をつけて跳んだ。よろよろと起き上がろうとする白黒斑半グレ犬の側頭部に頭突きを打ち込み着地した。

脳に衝撃を受けた白黒斑半グレ犬が、白眼を剝き泡を噴いて倒れた。

ロットワイラーがシェパードに恨み事を言いながら、デブっちをくわえる黒半グレ犬の右耳に咬みついた。

「俺がそのでかい奴をやってやろうと思ったのに横取りするなんてよ!」

血飛沫をあげながら黒半グレ犬が苦痛を表すときの声……セリ声を連発しながら尻尾を垂れて腰を丸めた――早くも戦意喪失を訴えた。

ロットワイラーは次に鼻黒をくわえる茶半グレ犬の右の肉球に咬みつき、激しく頭を左右に振った。

茶半グレ犬が甲高い声で鳴き、すぐに降参の意思表示をした。

無理もない。

ロットワイラーの咬む力は全犬種中五番目に入るほどに強力なのだ。

ロットワイラーは肉球を離さずに、茶半グレ犬を振り回し始めた。

シェルティー婆やは半グレ犬から解放された三匹の孤児犬に修羅場を見せないように、カウンターの後ろに連れ込んだ。

シェパードは脳震盪を起こした白黒斑半グレ犬の鼻先を思い切り咬んだ。

激痛が気つけとなり、白黒斑半グレ犬が眼を開けた。

「ウチの縄張りをもう二度と荒らさないと誓ったら、今回だけは許してやる」

シェパードは、ぼんやりした顔の白黒斑半グレ犬のマズルから口を離して言った。

白黒斑半グレ犬が何度も頷いた。

「お前はどうする？　リーダーの仇を討つか？　それとも降参するか？」

シェパードに睨まれた灰色半グレ犬が、ゴロリと仰向けになり服従の意思を伝えた。

ロットワイラーは茶半グレ犬を投げ捨て、寿命を奪うために駆け寄った。

ロットワイラーの行く手を影が遮った。

「このへんでやめておけ」

影……シェパードがロットワイラーを制した。

「まだ息をしてるじゃねえか！　こいつら全犬の寿命を奪うまでやめられるか！」

完全に戦闘モードに入ったロットワイラーが白眼を剝いて叫んだ。

「これだけ痛めつければ十分だ。それに、こいつらは降伏している」

「ボス、それマジに言ってんのか⁉　俺達が通りかからなかったらシェルティー婆やとパピー達はどうなった⁉　食料奪われて連れ去られたんだぞ！」

ロットワイラーは、さらにヒートアップした。

「こいつらはいいように使われてるだけの下っ端だ。寿命を奪ったところで、闘犬ファミリーは痛くもかゆくもない。幹部メンバーを叩かなきゃ問題は解決しない」

シェパードが冷静な口調で諭した。

「おう、だったらこいつら皆殺しにしてから、すぐに歌舞伎町に乗り込もうじゃねえか！」

ロットワイラーがシェパードを押し退け、茶半グレ犬に襲いかかろうとした。

「命令が聞けないなら、俺の寿命を奪ってから行け」

シェパードはロットワイラーを見据えた。

五秒、十秒、十五秒……二頭の睨み合いが続いた。

「くそったれが！」

ロットワイラーが後肢で丸椅子を蹴り飛ばし、シェパードに背を向けた。

「おい、アジトに戻ったらお前らのボスに伝えろ。見逃すのは今回までだとな」

シェパードはリーダー格の白黒斑半グレ犬に言うと、さっさと出て行け、とばかりに右の前肢でガラス扉を指した。

すごすごと退散する四頭の半グレ犬の後ろ姿を、ロットワイラーが犬歯を嚙み締め睨みつけていた。

「あの……ありがとうございました」

カウンターの後ろに隠れていたシェルティー婆やが、三匹の孤児犬を連れてフロアに出てくるとシェパードとロットワイラーに頭部を下げた。

「ウチのボスが甘過ぎて寿命を奪えなかったが、半グレ犬どものケツ持ってる闘犬ファミリーをすぐにぶっ潰してやるから安心しろ。ボス。今回までだ。次に奴らが仕掛けてきたら、あんたの命令でも聞かねえぜ」

ロットワイラーがシェルティー婆やからシェパードに視線を移し、押し殺した声で言った。

「ああ、次になにかを仕掛けてきたら、俺も肢加減するつもりはない」

シェパードは即答した。

シェパードにはわかっていた。

我慢の限界を超えた自分が、ロットワイラーよりも凶暴になる気質だということを。

闘犬ファミリー

「ドンドンド〜ン、ド〜ンキぃ〜、ドンキぃ〜ホぉ〜テぇ〜。ボリューームま〜んてん激

安ジャングルぅ〜！」
　闘犬ファミリーのアジトである「ドン・キホーテ 新宿歌舞伎町店」の最上階……九階フロアに、愛玩犬ファミリーのボスのチワワがソプラノボイスで歌う「ドン・キホーテ」のテーマソングが響き渡っていた。
　フロアの中央では、一メートルの高さに積み重ねた高級マットレスの上に寝そべった土佐犬組長が、三十センチの特大牛骨をバリバリと音を立てながらかじっていた。

「ドン・キホーテ」は食料、飲料、衣類、おもちゃが豊富で各ファミリーがこぞって狙っていたが、闘犬ファミリーが圧倒的な武力で奪い取った。

地下から三階フロアまでは約百頭の準構成犬である半グレ犬の、四階から七階までは約五十頭の構成犬の棲み処だ。
八階には幹部犬の秋田犬(あきたけん)、ピットブルテリア、マスチフ、狼犬(おおかみけん)の四頭が棲み、九階は組長である土佐犬の専用フロアとなっていた。

土佐犬組長の前には、四頭の半グレ犬が仰向けに寝転がり腹部を見せる服従の姿勢で震えていた。
三頭……黒半グレ犬は右耳を咬みちぎられ、白黒斑半グレ犬は鼻が裂け、茶半グレ犬は右前肢の肉球を潰されていた。無傷なのは戦わずしてシェパードに白旗を揚げた灰色半グレ犬だけだった。

半グレ犬の左右には、闘犬ファミリーの若頭の秋田犬と特攻隊長のピットブルテリアが姿勢よくお座りしていた。

フロアのドアの周辺では、マスチフと狼犬が鋭い眼光で警備していた。

マスチフはローマ時代にライオンと戦わされていたという伝説を持ち、体高九十センチ、体重百キロという土佐犬組長を上回る体格を誇っている。
ライオンと戦っていたというだけあり、単純な力比べなら土佐犬組長を凌駕(りょうが)していた。

狼犬は狼とシェパードの間に生まれたハイブリッド犬で、野生の血が色濃く、警戒心に富んでおり、身体能力が純粋な犬より高く咬む力も桁外れに強い。潜在能力は闘犬ファミリー一と噂(うわさ)される実力犬で、三度のドッグフードより戦闘が好きな土佐犬組長も特攻隊長のピットブルテリアも狼犬には一目置いている。

「おんしら四頭もいてよ、ポリ犬二頭にクシャクシャにされて尻尾垂れて逃げ帰ってきたっちゅうがや⁉　おおっ⁉」

　土佐犬組長が特大牛骨を真っ二つに噛み砕き、フロアの空気を震わせるような野太い低音で凄(すご)んだ。

「すみません！」

　四頭が見事に声を合わせて詫(わ)びの言葉を叫んだ。

「おんしら合唱犬かい！　詫びて許される思っちゅうがや⁉　ああ⁉」

　土佐犬組長が怒鳴るたびに、四頭の体が硬直した。

「わしの邪魔ばかりしくさる生意気なポリ犬どもが……」

「思い立ったぁらいつ～だぁ～って、ドン・キホーテでまち～合わせ！」

　土佐犬組長の怒声に、チワワのソプラノボイスが重なった。

「やかましいき、黙っちょりや！　おんしはいつまで歌っとるがや！」

　土佐犬組長の一喝とともに口から牛骨の欠片(かけら)が、お座りして歌っていたチワワの顔面に向かって飛んだ。

チワワは素早く首を竦め、涼しい顔で牛骨の欠片をかわした。

「はい！　土佐犬親分様の気分を盛り上げようと一曲披露しましたがやめます！　出過ぎたマネをしてすみませんでした！」

チワワがげんこつのような丸く小さな頭をペコリと下げた。

「ところで親分様、彼らをどう処罰するおつもりですか？　僕にいい考えがあるのですが……」

チワワがマットレスに飛び乗り、ミーアキャットのように後肢で立つと前肢で揉み肉球をしながら土佐犬に歩み寄った。

「くぉら！　親分になにさらしとんじゃいワレ！　クソチビ出目金犬が！　さっさと下りねえとぶっ殺すぞ！　はよ下りんかい！　ぶっ殺すぞ！　もたもたすんなや！　ぶっ殺すぞ！　チャキチャキ動かんかい！　ぶっ殺すぞ！　ぶっ殺すぞ！　ぶっ殺すぞ！」

ピットブル特攻隊長が修羅の形相でマットレスに駆け寄り、太く長い犬歯を剝き出しカチカチとエア咬みを繰り返した。

カッと見開かれた白眼は血走り、よだれを飛ばしながらエア咬みをする様は尋常ではなかった。

ピットブルテリアの体重は百キロの土佐犬組長の半分もない四十キロで、体高も八十センチの土佐犬組長にたいして五十五センチだが戦闘力では負けていなかった。

咬みついたら離さない執拗な闘争心と強烈な顎力は全犬種の中でも図抜けており、一度キレたら自分が死ぬか相手が死ぬまで闘いをやめない。国によっては飼育を禁じている危険な犬で、世界で一番人間の命を奪っている殺人犬だ。

「ええから、おんしは黙っとるがや！　おい、どチビ、いい考えってなんじゃき？」

土佐犬組長がピットブル特攻隊長を一喝し、チワワに顔を向けた。

「四頭の半グレ犬を、警察犬ファミリーに寝返らせるんです」

「おんしは、わしの配下をポリ犬の配下にする言うがや！　おお⁉」

土佐犬組長が怒髪天を衝く勢いでチワワに詰め寄った。

「ちちちち、違います！　演技です！　親分様のもとから逃げ出して、シェパードのファミリーになりたいと嘘を吐かせるんです。シェパードは偽善犬だから、頼られると受け入れるはずです。彼らにはスパイになって、親分様に警察犬ファミリーの情報を流させるんです。そうすれば警察犬ファミリーの動きは筒抜けで、親分様に有利な展開になりますから」

チワワがマズルの前で懸命に肉球を振りながら、シナリオを一息に説明した。

「ほぉう、おんし、なかなかの策士がや」

土佐犬組長が感心したように言った。

「いえいえ、僕は親分様に拾ってもらった恩を返したいだけですよ」

チワワが揉み肉球をしながら愛想笑いを浮かべた。

「あ？　恩返しちゅうたがや？　わしらはおんしらのアジトを奪った仇(かたき)やき、恨んどるだろうがや？　お？」

　土佐犬組長が、チワワの全身より大きな顔を近づけた。

「とんでもないです！『伊勢丹新宿本店』は僕らのファミリーには豪華過ぎました。親分様のような器の大きなオスの中のオスに相応(ふさわ)しいアジトですよ！　僕はね、逆に親分様の舎弟になれて感謝してるんです。だって、日本最強、いや、世界最強の闘犬ファミリーの一員になった……」

　チワワの二キロの体が宙に浮いた。

　大きく裂けた口角、充血した眼、ひしゃげた鼻――悪魔のようなピットブル特攻隊長の顔が、チワワの目の前にあった。

「ぺらぺらぺらぺらやかましいんじゃ！　ボケ！　誰が親分の舎弟やねん！　誰がファミリーの一員やねん！　調子こいとったら喰(く)い殺すぞ！　喰い殺すぞ！」

　ピットブル特攻隊長の荒々しい息遣いと常軌を逸した眼つきが、チワワを震え上がらせた。

「やめろ言うちょるがや！　そいつにゃ、やってもらうことがあるき！」

土佐犬組長がふたたびピットブル特攻隊長を一喝した。

「だそうです……また叱られないうちに……僕を下ろしたほうがいいですよ」

チワワが震えながらも、勝ち誇ったようにピットブル特攻隊長に言った。

ピットブル特攻隊長が歯ぎしりしながら、チワワの首の皮に引っかけていた前肢の爪を外した。

床に落下したチワワは素早く起き上がりマットレスによじ登ると、土佐犬組長の背後に隠れた。

「おんしの言うとおり、こやつらをポリ犬どものアジトに行かせるぜよ」

土佐犬組長が不気味な笑みを浮かべた顔をチワワに向けた。

「ちんけでなんの価値もない僕如き(ごと)の策を採用して頂けるなんて、やっぱり親分様はドッグランのように広く、床暖房のように温かな心の持ち主です」

チワワが瞳をうるうるさせ、感極まった表情で土佐犬組長をみつめた。

「おんしら、立つぜよ！」

土佐犬組長が命じると、半グレ犬達が弾(はじ)かれたように身を起こした。

「おい！」

土佐犬組長がピットブル特攻隊長に目顔で合図した。

ピットブル特攻隊長が眼にも留まらぬ速さで灰色半グレ犬の喉笛に咬みついて殺した。

「あわ……あわわわわわ……」

チワワの迫り出した眼球は凍てつき、割りばしのように細い四肢は震えていた。

「こやつは闘いもせんで降伏しよったき、真っ先に殺してやったぜよ！　おい、どチビ！　なにを震えちゅうがや？　おんしの望み通り、こいつをポリ犬どものアジトに連れて行くぜよ」

土佐犬組長が薄笑いを浮かべながら、チワワの前に灰色半グレ犬の生首を転がした。

「うひゃあ！　ででで……し、死んでますよ……」

チワワが悲鳴を上げて飛び退り、かすれた声で言った。

「生きちょろうが死んじょろうが関係ないき！」

土佐犬組長の高笑いが、フロア中に響き渡った。

「あ！　わ、忘れてました！　ぼ、僕、親分様に献上するためにウチのトイプーにエゾ鹿の肉を仕入れさせて、受け取りに行かなきゃならないんでした！　いや〜、思い出してよかったです〜。せっかくの高価な鹿肉の冷凍が溶けて傷んだら元も子もないですからね〜。ペット時代でも滅多にお目にかかることができなかった貴重な肉ですからね〜」

二本肢立ちしているチワワが両前肢の肉球を胸の前で叩き、思い出したように言った。

「おお！　エゾ鹿の肉はわしの大好物じゃき！」

土佐犬組長が声を弾ませた。

「そうでしょうそうでしょう〜。親分様の大好物だと聞いていて、以前から愛玩犬ファミリーの配下達に命じて新宿中の空き店舗の冷凍庫を探し回らせたんですよ〜。そしたらなんと、『肉のハナマサ』の業務用冷凍庫に保存されていたんですよ！　電気が止められてる店舗が多い中、豚でも牛でもなくエゾ鹿肉が冷凍保存されてるなんて奇跡です、奇跡！　これも親分様の強運が引き寄せた結果ですよ！　ということで、ここらでいったん失礼……」

「ウチの若い衆に取りに行かせるき、心配いらんがや」

土佐犬組長がニヤニヤしながらチワワを遮った。

「えっ……」

チワワの表情が凍てついた。

「なんや？　都合悪いことがあるがや？」

相変わらず、土佐犬組長はニヤついていた。

「いえ……その……あ！　ウチのトイプーはサブボスのくせに大変な犬見知りでして、知らない犬が突然現れると驚いてしまうので、僕がパパッと行ってきます。それに敵だと勘違いして、エゾ鹿肉を持ったまま逃げちゃったらまずいですからね。ウチのトイプーときたら運動神経抜群なので逃げ肢が速いのなんのって、チーターかインパラかっていうくらい……」

「わかった、わかった。ほんなら、おんしが行けばええがや」

「ありがとうございます！　では、早速……」

「その前に、ちょっと待ってろがや」

　土佐犬組長は言い終わらないうちにマットレスから飛び下りた——四頭のうちで一番大きな白黒斑半グレ犬の首を咬み床に叩きつけた。

　物凄い衝撃音とともに、地震のようにフロアが揺れた。

　二度、三度、四度……土佐犬組長は五十キロを超えていそうな白黒斑半グレ犬をまるで子犬のように軽々と振り回し、床に叩きつけることを繰り返した。

　白黒斑半グレ犬はぐったりとし、四肢と首がおかしな角度に折れ曲がっていた。

　秋田犬若頭がしかめた顔を逸らした。

　対照的にピットブル特攻隊長は爛々と瞳を輝かせ、白黒斑半グレ犬が壊れてゆく様を凝視していた。

　チワワは肉球で口を押さえ、嘔吐感に抗っていた。

「親分！　俺も一頭ぶっ殺してもええっすか!?　ぶっ殺してもええっすか!?　ねえっ、親分！　ぶっ殺してもええっすか!?」

　血の臭いに触発されたピットブル特攻隊長が、白眼を剥き口角から泡を飛ばしながら訴えた。

「好きにするがや！」

土佐犬組長が許可するとピットブル特攻隊長は、黒半グレ犬の頭部に咬みつき激しく頭を左右に振り始めた。

「おんしは相変わらず、限度を知らん奴がや」

土佐犬組長が笑いながらピットブル特攻隊長に言うと、全身を複雑骨折した白黒斑半グレ犬の腹部を咬み裂いた。

「おい、どチビ！　ポリ犬どものアジトに生首を持って行く前に、こいつを喰うぜよ」

土佐犬組長が震えながら嘔吐するチワワに、ニヤつきながら言った。

「いえ……けけ……結構です。ぼ、僕は昔から胃腸が弱くてですね、生ものを食べるとすぐに下痢を……」

「遠慮せんでもええが。おんしがわしのために、高価なエゾ鹿肉を手に入れてくれたお礼じゃき。殺したての新鮮な臓物を特別におんしに喰わせてやるぜよ」

土佐犬組長が加虐的な表情で言った。

「そ、そんな、弱小ファミリーの僕如きが天下の闘犬ファミリーの親分様を差し置いて新鮮な生肉を食べるわけには……」

物凄い速さでマットレスの上に駆け上がってきたピットブル特攻隊長が、右前肢の肉球でチワワの首の皮を摘まんで持ち上げた。

「ワレ！　クソチビ出目金犬が！　なにをごちゃごちゃ抜かしとんねん！　親分が喰え言うとるんやからさっさと喰わんかいボケ！　なんなら俺がワレを喰ったろうか！　おおっ！　その鶏ガラみてえな痩せこけた体をバリバリ咬み砕いたろうか！　ああ！」

ピットブル特攻隊長が返り血で赤鬼のようになった顔をチワワに近づけ恫喝した。

「もう、やめておけ」

それまで静観していた秋田犬若頭が、ピットブル特攻隊長に言った。

「は？　それ、俺に言うたんかい？」

ピットブル特攻隊長が秋田犬若頭をギロリと睨みつけた。

「そうだ。お前はいつも滅茶苦茶やり過ぎる。こいつらもウチのファミリーのために敵地に乗り込んで返り討ちにあったんだろうが？　身内にたいしてこの仕打ちはひど過ぎるぞ」

秋田犬若頭がピットブル特攻隊長に苦言を呈した。

「おいっ、ワレっ、なに眠たいこと言うてるんや！　若頭だからっちゅうてな、イキって説教すな！　闘犬ファミリーの看板に泥塗ったんやから、制裁するんは当然やろうが！　誰が孤児犬だったこいつらに飯喰わせて寝床与えてくれた思うとんねん！　土佐犬親分だろうが！　それをこいつらは恩を仇で返したんやから、ぶっ殺されて当然じや！　文句があるんなら、勝負したろうやないか！　お！　殺し合いやろうや！　殺し合いやろうや！　殺し合いやろうや！」

　ピットブル特攻隊長がチワワを投げ捨てマットレスから飛び下りると、秋田犬若頭に詰め寄った。

「お前みたいに見境なく戦闘を仕掛けてると、敵を増やすだけだぞ！　警察犬ファミリーだけでも厄介なのに、巨大犬ファミリーと肢を組んだらどうするつもりだ？」

　秋田犬若頭は一歩も退かずに、ピットブル特攻隊長を厳しい眼で見据えた。

　巨大犬ファミリーとは、世界最重量の百三十キロのセントバーナードを始めとし、世界ナンバー1と2の体高を誇るアイリッシュウルフハウンドやグレートデンが顔を揃える超大型犬の集まりだ。

　単純な力比べなら、闘犬ファミリーでも犬歯が立たないだろう。

「そしたら、警察犬も巨大犬も皆殺しにすればええだけの話や！　ええか!?　心臓止めたもん勝ちや！　ごちゃごちゃ言わんと、ワレも闘犬ファミリーのナンバー2ならポリ犬の寿命の一つでも奪ってこいや！　おお!?　それとも、いま俺がワレの寿命を奪って……」

「やめろがや！」

　土佐犬組長がピットブル特攻隊長を一喝した。

「そやかて、若頭が弱腰なことを……」

「ええから、やめろちゅうてるがや！」

ふたたび、土佐犬組長がピットブル特攻隊長を一喝した。

「おんしもや。おう、若頭よ、わしのやりかたに文句があるっちゅうがや？」

土佐犬組長がピットブル特攻隊長から秋田犬若頭に視線を移し、凄味を利かせた。

「いえ、文句なんてとんでもありません。ただ、敵を作り過ぎたら結果的にウチのファミリーが不利になるということを親分に進言したいだけです」

秋田犬若頭が思いを込めて土佐犬組長に訴えた。

闘犬ファミリーで唯一の慎重派の秋田犬若頭には、このままでは破滅の道を進んでしまうという危惧の念があった。

「わかったぜよ。おんしの言う通りぜよ」

秋田犬若頭の予想に反して、あっさりと土佐犬組長が進言を受け入れた。

「親分、ありがとうござい……」

「若頭の言うとおりじゃき！　敵同士が肢を組まないうちにポリ犬どもとデカ犬どもの縄張りを奪うぜよ！　白狼犬！　おんしは兵隊連れてポリ犬の縄張りにカチ込めや！　手始めに『京王百貨店』を占拠して食料を奪うがや！」

土佐犬組長が狼犬隊のリーダーである白狼犬に命じた。

「俺に任せてください。シェパードの頭部を取ってきますから」

白狼犬がブルーアイで土佐犬組長を見据え、冷え冷えとした声で言った。

「マスチフ！　おんしは体力負けせんきデカ犬の縄張りの『三越（みつこし）デパート』を奪ってくるがや！　食料庫奪うのが敵にゃ一番のダメージやき！」

土佐犬組長が白狼犬からマスチフに顔を向けて命じた。

「あやつら巨大犬ファミリーがただのでくの坊の集まりっちゅうことを、本当の怪力犬の恐ろしさを思い知らせますばい！　おいどんに任せてくんしゃい！」

マスチフが垂れた頬肉を揺らしながら、前肢の肉球で前胸部を叩いた。

「闘犬ファミリーに牙剥いたらどうなるか思い知らせるがや！」

土佐犬組長に指令を受けた白狼犬とマスチフがフロアを飛び出した。

どさくさに紛れてチワワもフロアを抜け出した。

「どや？　おんしの言う通り、敵が呉越（ごえつ）同舟せんうちに潰すことに決めたぜよ」

土佐犬組長が犬歯を喰い縛る秋田犬若頭に、犬を喰ったような顔で言った。

★警察犬ファミリー

十二階建てで六百三十人の署員が勤務していた日本最大の警察署……西新宿六丁目の

新宿警察署は、人間なきあと警察犬ファミリーのアジトとなっていた。

建物内の各課——警務課、会計課、交通課、警備課、地域課、生活安全課、組織犯罪対策課、刑事課には、五百頭の警察犬ファミリーの面々が事件に備えて待機していた。

「歌舞伎町では最近、ポン引き犬による被害犬が続出しています」

刑事課のフロア——床に広げた地図の区役所通りとゴジラロードを肉球で押さえながら、ボクサー警部が報告を開始した。

潰れた鼻、筋骨隆々の体軀、いかめしい顔……ボクサーは体重三十キロほどの中型犬だ。聡明（そうめい）、勇敢、忠実な犬種で、シェパードやドーベルマンに劣らぬ優秀な警察犬だ。

ボクサー警部のほかには、ボスのシェパード、サブボスのドーベルマン、特攻隊長のロットワイラー、ラブラドールレトリーバー警部補がお座りして厳しい表情で地図をみつめていた。

「ポン引き犬ってなんです？」

ラブラドール警部補が訊ねた。

「馬鹿野郎っ。ポン引き犬も知らねえのか？　歌舞伎町を歩くオス犬に老齢の半グレ犬が、かわいいメス犬がいるから遊んでいかない？　って、言葉巧みに声をかけて怪しげな店に連れ込むんだよ」

ロットワイラーが呆（あき）れたように言った。

「連れ込んでどうするんですか？」

ラブラドール警部補が質問を重ねた。

「高齢のメスが隣に座って、水とドッグフードを出すんだ。ドッグフードを一粒でも食べた瞬間に奥から若い半グレ犬が何頭も出てきて、飯食ったんだからその分働けって脅されるんだよ。孤児犬さらいとか食料強奪とか、半グレ犬の手先にされるってわけだ」

ロットワイラーが吐き捨てるように言った。

「公安犬の報告によれば、昨日は要求を断った柴犬が半グレ犬に袋叩きにされて寿命を落としたそうです。この一ヵ月の間に公安犬から上がってきている報告だけで、同様のトラブルで寿命を奪われたり半殺しにされたりした被害犬が十頭はいます」

ボクサー警部が報告を続けた。

「いくら自分達の縄張りでも、最近、闘犬ファミリーのやることは目に余るな」

ドーベルマンが、苦々しい顔で言った。

「おう、あいつら、縄張り内なら俺らになにも言われないと思ってやりたい放題なんだよ。なあ、サブボス。俺らは警察犬として悪を取り締まる立場だから、縄張りなんか気にしねえで闘犬ファミリーの奴らを叩いてやろうぜ！」

ロットワイラーが鼻息荒く言った。

「たしかに、このままだと俺らの面子（メンツ）が丸潰れだな。ボスの考えはどうです？」

ドーベルマンがシェパードに顔を向けた。

「闘犬ファミリーに乗り込んだら、俺ら警察犬ファミリーが襲撃したという既成事実ができる。奴らは、これ幸いとばかりに全面戦争に持ち込むだろう。そんなことになったら、罪のない区犬達が巻き添えになってしまう。それだけは、絶対に避けなければならない」

シェパードが厳しい表情で、ドーベルマン、ロットワイラー、ボクサー警部、ラブラドール警部補の顔を見渡した。

「またそれか！　ボスの心配性にはうんざりだ！　区犬達を巻き添えにできない!?　もうとっくに巻き添えになってるだろ!?　それともなにか!?　警察犬ファミリーの縄張り以外の区犬は、闘犬ファミリーの餌食になって寿命を奪われてもいいってのか!?」

ロットワイラーが右前肢の肉球で床を叩き、シェパードに食ってかかった。

「おい、ボスにその口の利きかたはなんだ？」

ドーベルマンがいきり立つロットワイラーをたしなめた。

「俺だって言いたくはねえが、ボスが弱腰だと闘犬ファミリーの被害犬が増える一方なんだよ！　俺ら警察犬ファミリーは五百頭、縄張り内の成犬を搔き集めりゃ一千頭近くになる。奴ら闘犬ファミリーは、半グレ犬を含めても七百頭か八百頭ってところだ。数じゃこっちが上回ってるし、一気に叩き潰せばいいじゃねえか！」

興奮に拍車がかかったロットワイラーが、口角から大量の唾液を飛ばしながら訴えた。

「組長の土佐犬、若頭の秋田犬、特攻隊長のピットブルテリア、白狼犬、マスチフ……闘犬ファミリーは格闘のプロ犬揃いです。とくに土佐犬とピットブルは狂犬……」

「なにが格闘のプロだ！」

ラブラドール警部補を遮り、ロットワイラーが一喝した。

「奴らはただの暴力犬に過ぎねえ！　俺らこそ、戦闘訓練を受けてきたプロだ！　牙を剝くだけの奴らとは次元が違うんだよ！　なあ、お前はどう思ってんだ⁉」

ロットワイラーがドーベルマンの肚を探った。

「ボス。態度は別にして、特攻隊長の言うことにも一理あると思います。ですが、俺も襲撃には反対です。別の戦略で壊滅させればいいだけの話です」

ドーベルマンがロットワイラーではなく、シェパードに向かって考えを口にした。

「言ってみろ」

シェパードが促した。

「奴らは狂犬揃いですが、若頭の秋田犬は違います。以前出くわして一緒に水を飲んだことがあるんですが、なかなか話の通じるオスでした」

ドーベルマンが言った。

「秋田犬は俺も知ってるがオス気のある犬で、土佐犬のやりかたに不満を抱いている。

で、秋田犬を抱き込むつもりか？」

シェパードが質問した。

「そうです。奴をうまく利用して、内部から切り崩すんです」

ドーベルマンが冷静な口調で進言した。

「内通犬に仕立て上げるつもりか？」

質問を重ねるシェパードに、ドーベルマンが頷いた。

「幹部犬達の行動を摑み、一頭ずつ身柄を拘束します。秋田犬若頭の協力があれば可能です。土佐犬組長を孤立させたところで一斉に叩く……これが俺のシナリオです」

「試してみる価値はありそうだな」

シェパードはドーベルマンの眼を見据えつつ言った。

「おいおい、ふざけんじゃねえぞ！　なにがスパイだ！　そんなまどろっこしい手を使わねえで、アジトの『ドン・キホーテ』に乗り込んで一網打尽にすりゃいいだろうが！　第一、秋田犬若頭のことも信用できねえ！　野郎は絶対に土佐犬組長を裏切ったりしねえ……いや、ビビりだから裏切れねえっ。敵対ファミリーのナンバー2に大事な役割を果たさせるなんて、お前ら二頭ともどうかしてるんじゃねえのか！」

ロットワイラーが前肢の肉球を床に叩きつけ、シェパードとドーベルマンを交互に睨みつけた。

「お前の言ってることは間違ってはいない。たしかに、秋田犬若頭が寝返ったふりをして逆に土佐犬組長に情報を流すかもしれない。だが、お前のやりかたでは犠牲犬が多く出過ぎる」

シェパードが、ロットワイラーから眼を逸らさずに言った。

「数千頭の寿命を守るために、数百頭の寿命が犠牲になるのは仕方ねえこともあるって軍用犬の訓練で習ったのを忘れたか!?」

ロットワイラーがシェパードに詰め寄った。

「『被害を最小限に止めることを最優先に行動するべし』と警察犬の訓練で習ったのも忘れたのか?」

すかさずシェパードが切り返した。

「お前が動かないなら俺一頭でも……」

「ボスはお前じゃないだろ！　立場を弁えろと何度言えばわかる！」

なおも食ってかかろうとするロットワイラーをドーベルマンが一喝した。

「俺ら三頭は警察犬大学時代の同期の三歳だろうが！」

ロットワイラーが反論した。

「はいはい、みなさ～ん、休憩の時間ですよ～」

若いメス犬の明るい声が、刑事課フロアに響き渡った。

ゴールデンレトリーバーの婦犬警官が、紐のついた大きなトレイをソリのように引っ張ってきた。

「疲れるとイライラが溜まるから、山羊ミルクとササミ巻きガムでリフレッシュしてください」

トレイには山羊ミルクの入ったステンレスボウルが五皿と、ササミ巻きガムが山盛りに載っていた。

「さすがハナちゃん、グッドタイミングだね！」

ボクサー警部がコワモテを綻ばせた。

「ハナちゃんは、やっぱり気が利くね～」

ラブラドール警部補も満面の笑みを浮かべながら、トレイを運ぶのを手伝った。

「助かったぜ。ストレスで脳みそが爆発してしまいそうだったからよ」

ロットワイラーが、犬が変わったように穏やかな顔で言った。

「いっそのこと、一度爆発してクールダウンしたほうがいいのにな」

ドーベルマンが珍しく冗談を口にし、厳しい表情を崩さなかったシェパードの眼も柔和になっていた。

「さあさあ、召し上がれ！」

ハナが言うと五頭の幹部犬がトレイの周りに群がり、山羊ミルクを飲み始めた。

警察犬ファミリーに婦犬警官は数十頭いるが、その中でも朗らかで気の利くハナはマドンナ的存在だった。

「特攻隊長の頭に血が上ったら、ハナちゃんを呼ぶにかぎりますね」

「調子に乗るんじゃねえぞ」

軽口を叩くラブラドール警部補の頭部を、ロットワイラーが肉球ではたいた。

「こうやってみなで喰ったり飲んだりしてると、警察犬大学時代を思い出すな」

シェパードが山羊ミルクを舐める舌を止め、ドーベルマンとロットワイラーに語りかけた。

「お話し中すみません！」

「森のトランペッター」と呼ばれるビーグル巡査のよく通る声が、ロットワイラーを遮った。

ビーグルは犬の中でも飛び抜けた嗅覚を持ち、犯犬をどこまでも追いかける優秀な嗅覚ハウンドだ。

「どうした？」

シェパードはビーグル巡査を促した。

「愛玩犬ファミリーのチワワさんがボスにお会いしたいと言ってます。いま大事な会議中だからとお断りしたのですが、どうしてもボスに直接お話ししたいとしつこくて。やはり、お引き取り願い……」

「是非とも、シェパードボスのお耳に入れたいお話があって、寿命懸けでここまできました……」

よろめきながらフロアに入ってきたチワワが、息も絶え絶えに言った。

クリーム色の毛には、赤い血が付着していた。

「ちょっと、勝手に困ります！」

ビーグル巡査がチワワを羽交い締めにした。

「な、なにするんだ……僕は愛玩犬ファミリーのボスだぞ！　本来なら君程度に背後を取られる僕じゃないけど、さっきまで土佐犬組長とやり合って満身創痍だから不覚を取ってしまったのさ」

羽交い締めにされたチワワは、宙で後肢をバタつかせながら言った。

「お前みたいなどチビが、土佐犬組長とやりあっただと⁉　だったら俺もゾウと闘えるな」

ロットワイラーが大笑いした。

「ほ、本当です！　さっきまで闘犬ファミリーのアジトの『ドン・キホーテ』に監禁されていたんです。最初は、ウチの舎弟に火の粉がかからないように敢えて従っていたんです。でも、土佐犬組長が調子に乗って僕に『ドン・キホーテ』のテーマ曲を歌えなんて言うから拒否したんです。そしたら、いきなり肉球パンチを浴びせてきて……それで、僕もキレてしまって、気づいたら土佐犬組長の耳を喰いちぎっていました。そのあとは壮絶な闘いになり、僕も土佐犬組長も血塗れになりました。土佐犬組長はでかいからパワーはあるけどスタミナがなくて、完全に息が上がっていました。あと五分も闘っていれば奴を倒せたんですが、特攻隊長のピットブルが乱入してきたんです。愛玩犬の狼と呼ばれていた僕も、さすがに土佐犬組長とピットブルを相手にするのはきつくて、逃げ出してきたってわけです」

チワワが羽交い締めされたままニヒルに笑った。

「お前が土佐犬組長の耳を喰いちぎった？　お前が愛玩犬の狼？」

ロットワイラーが、胸部の前で前肢の肉球を叩きながら爆笑した。

「も、もしかして信じてないんですか？　僕は……嘘なんて吐いてませんよ！　僕の被毛についた血が証拠です！　これは、土佐犬組長の耳を喰いちぎったときの返り血です！」

ムキになってチワワが言った。

「わかった……わかったから、もう、笑わせないでくれ……」

ロットワイラーが涙を流し笑い続けた。

「ぼ、僕はあまり気が長いほうではありません。だ、だから、怒らせないでください」

チワワが震える声で言いながら、視線を逸らした。

「十キロのビーグルに羽交い締めにされている二キロのお前が、六十キロのマッチョな俺を脅してんのか？　ところで、そのちっちゃな犬歯は乳歯か？」

ロットワイラーの爆笑に拍車がかかった。

「僕をこれ以上、怒らせないでください。キレてしまったら、自分でも制御できなくなります。以前にも、ウチのファミリーのパピヨンに暴力を振るったマスチフを気づいたら半殺しにしていました。マスチフの折れた肋骨（ろっこつ）が内臓を突き破り、眼球は潰れ、鼻はひしゃげていました。自分でも、キレた自分が怖くなり……」

「もう、その話はいい」

ロットワイラーから視線を逸らしたまま武勇伝を語るチワワを、シェパードが遮った。

「なんでだよ？　このどチビのキレたときの話を、もっと聞かせてくれよ」

ロットワイラーが悪ノリして言った。

「お前も警察犬なら、超小型犬をからかうのはやめろ」

シェパードが諭すと、ロットワイラーが肩甲骨を竦めた。

「警察犬ファミリーのボスに言われたら、顔を立てなきゃならないですね。わかりました。僕も一ファミリーのボスです。ウチもサブボスのトイプーが行き過ぎた行為をしたときには、僕がよく諭し聞かせます。トイプーは僕を怒らせたらどうなるかをわかっているので、尿を漏らして……」

「そのへんでやめておかないと、特攻隊長に咬み殺されるぞ。用件はなんだ？」

シェパードが厳しい口調でチワワを促した。

「わかりました。警察犬ファミリーのボスに言われたら、顔を立てなきゃ……」

「おい、放してやれ。特攻隊長と差しの勝負をしたいそうだ」

シェパードに命じられたビーグル巡査が、チワワを羽交い締めから解放した。

「愛玩犬の狼と差しで勝負できるなんて、光栄だぜ」

ロットワイラーがニヤニヤしながらチワワの前に仁王立ちした。

「冗談ですよ、冗談。僕が寿命懸けで闘犬ファミリーから逃げ出してきたのは、大事な情報をボスにお伝えするためです。ということで、特攻隊長の相手をしている暇はありません。決して差しでの勝負から逃げたわけではなく、一刻を争う情報をボスの耳に入れるためです」

チワワはロットワイラーのほうを一切見ようとせず、ハナをチラチラと気にしながら言った。

「野良猫やドブネズミより弱いくせに虚勢ばかり張ってねえで、さっさとその情報ってやつを言えや！」

ロットワイラーの罵詈雑言（ばりぞうごん）を遮断するように、チワワが前肢で耳を塞いだ。

「土佐犬組長が、幹部達に警察犬ファミリーと巨大犬ファミリーの襲撃を命じました」

耳を塞いだまま、チワワが言った。

「なに⁉ それは本当か⁉」

瞬時にシェパードが厳しい表情になった。

チワワが耳を塞いでいた前肢を離して頷いた。

「てめえ、ガセだったら野良猫街に放り込んでやるからな！」

ロットワイラーの罵声が聞こえた瞬間に、ふたたびチワワが耳を塞いだ。

「ガセじゃありません！ 土佐犬組長はマスチフに巨大犬ファミリーの、白狼犬に警察犬ファミリーの縄張りを襲撃するように命じてました！」

チワワは得意げに言うと薄い胸を張った。

「土佐犬組長は、どこを襲撃しろと命じていたんだ⁉」

シェパードの血相が変わった。

「教えてもいいんですが、僕も寿命懸けでここまできました。ご褒美というか……その、見返りというか、えっへへへ」

チワワが黒いビー玉のような眼をへの字に細め、媚びた笑いを浮かべた。

「てめえっ、なにふざけたことを言ってやがる！」

ロットワイラーがチワワの喉を摑んで高々と持ち上げた。

「ぢょっと……放じて……ぐるじい……息が……でぎない……」

チワワが宙で肢をバタつかせた。

「やめろ。話を聞くのが先だ」

シェパードが言うと、ロットワイラーはチワワを放り捨てた。

「痛たたたっ……」

チワワが喉を擦り、顔をしかめながら立ち上がった。

「なにが望みだ？」

シェパードがチワワに訊ねた。

「二つありまして。一つはウチのファミリーをこのアジトに匿ってほしいんです。情報提供したとなれば、愛玩犬ファミリーは真っ先に狙われますから」

チワワが胸の前で前肢の肉球を擦り合わせながら言った。

「わかった。約束しよう。何頭いるんだ？」

「五十頭ほどです。本当は、僕を慕う若い衆を入れたら五百頭は超えるんですが、いくらなんでもそれじゃご迷惑ですから」

「大丈夫だ。お前達は小型犬だしスペースも取らないから、フロアを用意するよ」

「いえ、犬数だけの問題じゃありません。ウチの若い衆は体は小さいですが、ボスの僕に似て気性が激しく、中型犬や大型犬にも恐れず突っかかってゆきます。僕の言うことしか聞かないので、みなさんに怪我をさせてしまう恐れがあります。なので若い衆は遠慮して、五十頭だけお世話に……」

「虚勢張ってんじゃねえよ。数百頭の若い衆なんかいなくて、五十頭だけだろう？」

ロットワイラーが嘲るように言った。

「嘘じゃありませんよ！　愛玩犬の狼と呼ばれていた僕に憧れる若い衆が集まってきたんです」

チワワがハナの眼を意識しながら言った。

「小型犬が暴れても抑えられるから安心しろ」

シェパードがきっぱりと言った。

「お話し中、すみません。食料の調達に行ってきます」

ハナがシェパードに断りを入れ、フロアを出た。

「で、もう一つの条件は？」

シェパードが話を再開した。

「警察犬ファミリーと愛玩犬ファミリーは同盟を結ぶわけですから、その、なんと言いますか……愛玩犬ファミリーのボスである僕が平犬っていうのも、下の犬に示しがつきませんし……」

チワワが、犬歯に物が挟まったような言い回しをした。

「役職がほしいのか？」

シェパードが促すと、チワワが遠慮がちに小さく丸い頭部を縦に振った。

「あの……できましたら、ボス代行みたいな新しいポストを……」

「ふざけんじゃねえぞっ、くそどチビが！　ドブネズミにも勝てねえお前が、警察犬ファミリーのボス代行なんかになれるわけねえだろ！　くだらねえ駆け引きしてねえで、闘犬ファミリーがどこを襲撃するかさっさと教えねえと咬み殺すぞ！」

「『京王百貨店』ですぅ！」

ロットワイラーの恫喝に、チワワが叫んだ。

「なんで早く言わない!?　ハナがいま食料調達に向かったじゃないか！　どのくらいの数で乗り込んでくるんだ!?　五十か!?　百か!?　二百か!?」

ドーベルマンが血相を変え、チワワを矢継ぎ早に問い詰めた。

「すみません。数まではわかりません……」

チワワが消え入るような声で言った。

「お前は百頭くらい引き連れて、『京王百貨店』に向かってくれ」

シェパードがドーベルマンに命じた。

「了解です！」

ドーベルマンが刑事課フロアを飛び出した。

「お前は残るんだ」

ドーベルマンのあとに続こうとするロットワイラーをシェパードが制した。

「なんで止めるんだよ!?」

ロットワイラーが物凄い形相で振り返った。

「一緒の場所に行ってどうする!? 食料庫は『京王百貨店』だけじゃないんだぞ! お前は『小田急百貨店』を警護しろっ」

「お前はどうするんだ!?」

「俺は百頭を連れて西新宿をパトロールする。お前達はここを守ってくれ。俺らは署犬を集めて出動だ!」

シェパードはボクサー警部とラブラドール警部補に指示すると、ロットワイラーを促し警備課と組織犯罪対策課のフロアに向かった。

闘犬ファミリー

「なんだ……あの大群は!?」

「白い狼だぞ!」

「狼が攻め込んできたのか!?」

居酒屋から出てきた紀州犬、コンビニエンスストアから出てきた柴犬とチャウチャウが強張った顔で叫んだ。

通行犬も四肢を止め、驚愕の表情で凍てついた。

白狼犬が率いる五十頭の狼犬隊が、西新宿のアスファルトを疾駆していた。

「目指すは『京王百貨店』だ！　道中で喧嘩を売られても無視しろ！　ちょっかいも出すな！」

幹部でリーダーの白狼犬が、疾走しながら背後に続く狼犬隊に命じた。白狼犬の体高は八十五センチ、体重は八十キロと通常の狼犬より大きな体軀をしていた。

五十頭の狼犬隊は、灰色と黒の毛色の狼犬が半々だった。狼犬達はリーダーより一回り小さかったが、それでもシェパードと同等の大きさはあった。

狼犬の中でも狼の血が七十五パーセント以上混じっている個体をハイパーセントウルフドッグと呼ぶ。ハイパーセントであればあるほど狼の性質が色濃く現れ、体も大きく身体能力も高くなる。体格が同じなら、一般的には犬よりも狼犬の戦闘力のほうが上だ。

だが、戦闘力にも個体差があるので必ず狼犬が犬に勝つというわけではない。たとえば、闘犬ファミリーの特攻隊長――体重四十キロのピットブル特攻隊長が七十キロの狼犬と闘ったら間違いなくピットブル特攻隊長が勝つだろう。

リーダーの白狼犬は狼の血が九十パーセント以上混じるスーパーハイブリッドウルフ

ドッグで、闘犬ファミリーの中でも土佐犬組長やピットブル特攻隊長と互角の戦闘力を持つと言われる実力犬だ。

「京王百貨店」まで五十メートルを切った。

「いいか、よく聞け！　この時間、幹部犬はアジトの新宿署にいる！　百貨店を警護しているのはシベリアンハスキーとポインターの警備犬が数十頭だ！　躊躇わずに皆殺しにして、食料を運び出せ！」

白狼犬が疾走しながら、狼犬隊に檄を飛ばした。

「狼もどきのハスキーと猟犬のポインターなんて楽勝っすね！」

背後から聞こえた声に、白狼犬が四肢を止めた。

「いま、誰が言った？」

白狼犬は狼犬隊を見渡した。

「俺っす！」

四列目にいた灰色狼犬が、右の前肢を挙げた。

白狼犬が跳躍した――着地した背後で、灰色狼犬が喉から血を噴き出しながら倒れた。

白眼を剝き四肢を小刻みに痙攣させる灰色狼犬に、ほかの狼犬が凍てついた。

「ハスキーは狼の血は少なくても、無尽蔵のスタミナと瞬時の判断力に優れている。ポインターは攻撃力で劣っても、機動力と知力に優れている。総合力で狼犬のほうが勝っているのはたしかだが、油断と慢心は寿命取りになることを忘れるな！　狼が何倍も大きいグリズリーを倒せるのは、警戒心が強いからだ。いいか!?　こいつみたいになりたくないなら、敵をナメてかかるんじゃない！　わかったか！」

白狼犬は狼犬隊に活を入れ、ふたたび駆け出した。

「突撃！」

白狼犬は号令をかけながら、「京王百貨店」の正面玄関から突入した——食料のある地下フロアに続く階段に向かった。

敵の襲撃に気づいた黒斑のポインターがよく通る声で吠えるのを合図に、フロアの奥から六頭の黒斑ポインターと四頭の茶斑ポインターが駆け寄り、五頭のレバー色のポインターが階段を駆け下りてきた。

狼犬隊がポインターに襲いかかった。

狼犬隊の攻撃を、どのポインターも素早い動きでかわしていた。狼犬も俊敏だが、鳥猟犬のポインターは山奥を駆け回っているので動きが変則的で捕らえづらかった。

加えて体重も三十キロと狼犬よりも二十キロ以上軽いポインターは、機敏さで勝っていた。

白狼犬が危惧していた通り、狼犬隊はポインターの動きに翻弄されていた。

ポインターからの攻撃を受けることはなかったが、時間を稼がれているうちに警備犬の数が増えてしまう。

警備犬ならまだしも、幹部犬が駆けつけると厄介なことになる。

「数では倍以上だ！　変なプライドは捨てて、二頭で一頭を攻撃しろ！」

白狼犬は狼犬隊に命じた。

二頭が組んで一頭を追い詰める戦法に変えた途端、面白いように狼犬の犬歯がポインターの首筋や喉を切り裂き始めた。黒狼犬が茶斑ポインターの喉に咬みつき、後肢で立ち上がると勢いをつけて頭から床に叩きつけた。

あっと言う間に、二十頭のポインターが全滅した。

「地下だ！」

白狼犬が階段を駆け下りた――四十九頭の狼犬隊があとに続いた。

地下フロアを警備していた二十頭のシベリアンハスキーが、突入してきた狼犬隊を認めて顔を強張らせた。

「絶対に侵入を阻止しろ！」

体高六十センチ、体重三十キロの黒白ハスキーが十九頭の先頭に立ち突進してきた。

「雑魚に用はない」

白狼犬が跳躍し、黒白ハスキーの突進をかわした――擦れ違いざまに黒白ハスキーの脇腹を犬歯で切り裂いた。

「リーダーを呼べ」

白狼犬は、食料が保管してあるフロアの奥には行かせまいと横一列に並び唸るハスキー達に言った。

「リーダーを呼ぶまでもない。俺らだけで十分だ！」

列の前に出てきた赤白ハスキーの首に、黒狼犬が咬みついた。

黒狼犬は激しく頭を振り、あっという間に赤白ハスキーの喉笛を喰いちぎった。

「お前らじゃ相手にならない。早くリーダーの居場所を言え」

白狼犬が、鋭い眼光でハスキー達を睨みつけた。

「シベリアンハスキーをナメるな！　狼の血が流れてるのは、お前らだけじゃねえんだぞ！」

茶白ハスキーが叫んだ。

「狼の血って、尿みたいなちょろちょろした血のことか？」

灰色狼犬が嘲ると、爆笑が湧き起こった。

白狼犬が振り返りざまに灰色狼犬の双眼を前肢の爪で潰すと、瞬時に爆笑が止んだ。

「油断は寿命取りになると言っただろう？」

白狼犬は、双眼から血を流し肢元でもがき苦しむ灰色狼犬を冷眼で見下ろした。

これで二頭目――戦力ダウンは痛いが慢心の芽は早めに摘まなければ、一頭、二頭の被害では済まなくなる。

「相変わらず、頑固で融通の利かないオスだな」

横一列に並ぶハスキー達の後ろ――フロアの奥から、銀白ハスキーが現れた。

「兄さん……」

珍しく動揺を見せる白狼犬に、背後の狼犬隊がざわついた。

白狼犬は、眼を閉じて記憶の扉を開けた。

人間のペットだった時代、白狼犬と銀白ハスキーは同じ飼い主のもとで飼われていた。

先住犬の銀白ハスキーはカイザー、後に保護犬として迎え入れられた白狼犬はサウザーと名付けられた。

二歳違いの二頭は、実の兄弟犬のように仲良く育った。

体は小さいが包容力があり逞しい兄は、事あるごとに弟を守った。

ある日、散歩中に擦れ違った土佐犬がサウザーに襲いかかってきたときには、カイザーは寿命をなげうち三倍は大きな闘犬と闘い半死半生の大怪我を負った。

そんな兄を弟は尊敬し、慕っていた。

『カイザー兄さん！　大丈夫!?　ひどい怪我だよ……血が一杯出てるよ……』

カイザーの傷口を舐めるサウザーの口元が赤く染まった。

『これくらいの傷……大丈夫だ。狼の血が流れているのは、お前だけじゃないんだぞ……』

カイザーが無理に微笑んだ。

蒼白(そうはく)になった飼い主がカイザーを抱き上げた。

『僕が成犬になったら強くなって、どんな大きな犬に襲われても必ず兄さんを守るから！』

サウザーは飼い主の腕に抱かれる血塗れのカイザーを見上げて誓った。

だが、この事件はサウザーが原因で起こったとして、飼い主は知り合いの人間にサウザーを里犬に出した。

それ以来、カイザーとサウザーは離れ離れになった。

「まだ、兄さんと呼んでくれるのか？」

銀白ハスキーが、哀(かな)しげな瞳で白狼犬を見据えた。

厳しい眼の奥に潜む優しさから、白狼犬は意識を逸らした。

銀白ハスキーの耳の付け根から胸にかけて走る傷跡に、白狼犬の胸の奥が微(かす)かに疼(うず)いた。パピーだった白狼犬を土佐犬から守ってくれたときの傷だった。

「おとなしく食料を渡せば、寿命だけは助けてやる」

白狼犬が、抑揚のない声で銀白ハスキーに言った。

「闘犬ファミリーに狼犬の幹部がいると聞いていたが、まさかお前だったとはな。皮肉なものだ。土佐犬がお前を襲撃したことがきっかけで、俺らは離れ離れになった。そのお前が、いまは同じ犬種の親分に仕えているとはな」

銀白ハスキーの声は、どこか哀しげだった。

「昔のことは忘れた」

白狼犬は無表情に言った。

「飼い主がいなくなってから、お前のことを捜し続けた。できることなら、こういう形での再会は避けたかった。サウザー。まだ間に合う。俺と一緒に……」

「サウザーは死んだ。お前の目の前にいるのは、闘犬ファミリーの幹部であり土佐犬組長に忠誠を誓った一頭の狼犬だ」

白狼犬は、思い出の欠片を胸奥に葬った――一切の感情を捨て去った。

「どうしても、俺達はやり合わなければならないのか？」

「おとなしく食料を渡せば、闘う必要はない」

「この食料を渡すわけには……」

白狼犬が跳躍し、銀白ハスキーの右の後肢を蹴りつけた。

白狼犬の肉球に衝撃が伝わった。

銀白ハスキーが右後肢を浮かせた。

「ハンデがなくてもあんたは俺には勝てない。肢が折れたいま、なおさら勝負にならない。このへんでやめておけ」

「食料を奪われたら孤児犬が飢えてしまう……だから、渡すわけにはいかない！」

銀白ハスキーが右後肢を引き摺りながら白狼犬に向かってきた。

白狼犬はなんなくかわし、擦れ違いざまに銀白ハスキーの左後肢を蹴りつけた。

銀白ハスキーが顔を歪め、腰を落とした。

「警備長を助けろ！」

ハスキー警備犬が白狼犬に襲いかかるのを合図に、それまで事の成り行きを見守っていた狼犬隊が反撃に転じた。

個体の能力でも数でも勝っている狼犬隊は、五分もかからないうちに銀白ハスキー以外のハスキー警備犬を全滅させた。

血の海と化した食料品フロアに、二十頭のハスキーの屍が転がった。

「後肢は二本とも折った。仲間も全滅した。あんたに勝ち目はない。降伏しろ」

白狼犬が無感情に言った。

「リーダー！　そいつも殺っちゃいましょう！」

「皆殺しだ！　皆殺し！」

「こいつの頭部をアジトに持ち帰れば、親分に褒められますぜ！」

狼犬隊がいきり立った。

「俺が止めを刺す。お前らは食料を運び出せ」

白狼犬が命じると、狼犬隊はハスキーの屍を踏みつけながらフロアの奥に向かった。

「待てっ」

「一頭で、その肢でなにができる？」

狼犬隊のあとを追おうとする銀白ハスキーの前に回り込んだ白狼犬が言った。

「パピーの頃……お前を守るために土佐犬に勝ち目のない闘いを挑んだときと……同じだ。闘犬ファミリーの暴挙で……孤児犬や老犬を犠牲にはできない」

荒い息を吐きながら、銀白ハスキーが言った。

「一度しか言わない。いまのうちに消えろ。生きていれば、あんたの志を貫けるときがくるかもしれない」

白狼犬は淡々とした口調で言った。

「俺も……一度しか言わない……。弟よ……悪に染まるな。ウチのボスのもとに来い。お前は……優しくて正義感のある……パピーだった……。闘犬ファミリーなんかにいたら……だめだ……」

銀白ハスキーが切れ切れの声で言いながら、瞳で訴えかけてきた。

「お客は～ん！　引き抜きは困りまっせー！」

白狼犬が、弾かれたように振り返った。

大きく裂けた口角、金色に光る狂気の瞳、漆黒の筋骨隆々の体軀——五十頭の配下を引き連れた特攻隊長のピットブルテリアが、ニヤニヤ笑いながら銀白ハスキーに突進した。

後肢を砕かれた銀白ハスキーはピットブル特攻隊長の攻撃をかわすことができず、あっさりと首を咬まれた。

ピットブル特攻隊長は嬉々とした顔で、銀白ハスキーの体を振り回した。

三十キロのハスキーを軽々と振り回すピットブル特攻隊長の頸骨の力は、超大型犬並みに強かった。銀白ハスキーの体がフロアに叩きつけられるたびに、骨の砕ける音が響き渡った。

白狼犬は四肢を踏み出そうとしては、思い止まることを繰り返した。

ピットブル特攻隊長が、銀白ハスキーを投げ捨てその顔面を踏みつけた。

「弱いのう！　呆れるほどに弱い犬やな～。顔は狼に似とるが、戦闘力はチワワかパピヨンちゅうところやな」

ピットブル特攻隊長が嘲り笑った。

「ほな、弱い犬イジメも飽きたから、そろそろ死ねや！」

「待て」

銀白ハスキーの頸動脈に犬歯を突き立てようとしたピットブル特攻隊長を、白狼犬が止めた。

「あ？　なんで止めるんや？」

振り返ったピットブル特攻隊長が、怪訝(けげん)な顔で白狼犬を見据えた。

「そいつは、もう死んだも同然だ。それより警察犬ファミリーの援軍がこないうちに食料を運び出したほうがいい」

白狼犬は平静を装い言った。

「そうやな。ほな、そないしようか……なーんて言うわけないやろボケ！　親分の命令を忘れたんか⁉　成犬は皆殺しや！」

ピットブル特攻隊長が、銀白ハスキーの頸動脈を筋肉ごと食いちぎった。

「ほら、兄弟の肉を喰えや！」

白狼犬は、弾かれたようにピットブル特攻隊長を見た。

「親分から言われたんや。警察犬ファミリーのハスキーの頭は、お前と一緒に育った犬やと。情けをかけるかもしれへんから、おんしが殺してこいってな。親分の予想通りやないかい！　今回だけは見逃してやるさかい、こやつのくそまずい肉を喰えや。ほら？

はよ喰わんかい！」

　ピットブル特攻隊長が、白狼犬に怒声を浴びせた。

　白狼犬の四肢が震えた——心が震えた。


　カイザー……。


　ボロボロの姿で事切れた銀白ハスキー——白狼犬は、心で兄の名を呼びながらピットブル特攻隊長を睨みつけた。

「その眼はなんや？　ワレ、なんか文句があるんか……」

「止まりなさい！」

　白狼犬に詰め寄ろうとしたピットブル特攻隊長を制止するメスの声——振り返った白狼犬の視線の先には、食料の調達にきた婦犬警官のハナと、ボランティアのメス犬が十頭いた。

「お？　美犬さんが勢揃いしとるやないか⁉　おい、ワレらはついとるのう。親分からの命令で、パピーは奴隷、成犬は皆殺ししてもええっちゅうことやからな」

　ピットブル特攻隊長が配下に言いながら、下卑た笑みを浮かべてハナを見据えた。

「それ以上、近寄らないで！　私は警察犬よ！」

ハナは恐怖に顔を強張らせながらも、ピットブル特攻隊長に叫んだ。

「知っとるに決まっとるやんけ！　警察犬のメスを殺すんは、そこらのメス殺すより百倍興奮するわい！」

ピットブル特攻隊長が、卑しく笑い舌なめずりした。

「ワレらは、ボランティアのメス犬を好きにしてええぞ。俺は婦犬警官を頂くさかいな」

ピットブル特攻隊長は隊犬に言うと、ハナに近づいた。隊犬達も、ピットブル特攻隊長のあとに続いた。

ハナの背後で、ボランティアのメス犬達が恐怖に鳴いた。

「大丈夫よっ。私があなた達には、爪一本触れさせないわ！」

ハナは怯えるボランティア犬達に、力強く言った。

「オネエちゃん、メスのゴールデンレトリーバーが本気で俺に勝てると思うとるんか？」

ピットブル特攻隊長が、ニヤニヤしながら肢招きした。

「警察犬を甘く見ないで！　あなたこそ、私と一対一で闘う勇気はあるの？」

ハナが挑発的に言った。

「なんや？　オネエちゃん、まさか、俺にタイマンの喧嘩を売っとるんかい？」

　ピットブル特攻隊長の大笑いが、フロアに響き渡った。

「オネエちゃんと、タイマン勝負したろやないか。特別にハンデをやるから、後ろのオネエちゃん達もまとめてかかってこいや」

　ピットブル特攻隊長が、小馬鹿にしたように言った。

「私一頭でいいわ。その代わり、彼女達を解放してちょうだい」

　ハナは鋭い眼でピットブル特攻隊長を見据えて

いたが、四肢は震えていた。

「ええやろう。おい、ワレらは出て行けや」

ピットブル特攻隊長が言うと、十頭のボランティア犬が我先にとフロアから逃げ出した。

「さあ、どこからでも……」

ピットブル特攻隊長が言い終わらないうちに、ハナが高々と跳んだ。

上から奇襲攻撃をかけてくるハナを、ピットブル特攻隊長は余裕の表情で待ち構えた。

着地と同時に、ハナはピットブル特攻隊長の喉に咬みついた。

メスとはいえハナは、警察犬大学で訓練を受けているのでペットのゴールデンレトリーバーのオスより高い戦闘力を身につけている。

だが、相手は倍の大きさの闘犬とも互角以上に渡り合う戦闘の天才……ピットブルテリアだ。

「なんや？　首がくすぐったいやんけ。チワワが咬んどるんか？」

ピットブル特攻隊長が首を左右に振ると、あっけなくハナは三メートルほど吹き飛んだ。

俊敏な動きでダッシュしたピットブル特攻隊長は、ハナの右の耳を咬み、遠心力を利用して振り回し、フロアに投げ出した。

床に叩きつけられた衝撃で複数の肋骨を骨折したハナに抵抗する気力は残っていなかった。

ピットブル特攻隊長はハナの腹部を咬み裂いた。

ほどなくして事切れたハナが、自らの血の海に横たわった。

「これはワレらの餌やない。警察犬のボンクラどもに、見せてやらんとあかんからな。俺はやることがあるさかい、ワレらはそのへんに転がっとるハスキーの肉で腹ごしらえしとけや。血相変えて乗り込んでくる、ボンクラどもを返り討ちにせなあかんからな」

ピットブル特攻隊長は隊犬に言うと、ハナの首に咬みついた。

★警察犬ファミリー

西新宿の街を疾走するドーベルマンの視界の景色が、猛スピードで後方に流れてゆく。

警察犬ファミリーのサブボスのあとには、百頭のドーベルマン隊犬が続いていた。

『ガセじゃありません！　土佐犬組長はマスチフに巨大犬ファミリーの、白狼犬に警察犬ファミリーの縄張りを襲撃するように命じてました！』

脳裏に蘇(よみがえ)るチワワの言葉が、ドーベルマンの焦燥感を煽(あお)った。

頼む……頼む……。

ドーベルマンは心でハナの無事を祈りながら、走力を増した。

「サブボス！　あれを見てください！」

「京王百貨店」まで百メートルの地点で、二番目を走る副隊長が肉球で前方を指した。

五十メートル向こうから、犬の群れが走ってきた。

ドーベルマンは眼を凝らした。

犬の群れは狼犬で、五十頭近くいた。

先頭を走っているのは、リーダーの白狼犬だった。

「サブボス！　闘犬ファミリーの野郎どもですよ！　ぶっ潰しましょう！」

副隊長の言葉に、隊犬達がいきり立った。

「待て！　食料を強奪にきたはずなのに、奴らは口ぶらだ！」

ドーベルマンが、戦闘態勢に入る隊犬を制した。

五十頭近い狼犬の群れは、なにもくわえていなかった。

四十メートル、三十メートル、二十メートル……狼犬の群れとの距離がどんどん近づいた。

「止まれ！　俺が合図するまで襲いかかるな！」

ドーベルマンの命令に、立ち止まった隊犬達が一斉に吠えた。

十メートルの距離で、狼犬の群れも立ち止まった。

「食料を強奪しにきたんじゃないのか？」

ドーベルマンが、白狼犬に訊ねた。

「俺に構っている暇があったら、早く行ったほうがいい」

白狼犬が、冷静な声音で言った。

「どういう意味だ？」

ドーベルマンは嫌な予感に襲われた。

「メスの警察犬が乗り込んできた」

白狼犬が、相変わらず抑揚のない口調で言った。

「貴様っ、ハナをどうした⁉」

ドーベルマンは、血相を変えて白狼犬に詰め寄った。

「俺は爪一本触れてない。特攻隊長のピットブルテリアがいる。ハナというメスを助けたいなら、急いだほうがいい。もう、遅いかもしれないがな」

「ピットブルテリアだと⁉」

思わず、ドーベルマンは大声を張り上げた。

狂犬揃いの闘犬ファミリーの中でも、ピットブル特攻隊長は群を抜いて凶暴且つ残酷な性質をしていた。

ドーベルマンはダッシュした。

「ハナ……いま行くから待っててくれ！」

ドーベルマンは速度を上げた。

五十メートル先に、「京王百貨店」が見えてきた。

四十メートル、三十メートル、二十メートル、十メートル……。

「うっ……」

「京王百貨店」の一階フロアに飛び込んだドーベルマンは、四肢を止めて絶句した。

フロアに広がる血の海、そこここに転がる警備犬のポインターの死骸。

ドーベルマンは、地下へと続く階段に走った。

階段を駆け下りたドーベルマンの瞳が凍てついた。

事切れたハスキー警備犬の屍の山。

五メートル前方――フロアに広がる血に沈むゴールデンレトリーバー……。

ドーベルマンの鼓動が高鳴り、胸内で不吉な予感が物凄い勢いで膨らんだ。

頼む、犬違いであってくれ……。

ドーベルマンは立ち止まった。

血に赤く染まったゴールデンレトリーバーはハナの亡骸(なきがら)だった。

「ハナ……」

ドーベルマンの頭が真っ白に染まり、思考が停止した。

ハナは警察犬ファミリーの太陽であり、花であり、オアシスだった。

我の強い幹部犬が衝突することはあっても決裂に至らなかったのは、ハナのおかげと言っても過言ではなかった。

ドーベルマン隊犬達も地獄絵図のような光景に、声を失っていた。

「サブボス……ピットブルの野郎どもは、どこに行ったんでしょうか？」

副隊長が、強張った声でドーベルマンに訊ねた。

ドーベルマンは副隊長の問いかけに答えず、血の海を進んだ。

「悪かった……君を救えなくて……」

ドーベルマンの眼に涙が滲んだ。

口吻が震えた。四肢が震えた。心が震えた。

ドーベルマンは、犬歯を嚙み締めた。きつく嚙み締め過ぎて、ドーベルマンの口吻が血塗れになった。

激憤にたぎった血液が、物凄い勢いで全身を駆け巡った。

「許せない……絶対に、許せない。皆殺しに……」

「ハナっちゅう婦犬警官は、弱かったのう！」

筋骨隆々とした黒い肉体――ピットブル特攻隊長が、ニヤニヤしながらドーベルマンを遮った。

ドーベルマンは首を巡らせた。

いつの間にか、周囲を五十頭のピットブル隊に囲まれていた。

「貴様っ……ハナをこんな目にあわせて、生きて帰れると思っているのか！」

ドーベルマンは、ハナの亡骸の向こう側にいるピットブル特攻隊長に怒声を浴びせた。

「そりゃこっちのセリフや。ワレ、数を揃えたから俺らに勝てると思っとるんかい？」

ピットブル特攻隊長が、半笑いの顔で言った。

ドーベルマン隊は百頭、ピットブル隊は五十頭……半分の数しかいないのに、ピットブル特攻隊長の余裕がドーベルマンには不気味だった。

「ハナの仇……貴様ら、皆殺しだ！」

ドーベルマンがピットブル特攻隊長に襲いかかると、隊犬達もあとに続いた。

警察犬ファミリーのサブボスが率いるドーベルマン隊と、闘犬ファミリーの特攻隊長が率いるピットブル隊の闘いの火蓋が切られた。

ドーベルマンはジャンプして、ピットブル特攻隊長を飛び越え背後に回り込んだ。

スピードはドーベルマンのほうが上回っていた。

ドーベルマンはピットブル特攻隊長の背中に馬乗りになり、首を咬んだ。

二頭の体重は同じくらいだが、体高はドーベルマンのほうが二十センチほど高い。

ドーベルマンは首を振り、ピットブル特攻隊長を投げ捨てた。

和菓子のショーケースに衝突したピットブル特攻隊長が、砕けたガラス片とともにフロアに落下した。

すかさず、ドーベルマンはピットブル特攻隊長に襲いかかった。

「この程度で済むと思うな！」

ドーベルマンは鬼の形相で怒声を浴びせ、ガラス片が刺さり出血したピットブル特攻隊長の右前肢の肉球を咬んで振り回した。

肉球は犬の痛覚が集中する急所であり、我慢強い闘犬でさえ悲鳴を上げる。

一回、二回、三回、四回、五回……ドーベルマンは肉球を咬んだままピットブル特攻隊長を振り回し続けた。

さすがは闘犬ファミリーの幹部だけあり、ピットブル特攻隊長は呻（うめ）き声一つ上げなかった。

ドーベルマンは、十回目でピットブル特攻隊長の肉球を放した。

ふたたびピットブル特攻隊長が宙に放り出され、ケーキケースに衝突した。

ピットブル特攻隊長は横たわったまま、ピクリとも動かなかった。

ドーベルマンの視界の端――闘うドーベルマン隊とピットブル隊の間に、愛玩犬ファミリーのボスであるチワワの姿が見えたような気がした。

すぐに思い直した。

臆病なチワワが、闘犬ファミリーが襲撃している「京王百貨店」に現れるわけがない。

ドーベルマンは周囲に首を巡らせた。

四肢を折られた隊犬達が、そこここに倒れていた。

ドーベルマン隊の死傷犬が三十五頭にたいして、ピットブル隊は五頭だった。百頭対五十頭だったはずが、ほぼ互角の数になっていた。

血塗れの副隊長が腰砕けになり、茶斑のピットブル隊犬に一方的に咬まれていた。

戦闘力は自分に次いで高い副隊長が、一回り小さなピットブルテリアに防戦一方の状態がドーベルマンには信じられなかった。

副隊長だけではなかった。ほかの隊犬達も、体格的に劣っているピットブルテリアに振り回され、咬み裂かれていた。

ドーベルマンの脳裏に、ある疑問が浮かんだ。

力の比較を考えると、配下のピットブルテリアより十五キロほど重く筋肉の鎧(よろい)を纏(まと)ったピットブル特攻隊長が簡単にやられるだろうか?

ドーベルマンは視線を戻した。

全身にガラス片が突き刺さったピットブル特攻隊長は、相変わらず倒れたままだった。

ドーベルマンは思考を止めた。

まずは、副隊長の救出が先決だ。

「ワレ、よそ見しとる余裕があるんかい？」

踏み出そうとした前肢を止め、ドーベルマンは振り返った。

横たわっていたピットブル特攻隊長がすっくと起き上がり、濡れた体をそうするように全身を震わせ血とガラス片を飛ばした。

「貴様っ、わざとやられていたのか？」

ドーベルマンは、押し殺した声で訊ねた。

「あたりまえやないか！　俺が本気出しとったら、こないなワンサイドゲームになるかい！　警察犬ファミリーのナンバー2の戦闘力を確かめたかっただけや。咬む力は俺や土佐犬親分に比べれば甘咬みみたいなもんやし、首の筋力も弱いわ。まあ、瞬発力だけは合格点やけど、ワレの戦闘力で確実に倒せるんはハスキーまでや。そんなワレがナンバー2を張れるんやから、警察犬ファミリーもたいしたことないのう！」

ピットブル特攻隊長が高笑いした。

「たいしたことあるかないかは、いまからわからせてやる！　お前にドイツ原産最高峰の軍用犬の実力を教えてやる！」

ドーベルマンは、ピットブル特攻隊長に突進した。

「笑わせんなや！　ワレがどんだけしょぼい犬かを思い知らせてやるわ！」

ピットブル特攻隊長が、ドーベルマンの喉を狙って突進した。

二頭の距離が急接近した。

三メートル、二メートル、一メートル……喉を狙うピットブル特攻隊長を、ドーベルマンはサイドステップでかわした。

目標を失ったピットブル特攻隊長の背後に回り込んだドーベルマンは、馬乗りになり頸部に咬みついた。

「二度も俺の背後を取ったんは、素直に褒めてやるわ。せやけど、さっきみたいにはさせへんで！」

ピットブル特攻隊長が咬まれたまま首を振ると、ドーベルマンは三メートルほど吹き飛んだ。

「死ねやーっ！」

ピットブル特攻隊長が襲いかかり、倒れたドーベルマンの喉をふたたび狙った。

間一髪——ドーベルマンは横転し、ピットブル特攻隊長の攻撃をかわすと起き上がった。

ドーベルマンはダッシュし、体勢を崩し前のめりになっているピットブル特攻隊長の肩を咬み、後肢で脇腹を蹴りつけた。

　ドーベルマンの肉球に、肋骨の折れる感触が伝わった。

「ちっとはやるやんけ。かすり傷に肋骨一本やが、俺にこれだけのダメージを与えたんはワレだけや」

　ピットブル特攻隊長が、ギラギラと瞳を輝かせた。

「まだ、これからだ。警察犬ファミリーのサブボスの誇りにかけて、貴様を地獄に叩き落としてやる！」

「ひさしぶりに、ワクワクしてきたで！　ほな、そのしょうもない誇りっちゅうやつを踏みにじってやるわ！」

　笑いながら、ピットブル特攻隊長が突進してきた。

　ピットブル特攻隊長は、肋骨を折っているとは思えないフットワークとスピードだった。

　だが、フットワークとスピードでは負ける気がしなかった。

　ドーベルマンは、敢えて動かずに待った。

　一メートルまで引き付けて、肋骨が折れている個所(かしょ)をふたたび蹴りつけるつもりだった。

　ピットブル特攻隊長は顎の力が桁外れに強いので咬まれたら厄介だが、機動力を活(い)かしたヒットアンドアウェイの闘いなら勝機がある。

ピットブル特攻隊長との距離が三メートルを切った。

ドーベルマンは、仕掛けるタイミングを計った。

ピットブル特攻隊長の口から、キラキラと光る欠片が飛んできた。

次の瞬間、ドーベルマンの双眼に激痛が走った。

視界が闇に覆われた。

ドーベルマンは前肢で双眼を掻き毟りながら頭を振った。

「俺の頬肉は弛んどるから、ガラス片を隠しといたんや。気ぃ抜いたらあかんで～。サブボスはん。あんた、警察犬大学でいろんな特訓を受けたかもしれへんけど、喧嘩っちゅうのをわかっとらんな」

ピットブル特攻隊長の声が聞こえた。

相変わらず眼球が激痛に襲われ、視界は闇に覆われていた。

「特別に教えてやるわ。本物の喧嘩っちゅうやつをな」

ピットブル特攻隊長が、ドーベルマンの耳もとで囁いた。

闘犬ファミリー

ピットブル特攻隊長はケーキケースにぶつかりフロアに落ちたときに、ぐったりしたふりをして口の中にガラス片を仕込んでおいたのだ。

ピットブル特攻隊長の口内も傷ついたが、闘犬なので怪我には強い体質をしていた。

「卑怯(ひきょう)な……手を使いやがって……」

身悶(みもだ)えながら、ドーベルマンが言った。

「殺し合いに卑怯もなにもあらへんがな。ほんまはワレくらい余裕で殺せるんやけど、念には念っちゅうやつや。俺はな、チワワ一頭でも全力で殺すオスなんや」

物音がした。

ピットブル特攻隊長が視線を巡らせると、フロアの向こうを横切る小さな影が見えた。

「チワワ？　あのどチビがおるわけないな。ほな、そろそろお遊びは終わりや。ぶっ殺したるでーっ！」

ピットブル特攻隊長はドーベルマンの右前肢を両前肢で押さえつけ、人間の手首に当たる手根に咬みつくと、頭部を激しく前後左右に振った。

ドーベルマンは犬歯を食い縛り、激痛に耐えていた。

「もうワレの配下はほとんど寿命を奪われとるさかい、鳴き喚(わめ)いてええんやで？」

ピットブル特攻隊長は、小馬鹿にしたように言うと嘲り笑った。

「まだ……勝ったと……思うな……」

ドーベルマンが途切れ途切れの声で言いながら、左前肢と左後肢だけでふらつきながら立ち上がった。

「案山子やんけ!」

爆笑するピットブル特攻隊長に、ドーベルマンは嗅覚と聴覚を頼りに左肢だけでジャンプしながら突進したが、バランスを崩して転倒した。

「まだ……だ……」

ドーベルマンが這いずりながら、ピットブル特攻隊長に近づいた。

「根性だけは認めたるわ。せやけど、トカゲみたいに這いずるワレに俺は殺せんで」

ピットブル特攻隊長が、ドーベルマンの頭部を前肢で踏みつけた。

「ええ眺めやのう。警察犬ファミリーのナンバー2が、俺に踏みつけられて動けんのやからな」

ピットブル特攻隊長はおちょくるように言いながら、ドーベルマンに唾を吐いた。

「いてっ……」

ピットブル特攻隊長の後頭部になにかが当たった。

床にはビー玉が転がっていた。

「誰やこら!」

ピットブル特攻隊長は、弾かれたように振り返った。

出口に逃げる超小型犬の後ろ姿は、チワワのようだった。

「やっぱり、あのどチビ……あっ……」

ピットブル特攻隊長の右前肢に激痛が走った。

ドーベルマンが這いつくばったまま、肉球に咬みついていた。

「くそったれが！　ワレっ、ぶっ殺したる！」

ピットブル特攻隊長は充血した眼を見開き、ドーベルマンの口吻に咬みついた。

十秒、二十秒、三十秒……

気息奄々の状態だったドーベルマンが、完全に事切れた。

ドーベルマン隊は百頭のうち八十五頭が死骸になり、十五頭が瀕死の重傷を負い身悶えていた。

ピットブル隊は五十頭のうち三十頭が死骸になり、二十頭が生き残っていた。

「ワレは、マドンナの首飾りを新宿署の前に置いてこいや」

ピットブル特攻隊長は、副隊長に命じた。

「奴らのリアクションが愉しみやわ」

ピットブル特攻隊長は、パピーのように好奇に瞳を輝かせた。

「残りのお前らは、食料をアジトに運べや！」

命じられた十九頭のピットブル隊犬が、フロアの奥へと駆けた。

「隊長！　婦犬警官の首飾りがありません！」

副隊長が強張った顔で戻ってきた。

「なんやて！　なんでないんや！　ポリ犬どもは全滅……」

ピットブル特攻隊長の脳裏に、チワワの顔が浮かんだ。

「あいつや！」

ピットブル特攻隊長は、大声を張り上げた。

「え⁉」

副隊長が怪訝な表情になった。

「あのどチビや！　愛玩犬ファミリーのチワワが持ち出したんや！」

「チワワが⁉　どうしてチワワが婦犬警官の首飾りを持ち出すんですか⁉」

「そんなもん知るかいボケ！　さっさとどチビを捕まえてこんかい！」

ピットブル特攻隊長が怒声を浴びせると、弾かれたように副隊長がフロアを飛び出した。

「さあ、面白くなってきたで〜。次は、ボスのシェパードを殺したるわ！」

ピットブル特攻隊長は右後肢を高々と上げ、高笑いした。

✶警察犬ファミリー

　ボスのシェパードが率いる五十頭のシェパード隊と特攻隊長のロットワイラーが率いる五十頭のロットワイラー隊は、「小田急百貨店」と「新宿西口ハルク」に向かっていた。

「ドーベルマン隊の隊犬は何頭だ？」

　シェパードが並走するロットワイラーに訊ねた。

「たしか百頭で出動したはずだ」

「もう少し、隊犬をつけるべきだったかな」

　シェパードは呟いた。

　ドーベルマン隊の実力の高さはわかっていた。

　統率力、機動力、攻撃力の三拍子が揃っており、シェパードが最も信頼を置く隊だ。

　個犬の攻撃力だけならロットワイラーのほうが上回っているが、隊として闘った場合には戦術面に優れ機転の利くドーベルマン隊のほうが総合点は高い。

　だが、相手は闘犬ファミリーの狼犬隊だ。

　狼の血が濃く入っている狼犬はドーベルマンと同じく統率力と機動力に優れ、攻撃力ドーベルマン隊の数は百頭なので大丈夫だとは思うが、シェパードは胸騒ぎに襲われていた。

「心配性だな。狼犬の野郎どもは登録犬数が少ねえから、隊犬はリーダーの白狼犬を含めても六、七十頭ってところだ。ドーベルマン隊は倍近い数だし、やられるわけねえって」

ロットワイラーが笑い飛ばした。

「そうだな。サブボスがやられるわけがないな。俺も年だな」

シェパードは自らに言い聞かせ苦笑いした。

「なに言ってんだ。三歳って言えば、一番のオス盛りじゃねえか」

ロットワイラーが、ふたたび笑い飛ばした。

二十メートル先に「小田急百貨店」の建物が見えた。

「俺は『小田急百貨店』を偵察するから、お前は西新宿に向かって……」

「シェパードボス！　た、た、大変です！」

ロットワイラーに指示を出していたシェパードの声を、誰かが遮った。

「小田急百貨店」前のロータリーに、レジ袋を頭から被った超小型犬が現れた。

レジ袋を被った超小型犬が、シェパードのもとに駆け寄ってきた。

「なんだ？　変な野郎がこっちにくるぞ。追い払うか？」

「待て」

ロットワイラーをシェパードは制した。

「狂犬病に罹(かか)ってる、危ねえ奴かもしれねえぞ」

ロットワイラーが警戒した顔で言った。

「失礼な！」

超小型犬……チワワが憤然としてレジ袋を取り去った。

「てめえ、どチビじゃねえか!?　袋なんか被って俺らをおちょくってんのか！」

ロットワイラーが、鬼の形相でチワワに詰め寄った。

「き、君と争っている場合じゃないんだ！　ボス！　大変です！　こっちにきてください！」

チワワがロットワイラーからシェパードに顔を向けて言うと、「小田急百貨店」前の地下道に続く階段に促した。

「何事だ？」

階段を下りながら、シェパードは訊ねた。

問いかけに答えず、チワワは階段を駆け下りた。

「おいっ、どチビ！　どこに連れて行くつもりだ!?」

いら立つロットワイラーの問いかけも無視したチワワが、踊り場で四肢を止めた。

「これを……」

チワワが震える声で、踊り場に置いてある封筒を肉球で指した。

「なんだよ⁉ これがどうした……」

封筒を前肢で蹴り飛ばしたロットワイラーが、言葉の続きを呑み込んだ。

「なっ……」

封筒から出てきた血塗れのハナの首飾りに、シェパードが絶句した。

「ハナ……どうして……」

シェパードは震える声で語りかけた。

「嘘だろ……こんなこと、あるわけがねえ……夢だ……夢に決まってる！」

ロットワイラーが涙声で叫んだ。

「……誰の仕業だ？」

シェパードはかすれた声で、チワワに訊ねた。

「ピ、ピ、ピットブル特攻隊長です」

細い四肢をガクガクと震わせ、チワワが答えた。

「はぁ⁉ どうしてピットブルがいるんだよ⁉ 『京王百貨店』には、狼犬隊が乗り込んだんじゃねえのか⁉」

　ロットワイラーが後肢で立ち、チワワの胸倉を摑んで持ち上げた。

「白狼犬と……ハスキー警備犬の隊長が……幼馴染み……らしくて……裏切らないか疑ったピットブル特攻隊長が……乗り込んできた……よう……です……」

　チワワが切れ切れの声で状況を説明した。

「ピットブルはハナちゃんになにをした⁉　おお⁉　なにをしたって訊いてるんだよ⁉」

　ロットワイラーが胸倉を摑む右前肢を前後に動かした。

「ぐ、ぐるじい……は、放じて……ぐだざい……」

　チワワが宙で後肢をバタつかせながら懇願した。もともと飛び出し気味のチワワの眼球がさらに迫り出した。

「放してやれ」

　シェパードがロットワイラーに命じた。

「この野郎は、ハナちゃんが殺されるのを黙って見てたんだぞ！」

　ロットワイラーが、血走った眼を見開いた。

「体重一キロ台のチビになにができる⁉　いまはチビをいたぶってる場合じゃないだろうが！」

シェパードが一喝すると、ロットワイラーが舌を鳴らしてチワワを地面に投げ捨てた。

チワワはすっくと起き上がり、ロットワイラーの右後肢にマーキングをすると素早く逃げた。

「あっ、どチビ！　待てっ……」

「放っておけ」

追いかけようとしたロットワイラーをシェパードが制した。

「いまは、ドーベルマン隊の援護が先だ！」

シェパードはロットワイラーに言うと駆け出した。

シェパードとロットワイラーが並んで、西新宿のアスファルトを疾走していた。

百頭の隊犬が、あとに続いていた。

ロットワイラーは燃え立つ眼で、対照的にシェパードは氷のように冷たい眼で「京王百貨店」を目指していた。

「くそったれが！　ピットブルの野郎っ、ぶっ殺してやる！」

ロットワイラーが怒声を上げた。

シェパードとロットワイラーは、同時に「京王百貨店」に飛び込んだ。

シェパードの視界に、そこここに転がるポインター警備犬の屍が入った。

「なんだこりゃ！」

ロットワイラーの叫び声が館内に響き渡った。

「なっ……」

地下に続く階段を駆け下りたシェパードは四肢を止めた。

血の海に沈むドーベルマン隊犬とハスキー警備犬の屍に、シェパードは絶句した。

百頭の隊犬達も、警察犬ファミリーナンバー2の率いる精鋭隊の変わり果てた姿に動揺を隠せずにどよめいた。

「嘘だろっ……」

ロットワイラーが息を呑んだ。

無理もない。

ドーベルマン隊は、機動力、統率力、戦闘力のバランスが取れた優秀な隊であり、ロットワイラー隊も総合力では敵わなかった。

シェパードは血の海を駆け回り、ドーベルマンの姿を探した。

「おいっ、どこにいる！　お前がやられるわけねえよな!?　悪ふざけしてねえで、早く出てこい！」

ロットワイラーが叫びながら、フロアに首を巡らせた。

シェパードの左前肢が、なにかに当たった。

肢元を見たシェパードの視線が凍てついた。

シェパードが躓いたのは、無残に変わり果てたドーベルマンの屍だった。

シェパードは前肢を折り、ドーベルマンの顔を舐めた。

すまない……。俺が一緒に駆けつけていれば、こんなことには……。

シェパードの眼から、涙が溢れた。

「なにやってる……」

シェパードに声をかけたロットワイラーが、ドーベルマンの屍を認め言葉の続きを呑み込んだ。

「おい……冗談だろ……⁉」

ロットワイラーが、強張った顔で歩み寄ってきた。

「どういうことだ……お前がやられるわけねえだろう？　起きろよ……悪ふざけもいい加減にしねえと怒るぞ！」

ロットワイラーが涙声で、ドーベルマンに語りかけた。

シェパード隊犬とロットワイラー隊犬が周囲を取り囲んだ。

百頭の隊犬達は、目の前の現実を受け入れられずに表情を失っていた。
それは、警察犬ファミリーのボスであるシェパードも同じだった。
シェパードは立ち上がり、外にいるかのように天に向かって惜別の遠吠えをあげた。
ロットワイラーと隊犬達も、シェパードに続いて遠吠えをあげた。
二度目の遠吠え——ボスとして甘かった。
ロットワイラーと隊犬達の遠吠えがあとに続いた。
三度目の遠吠え——ボスとして誓った。
もう二度と、涙を流さないことを。
隊犬達の遠吠えがフロアに反響した。
四度目の遠吠え——ボスとして誓った。
一切の感情を封印することを。
隊犬達の遠吠えが哀しみを増した。

五度目の遠吠え——ボスとして誓った。闘犬ファミリーに、一頭残らず血の涙を流させることを。

ドーベルマン、ドーベルマン隊犬、ハスキー警備犬、ポインター警備犬を弔う鎮魂歌がフロアに響き渡った。

「くそったれ！　ピットブルの野郎っ、どこ行きやがった！」

ロットワイラーが、鬼の形相で地下フロアを駆けずり回った。

「あの野郎っ、逃げやがったぞ！　みんな！　闘犬ファミリーに殴り込みだ！」

「待て！」

隊犬に命じてフロアを飛び出そうとするロットワイラーを、シェパードが鋭く制した。

「なんでだ⁉　ピットブルのくそ野郎を見逃すつもりか⁉」

ロットワイラーが血相を変えて、シェパードに詰め寄った。

「見逃すわけないだろう。闘犬ファミリーを、必ず皆殺しにしてやる」

シェパードが押し殺した声で言いながら、ロットワイラーを見据えた。

ロットワイラーの皮膚が粟立った。

シェパードの瞳には、いつもの冷静さではなく冷たい狂気が宿っていた。

ロットワイラーは、シェパードのこんな眼を見るのは初めてだった。

「だったら、いますぐ乗り込んで闘犬ファミリーの野郎どもを一頭残らず殺してやろうぜ！」

「彼らの亡骸を、ここに放置するわけにはいかない。俺らがやるべきことは、まず仲間を手厚く葬ることだ」

シェパードは抑揚のない口調で言うと、ドーベルマンの亡骸に歩み寄った。

「さあ、みんな、仲間を連れ帰ろう」

シェパードは変わり果てたドーベルマンをくわえ、出口に向かった。

ロットワイラーと隊犬が同志の亡骸とともにシェパードのあとに続いた。

新宿御苑（ぎょえん）の雑木林——シェパード隊とロットワイラー隊は前肢で土を掘り、一頭ずつ亡骸を葬った。

隊犬達は穴を土で埋めると、最後に枯葉で覆った。

「お前の言う通りだった」

シェパードはドーベルマンが眠る土の山をみつめながら、ロットワイラーに言った。

「なんのことだ？」

ロットワイラーが訊ねてきた。

「俺の甘さが、サブボスと多くの仲間を殺した」

シェパードが平板な声音で言った。

「そんなことねえよっ！　悪いのは、闘犬ファミリーの野郎どもだ！」

ロットワイラーが吐き捨てた。

「いや、警察犬ファミリーのボスは俺だ。仲間を守れなかった責任は俺にある」

シェパードは犬歯を噛み締めた。

狼犬隊が相手なら、ドーベルマン隊で排除できるだろうという読みの甘さ、ピットブルテリア隊が出てこないだろうという読みの甘さ、闘犬ファミリーを厳しく取り締まってこなかった読みの甘さ……すべては、長である自分の浅はかさが原因だった。

「行くぞ」

シェパードは肉球を返し、雑木林を出た。

「どこに行くんだよ⁉」

ロットワイラーが並走し、訊ねてきた。

「狼犬隊を追いかける。まだ遠くには行ってないはずだ」

シェパードが、低く短く言った。

「おうっ、そうか！　まずは狼野郎どもをぶっ潰すんだな⁉」

ロットワイラーが瞳を輝かせた。

「誰が潰すと言った？」

「え⁉　じゃあ、なんで追いかけるんだよ⁉」

シェパードの言葉に、ロットワイラーが怪訝な顔を向けた。

「俺の兵にする」

シェパードが言うと、隊犬達がどよめいた。

「は⁉　いま、なんて言った⁉」

ロットワイラーが素頓狂な声を上げた。

「狼犬隊を、警察犬ファミリーに入れると言ったんだ」

ふたたび、隊犬達がどよめいた。

狼犬隊のリーダーの白狼犬は、闘犬ファミリーの幹部だ。

仇の幹部犬を警察犬ファミリーに寝返らせようというのだから、みなが驚くのも無理はない。

「おいおいっ、お前、正気か⁉　闘犬ファミリーの幹部犬がウチのファミリーに入るわけねえだろうが！」

ロットワイラーの血相が変わった。

「ドーベルマン隊が抜けたいま、狼犬隊が傘下に入れば戦力の穴埋めになる」

「そりゃそうだろうが、奴が納得するわけねえよ！」

「リーダーの白狼犬が土佐犬やピットブルと反りが合わないって話を、若頭の秋田犬に聞いたことがあってな。特攻隊長として迎え入れると言えば、心を動かす可能性がある」

「特攻隊長は俺……」

「お前は、今日からサブボスだ」

シェパードはロットワイラーを遮り告げた。

「俺がサブボス⁉」

ロットワイラーが大声を上げた。

「ドーベルマン亡きいま、お前しかいないだろう？」

「それはさておき、白狼犬が入らなかったらどうするつもりだ？」

「狼犬隊を皆殺しにするだけだ」

シェパードはあっさりと言った。

「そんなこと言うオスじゃなかったのによ。なんだか、犬が変わったみてえだな」

ロットワイラーが、別犬を見るような眼でシェパードを見た。

「昔の俺は、ドーベルマンとともに死んだ」

シェパードは、氷の瞳でロットワイラーを見据えた。

「お前がその気になってくれたのは嬉しいが、なんだか急に変わり過ぎて戸惑ってるぜ」

「ボス。狼犬隊を警察犬ファミリーに入れるという話ですが……考え直して頂けませんか？」

遠慮がちに、漆黒の被毛のシェパード副隊長が進言してきた。

「なぜだ？」

「仮に奴らがウチに入ったとしても、信用できません。ファミリーになったと油断させ、闘犬ファミリーに内通したりボスの寝首を掻いたりする危険性があります」

「多少のリスクは承知の上だ。非業の死を遂げたドーベルマン、ハナ、隊犬、警備犬の弔い合戦には万に一つの負けも許されない。闘犬ファミリーを確実に壊滅させるためには、狼犬隊の力が不可欠だ。狼犬隊が傘下に入るということは、警察犬ファミリーの戦力アップだけではなく、闘犬ファミリーの戦力ダウンにも繋がる。これが理由だ」

シェパードは淡々とした口調で話し終えると、四肢を踏み出した。

「待ってくだ……」

行く手を遮ろうとするシェパード副隊長の首筋を、シェパードは咬んだ。

シェパード副隊長の体が宙に浮き、樹木に叩きつけられ地面に落下した。

「ボスの行く手を遮る犬を抹殺するのは、闘犬ファミリーだけじゃない。次に邪魔したら、頸動脈を咬み切るぞ」

シェパードが、冷え冷えとした声で警告した。

「おいっ、大丈夫か⁉ お前っ、気でも狂ったか⁉ 仲間になんてことするんだ！」

ロットワイラーがシェパード副隊長に駆け寄り、シェパードを睨みつけた。

「統率が乱れていては、闘犬ファミリーには勝てない。これからは、俺の指示は絶対だ。それは、お前も例外じゃない」

シェパードは、ロットワイラーを感情の窺えない瞳で見据えた。

「まさか、俺を脅してんのか？」

ロットワイラーが気色ばんだ。

「警告だ。俺の邪魔をしなければ、いいだけの話だ」

「邪魔なんてする気はねえよ。だが、その言い草は気に入らねえな」

「俺はボスで、お前はサブボスだ。従えないなら、俺を倒せ。いつでも受けて立つぞ」

シェパードの一切の感情が排除された瞳に、ロットワイラーは息を呑んだ。

ドーベルマンとハナが殺されてからのシェパードは、別犬のように非情なオスになってしまった。

シェパードにたいして、闘犬ファミリーに全面戦争を挑んでほしいと思っていたロットワイラーだったが、なにかが違った。

ロットワイラーの知るシェパードは、仲間を痛めつけるようなオスではなかった。

「お前、どうしちまったんだ⁉　いまは、仲間割れしている場合じゃねえだろうが！」

「だったら、おとなしく従え」

シェパードは非情な声で言い残し、雑木林を飛び出した。

「おいっ、待てって！」

ロットワイラーがあとを追ってきた。

シェパードは四肢を止めた。
四、五十メートル先から、犬の大群が走ってきた。
犬の大群は、狼犬隊だった。

「狼野郎どもが攻めてきやがった！　返り討ちにしてやるぜ！」

「待て」

狼犬隊を迎え撃とうとするロットワイラーを、シェパードは制した。

先頭を走っていた白狼犬が、シェパードと五メートルの距離をあけて立ち止まった。

「探す手間が省けてよかったぜ！　てめえらっ、ぶっ殺してやる！」

ロットワイラーが、白狼犬に怒声を浴びせた。

「はやまるな。俺達は、闘いにきたんじゃない」

白狼犬が、落ち着いた声で言った。

「てめえっ、なに寝惚けたことを言ってやがる！　闘いにきたんじゃないなら、なにしにきやがった！」

ロットワイラーが、白狼犬に詰め寄った。

「俺ら狼犬隊を、警察犬ファミリーに入れてほしい」

白狼犬の言葉に、隊犬達がどよめいた。

「はぁっ⁉　てめえっ、ふざけてんのか！」

ロットワイラーがいきり立った。

「ふざけてなんかいない。俺は真剣に言っている」

白狼犬は、ロットワイラーから視線を逸らさずに言った。

シェパードに驚きはなかった。

白狼犬とハスキー警備犬の隊長……銀白ハスキーが幼馴染みだと聞いたときから予感はしていた。

銀白ハスキーの惨殺体を見て、シェパードは確信した。

「なにを企んでやがる！　そんな話、信じられると思ってんのか！」

ロットワイラーが吐き捨てた。

「信じるか信じないかは、あんたらの勝手だ。俺はありのままの気持ちを伝える。カイザーとは……ハスキー警備犬の隊長のことだが、幼い頃から兄弟犬のように育ってきた。

自分のことより俺のことばかり気にかけ、事あるごとに助けてくれた。そんなカイザーを慕い、尊敬していた。カイザーは俺の兄であり、親友だった……」

白狼犬が言葉を切り、犬歯を噛み締めた。

「そんなお涙頂戴の話を、信用しろっていうのか!?」

ロットワイラーが呆れたように言った。

「あんたら、仲間の変わり果てた姿を見たんだろう？　俺の気持ちがわかるはずだ」

白狼犬の口調は穏やかだが、ブルーの瞳には殺気が宿っていた。

「俺らはもともと闘犬ファミリーとは敵同士だが、てめえらは違う。一緒にはできねえ……」

「俺の指示に従えるか？」

ロットワイラーを遮り、シェパードが白狼犬に訊ねた。

「おいっ、なに勝手なこと言ってんだよ！」

ロットワイラーが、弾かれたようにシェパードに顔を向けた。

「どうなんだ？」

ロットワイラーを無視して、シェパードが白狼犬に答えを求めた。

「いいだろう」

白狼犬は言った。

「よし。お前を特攻隊長に任命する」

「いくらボスだからって、勝手過ぎやしねえか⁉　あ⁉」

ロットワイラーがシェパードに詰め寄った。

「文句があるなら、俺を倒してボスになるしかない。その気があるなら、決闘を受けてやる。ただし、闘犬ファミリーを潰してからだ。俺が欠けてもお前が欠けても、警察犬ファミリーの戦力ダウンになってしまうからな。これから、歌舞伎町の『ドン・キホーテ』に乗り込むぞ！」

「『三越デパート』のほうがいい」

駆け出そうとするシェパードに、白狼犬が言った。

「なぜだ？」

シェパードが訊ねた。

「マスチフ隊が、巨大犬ファミリーの食料庫の『三越デパート』を襲撃することになっている」

「俺らは、土佐犬野郎とピットブル野郎の首を取りに行くんだよ。マスチフなんて雑魚はどうだっていい」

ロットワイラーが鼻で嗤った。

「マスチフ隊長を甘くみないほうがいい。もともとライオンや熊と闘わされていた猛獣相手の闘犬で、体重は百キロを超えている。パワーだけなら、土佐犬組長も敵わないだろう。土佐犬隊とピットブル隊だけでも圧倒的な戦闘力だ。そこにマスチフ隊が加われば、闘犬ファミリーに勝つのは至難の業だ。巨大犬ファミリーと闘っているところを、襲撃するべきだ」

「闘犬ファミリーを切り崩して、戦力ダウンさせる狙いか？」

シェパードの質問に、白狼犬が頷いた。

「マスチフ如きを、俺ら三隊で襲撃することはねえだろうが！」

ロットワイラーが白狼犬に食ってかかった。

「もう一度言う。マスチフ隊長を甘くみないほうがいい。ドーベルマン隊は、体重が軽くて数の少ないピットブル隊にやられたんだろう？」

白狼犬が言った。

「それは、ドーベルマンが相手をナメて油断したからだ。俺の闘いは甘くねえ」

ロットワイラーが吐き捨てた。

「お前はわかっていない。闘犬ファミリーは、闘うために生まれてきた喧嘩のプロの集団だ」

白狼犬が言った。

「わかってねえのは、お前だ。野郎どもが喧嘩のプロなら、俺らは戦闘のプロだ」

すかさず、ロットワイラーが切り返した。

「二頭とも、そのへんにしておけ。何隊で攻め込むかは問題じゃない。重要なことは、マスチフ隊を狙い撃ちにして、闘犬ファミリーを一頭残らず皆殺すことだ。白狼犬の言う通り、単独で動いているマスチフ隊を狙い撃ちにして、闘犬ファミリーを切り崩すのが先決だ。これは、話し合いじゃない。命令だ」

シェパードが、取りつく島もなく言った。

「前のお前は、慎重過ぎるところが問題だったがボスらしかった。いまのお前は、単なる独裁犬だ。まあ、いいだろう。闘犬ファミリーを潰す目的は同じだからな。まずは、闘犬野郎どもを血祭りにあげてやるぜ！」

ロットワイラーが血走った眼で駆け出した。

対照的にシェパードは、氷の眼でロットワイラーのあとを追った。

闘犬ファミリー

巨大犬ファミリーの食料庫である「三越デパート」に向かって走る闘犬ファミリーのマスチフ隊……百頭の隊犬を率いるマスチフ隊長は、ひと際大きく厳(いか)つい体をしていた。

黒、灰色、茶の斑の被毛、大きく弛んだ黒い口吻、皺々(しわしわ)の額——体高九十センチ、体重百十キロのマスチフ隊長は、体高八十センチ、体重百キロの土佐犬組長よりも一回り大きく、パワーだけなら闘犬ファミリー一を誇っていた。

「よかか！　よく聞け！　このデパートは巨大犬ファミリーのアイリッシュウルフハウンドが仕切っとる。ウルフハウンドは世界最大の犬種ばい。体高は平均九十センチ超えで、俺らマスチフよりもでかか。奴らの隊長の体高は百十センチもあるばい。ばってん、恐れることはなか！　背はのっぽでも体重は七十キロくらいの痩せっぽちたい！　パワーじゃ、俺らのほうが圧倒的に強かけん！　奴らの祖先は狼狩りの猟犬ばってん、俺らの祖先はライオンと闘っとったけん、恐れるこつはなか！」

マスチフ隊長は先頭を走りながら、あとに続く隊犬達を鼓舞した。隊犬達の地鳴りのような吠え声が、西新宿の街に轟(とどろ)いた。

マスチフ隊長にとっては、絶対に負けを許されない闘いだった。白狼犬が率いる狼犬隊は、警察犬ファミリーの食料庫である「京王百貨店」の襲撃を命じられていた。

マスチフ隊長と白狼犬は闘犬ファミリーの幹部であり、ナンバー4として並び立つライバル関係にあった。

土佐犬組長は、マスチフ隊長と白狼犬にそれぞれ使命を与えてより大きな戦果を上げたほうを昇格させるつもりに違いなかった。

より大きな戦果——土佐犬組長の野望は、闘犬ファミリーによる新宿統一だ。人間が立ち去ったあとの新宿は、闘犬ファミリー、警察犬ファミリー、巨大犬ファミリーが領地を分け合っていた。

土佐犬組長の野望を達成するには、警察犬ファミリーと巨大犬ファミリーを壊滅させる必要があった。

三十メートル前方——「三越デパート」が見えてきた。

「一頭たりとも、逃がすんじゃなかぞ！　骨一本残さんで、喰らい尽くしてやれ！　突撃するばい！」

マスチフ隊長の号令とともに、百頭のマスチフ隊が「三越デパート」の正面玄関に突入した。

「闘犬ファミリーの襲撃だ！」

ワイヤーのように剛毛な赤茶の被毛の超大型犬……一階フロアを警備していたウルフハウンド隊犬が、大声で緊急事態を報せた。

フロアの奥から、血相を変えた十頭の赤茶のウルフハウンド隊犬が現れた。

十頭ともウルフハウンドにしては小柄なほうだが、それでもみな体高が九十センチを超えていた。

ウルフハウンド隊は小柄で赤茶の被毛が戦闘力の低い二軍で、大柄で灰色の被毛が戦闘力の高い一軍だ。

「一軍でも俺らの相手にならんのに、雑魚が出しゃばるんじゃなか！　雑魚十頭くらいおいどん一頭で十分だけん、ぬしらは肢出しするんじゃなかばい！」

マスチフ隊長が隊犬に命じながら、十頭の二軍ウルフハウンドに突っ込んだ。

立て続けに三頭の脇腹に頭突きを喰らわせると、肋骨の砕ける音とともに三頭が五メートルほど吹き飛んだ。

フロアでのたうち回る三頭の二軍ウルフハウンドの脇腹の皮膚を、折れた肋骨が突き破っていた。

「返り討ちにしてやる！」

飛びかかってきた二軍ウルフハウンドの頸部を咬んだマスチフ隊長が、勢いよく床に叩きつけた。

二軍ウルフハウンドの首が九十度に曲がった。

マスチフ隊長の圧倒的なパワーを目の当たりにした、六頭の二軍ウルフハウンドが及び腰になった。

マスチフ隊長は突進し、二軍ウルフハウンドの顔面に頭部からぶつかった。

顔面骨がすり鉢さながらに凹（へこ）んだ二軍ウルフハウンドが、仰向けに倒れた。

「くそっ！」

自棄（やけ）になり突っ込んできた二軍ウルフハウンドの頭部を咬んだマスチフ隊長が、六十キロはある大型犬を柴犬のように軽々と振り回した。

「やめろ！」

地下食料品売り場から階段を駆け上がってきた、灰色の被毛の一軍ウルフハウンド……体高百十センチの超大型のウルフハウンド隊長が叫んだ。

ウルフハウンド隊長の背後には、五十頭の隊犬が唸りながら身構えていた。

さすがは一軍の隊犬だけあり、二軍の隊犬に比べて体が一回り大きく頑健だった。

「大将のおでましば〜い」

マスチフ隊長が二軍ウルフハウンドを投げ捨て、片側の口角を吊（つ）り上げた。

投げ捨てられた二軍ウルフハウンドは息を引き取っていた。

「ここが巨大犬ファミリーの縄張りと知っていて、暴れてるのか？」

マスチフ隊長と対峙（たいじ）したウルフハウンド隊長が、押し殺した声で訊ねてきた。

「あたりまえたい！ぬしらの所有物とわかっとるけん、こうして奪いにきてやったとたい」

マスチフ隊長が、犬を喰ったような顔で言った。

「ウチのファミリーも、ずいぶんとナメられたもんだな。そういうことなら、相手してやる。ボスやサブボスが出るまでもない。俺が相手でよかったな。楽に死なせてやる」

　ウルフハウンド隊長が、姿勢を低くして戦闘態勢を取った。

「あ？　ボスやサブボスって、デブのセントバーナードと図体がでかいだけのグレートデンのことね？」

　マスチフ隊長は、ニヤニヤしながら言った。

「ボス達への侮辱は許せない！　いま、その汚い口を塞いでやる！　闘犬ファミリーを壊滅させるぞ！　かかれーっ！」

　ウルフハウンド隊長が号令をかけ、先陣を切ってマスチフ隊長に襲いかかった。

　ウルフハウンド隊犬もあとに続いた。

「喧嘩上等たい！　ぬしが俺を楽に死なせる言うなら、俺はぬしを苦しめて殺すけん！ぬしら！　デカ犬ファミリーば皆殺しにするばい！」

　マスチフ隊長が不敵に言い放ち、ウルフハウンド隊を迎え撃った。

「ええ気分ぜよー！　飼い犬時代に、初めて闘犬横綱になったときより嬉しいぜよー！もう一回聞かせろ。メスポリ犬がどうなって、サブボスのドーベルマンがどうなったがや？」
「ドン・キホーテ　新宿歌舞伎町店」の最上階フロアの中央——一メートルの高さに積

み上げられたマットレスの上で土佐犬組長が、特大牛骨をバリバリとかじりながら玉座の前でお座りするピットブル特攻隊長に上機嫌に訊ねた。

ピットブル特攻隊長は、数十秒前にしたのと同じ話を嬉々として繰り返した。

「ええ気分ぜよー！　最高ぜよー！　ポリ犬どものマドンナとサブボスが……たまらんぜよ！　想像しただけで、水が進むき！」

土佐犬組長が、豪快にステンレスボウルの水を呷(あお)った。

ピットブル特攻隊長の隣では、若頭の秋田犬が苦々しい顔でお座りしていた。

「これで、ポリ犬どもも闘犬ファミリーの怖さを思い知ったがや！　ところでシェパードは、マドンナとサブボスの変わり果てた姿をいつ眼にするき？」

ワクワクした顔で、土佐犬組長がピットブル特攻隊長に訊ねた。

「二頭とも戻ってこんさかい、今日中に感動の対面をするんちゃいますか？」

ピットブル特攻隊長が、腹部を抱えて笑った。

「夜までにゃ、血相変えたポリ犬どもが乗り込んでくるき！　若頭と特攻隊長は隊犬を集めて戦闘態勢を万全にするがや！　俺の隊で三百、若頭の隊で二百、特攻隊長の隊で二百、白狼犬の隊で七十、マスチフ隊長の隊で百……九百頭近くでポリ犬どもを返り討ちにして西新宿一帯を俺らの縄張りにするき！　おんしら、わかったがや⁉」

「はいっ、親分！」

即答するピットブル特攻隊長とは対照的に、秋田犬若頭は厳しい表情で黙っていた。

「おんし、なんで返事をせんがや?」

土佐犬組長が、秋田犬若頭を睨みつけた。

「俺は気が進みません」

「ワレ！　親分に向かってなに口答え……」

「おんしは、黙っちゅうが！」

いきり立つピットブル特攻隊長を、土佐犬組長が一喝した。

「なんで、気が進まんき?」

土佐犬組長が、押し殺した声で秋田犬若頭に訊ねた。

「メス犬を殺すなど、たとえ抗争中でもあってはならない行為です。抗争にも犬義を忘れてはなりません。今回の件、素直に非を詫びて肢打ちにするべきです」

秋田犬若頭が臆することなく、土佐犬組長を諫めた。

「こらっ、ワレ！　誰に偉そうに言うとんねん！　殺せ言うんは親分の命令やないか！　ワレは親分に逆らう気かい！　抗争に犬義なんかあるかいボケ！」

ピットブル特攻隊長が、犬歯を剝き出しに秋田犬若頭に食ってかかった。

「黙ってろ！　もともとは貴様が蒔いた種だ！　今回も三十頭の隊犬を失ったそうだな⁉　争いを大きくして、どれだけの犠牲犬を出すつもりだ！」

「あほんだら！　たった三十頭の犠牲で百頭近くのドーベルマン隊を皆殺しにしたんや！」

「数の問題じゃない！　無駄に喧嘩を仕掛けなければ、一頭の隊犬も失うことはなかった。親分。俺が付き添いますから、特攻隊長と新宿署に出向く許可をください」

秋田犬若頭が伏せ、土佐犬組長に頭部を下げた。

「ワレは、なにすっとぼけたこと……」

「特攻隊長を新宿署に連れて行き、どうするつもりがや？」

土佐犬組長がピットブル特攻隊長を遮り、秋田犬若頭に訊ねた。

「特攻隊長とともに蛮行を素直に詫び、全面抗争の火種を消してきます」

秋田犬若頭が、伏せたまま言った。

「なら、わしが行くがや」

土佐犬組長の言葉に、秋田犬若頭は弾かれたように顔を上げた。

「特攻隊長はわしの命令通り動いただけじゃき。特攻隊長が詫びを入れないかんなら、命じたわしが頭部を下げるのが筋ぜよ。お？」

「いえ、そういう意味では……」

土佐犬組長が、燃え立つ瞳で秋田犬若頭を睨みつけた。

「だったら、どないな意味言うがや！」

土佐犬組長が投げつけた特大牛骨が、秋田犬若頭の頭部に当たった。

秋田犬若頭のこめかみから血が流れた。

「おんしはわしに、シェパードの前に跪いて詫びろっちゅう……」

「こら！　待て！」

「勝手に入るな！」

土佐犬組長の怒声を、二頭の半グレ犬の声が遮った。

「親分様ーっ！　大変ですーっ！」

チワワがすばしこいフットワークで半グレ犬をかわしながら、土佐犬組長に駆け寄ってきた。

「クソ出目金どチビ！　ワレ、なにしにきたんや！」

ピットブル特攻隊長を無視したチワワが、マットレスの玉座をよじ登った。

「おいっ、どチビ！　待て……」

「警察犬ファミリーが、巨大犬ファミリーの応援に行きました！」

「なに!?」

チワワの言葉に、土佐犬組長の皺だらけの顔が険しくなった。

「でたらめを言うなや！　ワレみたいな役立たずの雑魚チビが、そないなこと知っとるわけないやろ！」

ピットブル特攻隊長が、チワワを罵倒した。

「白狼犬が親分様を裏切り、シェパードにマスチフ隊の襲撃を勧めてました！」

ピットブル特攻隊長を無視したチワワが、甲高い声で報告した。

「いま、なんちゅうたがや⁉」

土佐犬組長が、血相を変えて立ち上がった。

「親分様のために私は寿命懸けで警察犬ファミリーに潜入し、貴重な情報を入手してきました！　襲いかかってきたロットワイラーと差しで闘い、肋骨を折ってやりました。止めを刺そうとしたときに、寿命だけは助けてやってくれとボスのシェパードに懇願されまして……」

「なんで白狼犬が、わしを裏切る言うがや！」

土佐犬組長がチワワの首の皮を前肢で摑み、宙に吊り上げた。

「ピットブル特攻隊長が、白狼犬の兄弟同然の銀白ハスキーを無残に殺したのが理由です！　白狼犬はピットブル特攻隊長に恨みを抱き、親分様に反旗を翻したのです！　でも、ピットブル特攻隊長は親分様の命令に従っただけなので悪くありません！　でも、ピットブル特攻隊長に恨みを抱いて、白狼犬が親分様を裏切ったのは事実……」

「ピーチクパーチクうるさいがや！　くそデコッパチが！」

土佐犬組長が怒声とともに、チワワを投げ捨てた。

「若頭っ、『三越デパート』に行って、マスチフ隊を援護してくるぜよ！」

土佐犬組長が、秋田犬若頭に命じた。

「全面戦争にしてはいけませ……」

「ポリ犬どもと裏切り犬の白狼犬を、皆殺しにするがや！　できんちゅうなら、真っ先におんしの寿命を奪っちゃるき。どうするがや？」

土佐犬組長が、秋田犬若頭に二者択一を迫った。

秋田犬若頭は眼を閉じ、めまぐるしく思考を巡らせた。

フロアに投げ捨てられたチワワはすっくと起き上がり、ピットブル特攻隊長の右後肢にマーキングしてフロアを飛び出した。

★警察犬ファミリー

明治(めいじ)通りを走る警察犬ファミリーのボスであるシェパード、サブボスのロットワイラー、闘犬ファミリーから寝返った特攻隊長の白狼犬の三頭の三十メートル先に、「三越デパート」が見えてきた。

それぞれの背後には、総勢百五十頭の隊犬が続いていた。

ドーベルマンとハナは、もういない。

シェパードは胸に広がる哀しみを、冷酷な炎で焼き払った。

「よっしゃ！　デパートにカチ込んでマスチフ隊を皆殺しだ！」

ロットワイラーが号令をかけた。

「待て」

シェパードがロットワイラーを止めた。

「どうして止める⁉」

ロットワイラーが、むっとした顔で振り返った。

「ここで待ち伏せの作戦を取る」

「は⁉　なんでだ⁉」

シェパードの言葉に、ロットワイラーが血相を変えた。

「巨大犬ファミリーとの闘いを邪魔する必要はない。奴らが出てきたところを、一斉に叩く」

「そんなまどろっこしいことしねえで、突っ込んで皆殺しにすりゃいいだろうが！」

ロットワイラーが、いら立った表情で訴えた。

「もう一度言う。巨大犬ファミリーが寿命懸けで闘っているのを、邪魔する必要はない」

シェパードは無表情に言った。

「ここを警備してんのは、ウルフハウンド隊のはずだ。世界一背の高い犬種だが、マスチフ隊の敵じゃねえ」

「ウルフハウンド隊が、勝つとは思っていない。一頭でも多く寿命を奪わせ、マスチフ隊の戦力ダウンを狙うのが目的だ」

「お前、いつからそんな狡賢(ずるがしこ)いオスになった？　他ファミリーの力をあてにしねえでも、俺らだけで倒せるだろうが！」

ロットワイラーが、右前肢の肉球でアスファルトを叩いた。

「倒せるかどうかが問題じゃない。いかに犠牲を少なくして倒せるかが重要だ。マスチフ隊を倒しても、ピットブルと土佐犬が残っている。俺らの最大目標は、奴らの頭部を取ることだ」

シェパードが、冷え冷えとした声で言った。

「四の五の言ってねえで、デパートにカチ込めば……」

「シェパードの言う通りだ。マスチフ隊に勝てても、秋田犬隊、ピットブルテリア隊、土佐犬隊と闘わなければならない。巨大犬ファミリーでも野良猫でも、利用できるものはなんでも利用したほうがいい」

それまで事の成り行きを静観していた白狼犬が、ロットワイラーに言った。

「くそったれ！　勝手にしろ！」

ロットワイラーが後肢で地面を蹴り、白狼犬とシェパードに背部を向けた。

「全犬に告ぐ！　いま、デパート内でマスチフ隊とウルフハウンド隊が抗争をしている！　ウルフハウンド隊が出てくれば『ドン・キホーテ』に乗り込む！　マスチフ隊が出てくれば総攻撃を仕掛ける！　動きがあるのは五分後かもしれないし、五時間後かもしれない。集中力を切らさず、そのときに備えろ！」

シェパードがシェパード隊、ロットワイラー隊、狼犬隊に命じた。

❤愛玩犬ファミリー

「あれは、シェパードじゃないぶふ？」

「ロットワイラーもいるぺちゃ！」

「三越デパート」の前に集まる百五十頭の犬の集団を見て、歩道でビーフジャーキーをかじっていたフレンチブルドッグとパグが驚いた顔で言った。

「警察犬ファミリーの縄張りは、西口じゃないぶふ？　どうして東口にいるぶふ？」

フレブルがパグに訊ねた。

「僕が知るわけないぺちゃ。あ！　白狼犬もいるぺちゃ！」

パグが白い狼犬を肉球で指しながら、大声を張り上げた。

「え⁉　白狼犬は闘犬ファミリーぶふ⁉　どうして、警察犬ファミリーと一緒にいるぶふ⁉」

フレブルが怪訝な顔で言った。

「それより、警察犬ファミリーと闘犬ファミリーがデパートの前でなにを話し合ってるぶふ？」

フレブルが、前肢組みをして首を捻（ひね）った。

「そんなに知りたいなら、僕が教えてやるよ」

極太のガムボーンを葉巻のようにくわえながら、トイプードルとミニチュアダックスを従えたチワワが現れた。

頭部には、「ドン・キホーテ」のペットコーナーに転がっていた犬用の麦藁（むぎわら）帽子を斜めに被っていた。

「なんだ？　チワワぶふ？　なにしにきたぶふ？」

フレブルが訝（いぶか）しげに言った。

「おいっ、フレブル！　愛玩犬ファミリーのボスに向かって、その口の利きかたはなんだ！」

トイプーが、フレブルに怒声を浴びせた。

「俺らは鼻ぺちゃファミリーぶふ。チワワは、俺らのボスじゃないぶふ」

「そうぺちゃ。チワワは、僕らのボスじゃないぺちゃ」

フレブルとパグが、取りつく島もなく言った。

「ボスのことを呼び捨てにするな！　お前らは元々、愛玩犬ファミリーでボスの子分だっただろう！」

トイプーに続き、ミニチュアダックスもフレブルとパグに怒声を浴びせた。

「その愛玩犬ファミリーを守れなくて、闘犬ファミリーに縄張りを追い出されたのはどこのボスぶふ？」

「闘犬ファミリーが攻め込んできたときに、僕ら子分を残して真っ先に逃げたのはどこのボスぺちゃ？」

フレブルとパグが、チワワを見ながら皮肉っぽい口調で言った。

「お前ら！　ボスの前で……」

「やめなさい」

チワワが、いきり立つトイプーを制した。

「昔、新宿の狂犬と恐れられていた頃の僕だったら、ただじゃおかないところだ。あの頃の僕は独裁犬で、少しでも反抗的な態度を取る配下を血祭りにあげた」

チワワが、遠い眼差(まなざ)しで言った。

「え？　そんなことあったぶふ？」

フレブルが、疑わしそうな眼でチワワを見た。

「血祭りにあげられた仲間なんて、見たことないぺちゃ」

パグも疑わしそうな眼でチワワを見た。

「あ、あ、あったさ。た、たまたま、君達がいないときに何頭か血祭りにあげたのさ」

チワワが背後のトイプーとミニチュアダックスの眼を気にしながら、しどろもどろに言った。

「俺達がいないときに、血祭りにあげられた仲間は誰ぶふ？」

「僕も、それを知りたいぺちゃ」

フレブルとパグが、細めた眼でチワワをみつめた。

「とにかく、僕は以前の独裁犬でも狂犬でもない。愛玩犬ファミリーを解散してからの修羅場が、僕を変えた。ケジメをつけるために、僕は一頭で闘犬ファミリーに乗り込みピットブル特攻隊長と差しの勝負をした。血みどろの闘いの末にピットブルに僕が止めを刺そうとしたとき、土佐犬組長が止めに入ってな。『ピットブルの非礼は詫びるき、寿命を奪わんでやってほしいがや』って、平伏して懇願されたってわけだ」

チワワは、口角にくわえたままの極太ガムボーンを上下に揺らしながら言った。

フレブルとパグが、顔を見合わせ同時に噴き出した。

「なにを笑ってる⁉　ボスの前で失礼だろう！」

「そうだ！　ボスに詫びろ！」

トイプーとミニチュアダックスが、競うようにフレブルとパグを一喝した。

「一キロそこそこの超小型犬が、四十キロを超す世界最狂の闘犬に止めを刺す寸前なんて、そんな馬鹿げたでたらめを聞かされたら笑うのはあたりまえぶふ！」

フレブルが、ひしゃげた鼻から鼻水を飛ばしながら反論した。

「百キロの闘犬界の横綱が、下水道のドブネズミよりチビのチワワに平伏して懇願するなんて、犬が猫になってもありえない妄想を聞かされたら噴き出すのはあたりまえぺちゃ！」

パグが、ひしゃげた鼻から鼻水を垂らしながら反論した。

「お前らっ、いまならボスも許してくださるから前肢を折って詫びろ！」

トイプーが、フレブルとパグに命じた。

「ちょっと、サブボス、そこまで言わなくてもいいから」

チワワが苦笑いを浮かべながら、トイプーをたしなめた。

「断ったら、どうするぶふ？」

フレブルが挑戦的に言った。

「ピットブルを血祭りにあげたボスが、お前に制裁を加えることになる。寿命が惜しければ、さっさとボスの前に平伏せ！」

今度は、ミニチュアダックスが恫喝的な口調で命じた。

「ちょ……ちょっと、やめなさい。僕がいつそんなこと……」

「面白い！　やってやるぶふ！」

慌てるチワワを遮り、フレブルが鼻息荒く言った。

「おう！　上等だ！　ボスがお前のひしゃげた鼻を、さらにぺしゃんこにしてやるよ！」

すかさずトイプーが喧嘩を買い、フレブルを挑発した。

「こらっ、勝手なことを言うんじゃない……」

「ぺしゃんこにできるもんなら、してみろぶふ！　逆にお前の小枝みたいな貧弱な骨をバラバラにしてやるぶふ！」

フレブルが動揺するチワワに向き合い、後肢で地面を蹴った。

「待て……待て待て！　僕と君が闘う理由はないだろ？　誤解してほしくないのは、僕が君を恐れているんじゃないってこと。理由があるなら相手が土佐犬でもシェパードでも退かない僕だけど、君とは闘う……」

「闘う理由はあるぶふ！　自慢の鼻をぺしゃんこにしてやるなんて言われたら、黙ってられないぶふ！」

フレブルが後肢で地面を蹴りまくりながら言った。

「そ、それは、僕が言ったんじゃなくてサブボスが……」

「そうやって他犬のせいにして、俺と差しで闘うのが怖いぶふ⁉」

反論しようとするチワワを、フレブルが挑発した。

「ボス！　そんな鼻ぺちゃ、早く叩きのめしてやってください！」

トイプーがチワワを煽った。

「ピットブルを血祭りにあげたボスなら、こんな鼻ぺちゃ秒殺でギタギタです！」

ミニチュアダックスもチワワを煽った。

「わ、わかってるから……そんなに騒ぐな」

チワワが、小声でトイプーとミニチュアダックスに言った。

「子分もそう言ってるぶふ。早く、俺のことも血祭りにあげてみろぶふ！」

フレブルが挑発を続けた。

「ワオ〜ン！　ワオワオ〜ン！　ワオワオワオ〜ン！」

突然、チワワが遠吠えを上げた。

「なんだ？　急にどうしたぶふ？」

フレブルが、怪訝そうな顔で訊ねてきた。

「怖くて、おかしくなったぺちゃ？」

パグが、こめかみを肉球で指した。

数十メートル先から、二頭の中型犬が走ってきた。

「ん？　怖そうな奴らがこっちにくるぶふ……」

「五十キロくらいありそうな半グレ犬ぺちゃ……」

フレブルとパグが、怯えた顔で言った。

二頭は茶色の短毛と灰色の長毛の雑種の半グレ犬だった。

「俺らは闘犬ファミリーの者だ！　お前ら、こんなとこでなにやってんだ⁉　お⁉」

短毛半グレ犬が、フレブルに詰め寄った。

「おいっ、鼻ぺちゃ！　黙ってねえで、なんとか言えや！」

長毛半グレ犬が、パグに詰め寄った。

「お……俺達は、ここで遊んでいただけぶふ……」

フレブルが、震える声で言った。

「遊んでいただと⁉　ここはてめえらの縄張りか⁉　おお⁉　ナメたマネしてやがると、ぶっ殺すぞ！　こら！」

短毛半グレ犬が、フレブルの弛んだ頬を鷲摑(わしづか)みにして怒声を浴びせた。

「てめえも、ぶっ殺すぞ！　おら！」

長毛半グレ犬が、パグの弛んだ頬を鷲摑みにして怒声を浴びせた。

「お前ら、やめろ！」

チワワが一喝すると、二頭の半グレ犬がフレブルとパグを解放した。

「誰が勝手なことをしろと言った！」

「アニキ！　すみません！」

ふたたびチワワが一喝すると、二頭の半グレ犬が弾かれたように肢元に平伏した。

「アニキ……ぶふ？」

「アニキ……ぺちゃ？」

フレブルとパグが、狐に摘まれたような顔でチワワの前に平伏す半グレ犬を見た。

トイプーとミニチュアダックスが、驚いたように顔を見合わせていた。

「昔、ゴールデン街で水を飲んでいるときにこいつらに絡まれたことがあってね。そのときに、ちょいとかわいがってやったことがあるのさ。な？」

チワワが、二頭の半グレ犬に視線を落とした。

「はい！　あのときはアニキの凄さがわからなくて、失礼しました！」

「あんなにボコボコにやられたのは、犬生で初めてでした！　申し訳ありませんでした！」

短毛半グレ犬と長毛半グレ犬が、地面に額を押しつけた。

「もう過ぎたことだ。いいってことよ。それより、ちょいと話があるからついてこい。お前らは、ここで待ってろ」

チワワは二頭の半グレ犬とトイプードルとミニチュアダックスに命じ、路地裏に肢を向けた。

路地の角を曲がったチワワは、雑居ビルのエントランスに飛び込んだ。

ほどなくして、二頭の半グレ犬もエントランスに入ってきた。

「いや〜、助かりましたよ〜」

さっきまでとは別犬のようにチワワが、前肢の肉球を擦り合わせ愛想笑いを浮かべた。

「このっ、どチビが！　偉そうにしやがって！」

「ちょいとかわいがってやっただと⁉」

短毛半グレ犬と長毛半グレ犬が、チワワに詰め寄り犬歯を剝いた。

「ま、まあまあ……そう怒らないでくださいよ〜。いつもの場所に、お礼の品を用意してありますから」

チワワが、揉み肉球をしながら言った。

「ケチってねえだろうな？」

短毛半グレ犬が、チワワを睨みつけてきた。

「ショボかったら咬み殺すぞ！」

長毛半グレ犬が、チワワを脅迫した。

「やだなぁ〜。僕がいままで、嘘を吐いたことありますか？　こっちにきてください」

チワワは二頭の半グレ犬を、雑居ビルの地下へと続く階段に促した。

半開きのドアを潜り抜け、チワワは地下フロアに入った。

続いて二頭の半グレ犬がフロアに入ってきた。

「ジャジャーン！　どうぞ、召し上がれ！」

チワワは言いながら、フロアの中央に置かれた新聞紙を取り去った。

「おお！　エゾ鹿の肉じゃねえか！」

「黒毛和牛もあるぞ！」

短毛半グレ犬と長毛半グレ犬のテンションが上がった。

「肉専門店の冷凍庫から持ってきましたから、上質な肉ですよ。一キロずつありますから」

「なかなかやるじゃねえか！　あっちのほうは、どうなってる？」

短毛半グレ犬が、下卑た笑いを浮かべながら訊ねてきた。

「三階にかわいいメス犬を二頭用意してますから、食後に楽しんでください！」

チワワが、ニヤけながら言った。

「かわいいメス犬？　本当か？　おい、くそチビ！　シニアのババアだったら、許さねえからな」

長毛半グレ犬が、押し殺した声で言った。

「シニアなんてとんでもない！　二頭とも一歳六ヵ月の若いメスで、ドッグショー出場犬レベルの美犬を揃えていますから」

チワワが、薄く小さな胸を得意げに張った。

「一歳六ヵ月！　ドッグショー出場犬レベルの美犬！」

短毛半グレ犬が大声を張り上げ、口角からよだれを垂らした。

「さあさあ、兄貴達、とりあえず高級肉を食べて精をつけてください！」

チワワがへつらいながら言った。

「お前みたいな、弱っちいどチビの舎弟を演じてやったんだ。これくらいはあたりまえだぜ」

「おう、そうだな。一秒で倒せるてめえに平伏してやったんだ。遠慮なく食って、遠慮なくメスを抱かせてもらうぜ」

短毛半グレ犬と長毛半グレ犬が、肉にかぶりついた。

「足りなければ、お代わりもありますから！　いくらでも言ってください！　高級山羊ミルクもどうぞ」

チワワは山羊ミルクの入ったステンレスボウルを、物凄い勢いで肉に喰らいつく半グレ犬達の前に鼻面で押しながら運んだ。

「なんだ？　やけにサービスがいいじゃねえか？　ほかに、頼み事でもあんのか？」

短毛半グレ犬が、出されたばかりの山羊ミルクをガブ飲みしながらチワワを横目で見た。

「さすが、察しがよろしいですね！　えっへっへ……」

チワワが媚びた笑いを浮かべながら、揉み肉球をした。

「言ってみろ」

「お二頭の素晴らしい演技を、もう一度お願いしたいのですが……」

「は⁉　今度はなにを頼みてえんだ⁉」

口吻を山羊ミルクで白く染めた長毛半グレ犬がチワワに訊ねた。

「巨大犬ファミリーのアジトに行って、『三越デパート』が闘犬ファミリーに襲撃されていると伝えてきてもらってもいいですか？」

チワワが、声を潜めて言った。

「なんだって⁉　俺ら半グレ犬が巨大犬ファミリーのアジトなんかに行ったら、寿命を奪われちまうだろ⁉」

長毛半グレ犬の血相が変わった。

「その点は大丈夫です。闘犬ファミリーの襲撃を報せにきたあなた達の寿命を奪うわけないでしょう？　寿命を奪われるどころか、感謝されるはずです」

チワワは言った。

「どっちにしても、そんな危険なことは……」

「見返りはなんだ？　最初に言っておくが、鹿肉や牛肉程度じゃ割に合わねえぞ？」

長毛半グレ犬を遮り、短毛半グレ犬がチワワに訊ねてきた。

「お二頭を、警察犬ファミリーのメンバーに推薦します」

チワワが飛び出た瞳で、二頭を交互に見ながら言った。

「なんだって⁉」

「俺らが警察犬ファミリーのメンバーに⁉」

長毛半グレ犬と短毛半グレ犬が、驚きの声を上げた。

「はい！　構成犬に推薦します！」

チワワは即答した。

「ナメてんのか⁉　てめえみたいなチビが、俺らを警察犬ファミリーにどうやって推薦できるんだよ！」

短毛半グレ犬が、眼尻を吊り上げ激高した。

「僕とボスのシェパードは、ズブズブの仲……いわゆる犬友ってやつなんですよ」

チワワが得意げに鼻孔を膨らませた。

「でたらめ言ってんじゃねえぞ！　てめえとシェパードがズブズブの犬友って証拠はあんのか⁉」

長毛半グレ犬が、鬼の形相でチワワに詰め寄ってきた。

「証拠ですか？　いま、『三越デパート』で警察犬ファミリーがマスチフ隊を襲撃しようとしてるのは、僕がズブズブの犬友のシェパードに闘犬ファミリーの情報を提供したからですよ。信じられないなら、直接シェパードに訊いてみるといいですよ」

平気で嘘を吐いたチワワは、さらに鼻孔を広げて片側の口角を吊り上げた。

闘犬ファミリー

「なんやぬしら？　世界一背の高い犬も、こぎゃんなったら形無しばいね」

「三越デパート」の一階フロア――ウルフハウンド隊長の頭部を前肢で踏みつけながら、マスチフ隊長が吐き捨てた。

ウルフハウンド隊の五十頭の隊犬は、全滅していた。

たいするマスチフ隊で、寿命を失ったのは僅か三頭だった。

「狼狩りの巨大犬と恐れられていたのに、たいしたことない奴らでしたね」

マスチフ副隊長が、屍の山を見渡しながら嘲笑った。

「あたりまえたい！　こやつらの祖先が狼狩りの猟犬なら、俺らの祖先はライオン相手の闘犬たい！　俺らは世界最強のマスチフ隊ばい！」

「世界最強⁉　っていうことは、隊長はピットブル特攻隊長より強いっていうことですか⁉」

マスチフ副隊長が、驚きの表情で訊ねてきた。

「ピットブル？　位が上だから立ててやっとるばってん、俺が本気になったらあんなチビは相手じゃなか！」

マスチフ隊長が豪快に笑った。

「さすが隊長！　じゃあ、土佐犬組長とはどうですか⁉」

好奇の瞳を輝かせ、マスチフ副隊長が質問を重ねた。

「土佐犬⁉　あやつらは、俺らといろんな犬を掛け合わせた雑種たい！　雑種に俺らマスチフが負けるわけなかばい！」

ふたたび、マスチフ隊長が豪快に笑った。

「闘犬ファミリーのボスは、隊長がやるべきですよ！」

「そうですよ！　隊長こそボスに相応しい戦闘力と風格がありますよ！」

「世界中の犬で一番強い隊長が、闘犬ファミリーのボスです！」

隊犬達が口々に、マスチフ隊長を持ち上げた。

「そうたいそうたい、その通りたい！　俺こそが、闘犬ファミリーのボスに相応しいってことば証明してやるけん！　ぬしら、これから巨大犬ファミリーのアジトに殴り込むばい！」

「えっ？　アジト襲撃はピットブル隊が命じられて……」

「だけん先に乗り込んで、俺らが巨大犬ファミリーばぶっ潰して、マスチフ隊が最強ってことば証明するとたい！　行くばい！」

マスチフ隊長は隊犬達に命じ、フロアから飛び出した。

★警察犬ファミリー

「おいおい、いつまで待つつもりだ⁉　さっさとデパートに突っ込んで、マスチフ野郎を皆殺しにしてやろうじゃねえか！」

ロットワイラーが、焦れたようにシェパードを煽った。

「待てと命じたはずだ」

シェパードが無感情な眼で、デパートの正面玄関を見据えつつ言った。

「もういい！　だったら俺の隊だけで……」

複数の肢音が、ロットワイラーの言葉を遮った。

シェパードは眼を凝らした。

四十七頭のマスチフは、想像以上に大きかった。

ロットワイラーも相当にガッチリとした体軀をしているが、マスチフ達と比べれば中型犬に見えてしまう。

とくに先頭に立つマスチフ隊長の体格は圧倒的だった。

体重百キロの土佐犬組長さえも、体格だけならマスチフ隊長に敵わない。

「おいっ、ぬしら、ポリ犬どもが東口になにしにきたとや⁉」

マスチフ隊長が、シェパードとロットワイラーを交互に睨みつけた。

「決まってんだろうが⁉　てめえらをぶっ潰しにきたんだよ！」

ロットワイラーが、犬歯を剝いた。

「おっ⁉　ぬしゃ白狼犬じゃなかや⁉　ぬしがなんでポリ犬どもと……まさか、寝返ったとや⁉」

マスチフ隊長の血相が変わった。

「ああ。土佐犬組長やピットブル特攻隊長のやりかたについていけなくてな」

白狼犬が無表情に言った。

「そん気持ちは、わかるばい。ばってん、不満があるならポリ犬に寝返らんと実力で立ち向かわんや！」

マスチフ隊長が、白狼犬に怒声を浴びせた。

「おめえも、いまウチに入るなら寿命を助けてやってもいいぜ？」

ロットワイラーが、マスチフ隊長にたいして挑発的に言った。

「ぬしゃ、俺ば馬鹿にしとっとか⁉ タイマンで勝負する度胸があるなら、受けて立つばい！ 度胸がなかなら、シェパードの背後に隠れとかんね！」

マスチフ隊長が、挑発を返しながら歩み出てきた。

「望むところだ！ おいっ、いまからマスチフ野郎をぶっ殺すから、てめえらは肢出しするんじゃねえぞ！」

ロットワイラーは警察犬ファミリーの面々に言うと、マスチフ隊長に飛びかかった。

「ぬしらも、肢出しするんじゃなかばい！」

マスチフ隊長もロットワイラーに飛びかかった。

二頭は、頭部からぶつかった。

ゴツッという鈍い音が響き渡った。

二頭は頭部を合わせたまま、力比べを始めた。

吹き飛ばされることはなかったが、百十キロのマスチフ隊長の圧力に七十キロのロットワイラーがジリジリと後退した。

ロットワイラーは警察犬ファミリーの中ではかなりの怪力だが、全犬種で一、二位を争う力自慢のマスチフ隊長相手では分が悪かった。

三十センチ、五十センチ……ロットワイラーが後退を続けた。

「どぎゃんした？　ぬしの力は、この程度ね？」

マスチフ隊長が、挑発しながらロットワイラーを押し込んだ。

「馬鹿力だけは認めてやるぜ。だがな、これは相撲じゃなくて喧嘩なんだよ！」

ロットワイラーが、サイドステップを踏んだ。

的を失ったマスチフ隊長が、前のめりになった。

素早く横に回り込んだロットワイラーはマスチフ隊長の頸部に咬みつき、激しく頭部を左右に振った。

マスチフ隊長の巨体が振り回される光景に、どよめきが起こった。

無理もない。

マスチフ隊の面々は、隊長のこんな姿を見るのは初めてのことだった。

ロットワイラーが頭部を左右に振るたびに、マスチフ隊長の巨体も左右に振り回された。

顎の力では、ロットワイラーは超大型犬にも負けていなかった。

マスチフ隊長の頸部に血が滲んだ。

だが、土佐犬同様に咬まれることを前提に生まれたマスチフの頸部の皮膚は、分厚く弛んでいるのでダメージは少なかった。

「ぬしゃ！　調子に乗るんじゃなかばい！」

マスチフ隊長もロットワイラーの頸部を咬み返し、遠心力を利用して振り回した。

一回転、二回転、三回転……四肢の浮いたロットワイラーが、軽々と振り回された。

四回転、五回転、六回転……十回転を超えても、ロットワイラーはマスチフ隊長の頸部を離さなかった。

十五回転、十六回転、十七回転……二十回転になったところで、ロットワイラーの体が四、五メートル吹き飛んだ。

「しぶとか奴ばい……」

マスチフ隊長はロットワイラーに突進しようとしたが、回転で平衡感覚を失いよろめいた。

その隙を逃さず、起き上がったロットワイラーがよろめきながらマスチフ隊長に突進した。

ロットワイラーはマスチフ隊長の右耳を咬み、上下左右に頭部を振った。

マスチフ隊長の右耳がちぎれ、鮮血が噴き出した。

すかさずマスチフ隊長が、ロットワイラーの顔面に咬みついた。

マスチフ隊長の太く長い犬歯が、ロットワイラーの顔面骨に食い込んだ。

かつて経験したことのない激痛に、ロットワイラーの動きが止まった。

頭蓋骨が割れてしまいそう……いや、このまま咬まれ続ければ間違いなく砕け散るだろう。

「どうね？　負けば認めたら、寿命だけは助けてやるばい？」

マスチフ隊長が顔面骨を咬みながら、ロットワイラーに降伏を促した。

「調子に……乗るんじゃねえぞ！」

ロットワイラーが右前肢の爪で、マスチフ隊長の左の眼球を引っ掻いた。

「うわっ……」

マスチフ隊長が、左の眼球を前肢で押さえながら後退した。

ロットワイラーはマスチフ隊長の背中に飛び乗り、頭部に咬みついた。

「眼には眼を！　犬歯には犬歯をだぜ！」

ロットワイラーはマスチフ隊長の額の皮を咬むと、渾身の力で背を反らした。

それでもマスチフ隊長は犬歯を食い縛り、鳴き声を上げることはなかった。

唐突に、シェパードが突進してきた――マスチフ隊長の喉笛に喰らいつき、ドリルのように回転を始めた。

「おいっ、なにやってんだ⁉　差しの勝負を、邪魔するんじゃねえ！」

ロットワイラーは、シェパードを怒鳴りつけた。

シェパードはロットワイラーを無視して、回転を続けてマスチフ隊長の喉笛を喰いちぎった。

マスチフ隊長が腰から崩れ落ち、四肢を痙攣させながらのたうち回った。

「てめえっ、こんな卑怯なまねをして俺が喜ぶとでも……」

「隊長の敵討ちだ！」

ロットワイラーを遮り、マスチフ副隊長がシェパードに襲いかかってきた。

シェパードは擦れ違いざまに、突進してくるマスチフ副隊長の右前肢を後肢で蹴りつけた。

マスチフ副隊長の尺骨が折れた感触が、シェパードの肉球越しに伝わった。

シェパードは物凄いスピードで、動きの止まったマスチフ副隊長に襲いかかった。

右前肢を骨折しているマスチフ副隊長は、俊敏な動きができず、シェパードをかわすことができなかった。

シェパードは棒立ちのマスチフ副隊長の右後肢の関節に咬みつき、勢いよく頭部を左右に振った。

自身の体重が仇となり、マスチフ副隊長の右後肢の膝蓋骨（しつがい）は呆気なく砕けた。

体を支えることができずに転倒したマスチフ副隊長の下腹――一番柔らかな部位をシェパードは、涼しい顔で咬んだ。

マスチフ隊犬は、立て続けに倒された隊長と副隊長を目の当たりにして戦意を喪失していた。

「父ちゃ……ん。父ちゃんから離れろ！」

小柄なマスチフが鳴きながら、シェパードに歩み寄った。

成犬の三分の一ほどの大きさから察すると、生後半年前後のパピーだと思われた。

「こ……っちに……きちゃ……だめだ。も……戻りな……さい……」

瀕死のマスチフ副隊長が息も絶え絶えに言った。

パピーマスチフは、マスチフ副隊長のパピーだった。

「嫌だ！　僕が父ちゃんを助けるんだ！」

パピーマスチフが、泣き叫びながらシェパードに突進してきた。

「頼む……パピーは……見逃して……くれ……」

マスチフ副隊長が、シェパードに懇願した。

「心配すんな。俺ら警察犬ファミリーは、一歳にならねえガキに肢出しはしねえ」

マスチフ隊長との激闘で、顔面を血で赤く染めたロットワイラーが口を挟んだ。

「な？　そうだろ……」

シェパードを振り返ったロットワイラーが、言葉の続きを呑み込んだ。

シェパードはダッシュし、パピーマスチフの頸部に咬みつき軽々と振り回すとアスファルトに頭部から叩きつけた。

パピーマスチフは事切れた。

「おいっ、お前、なにやってんだ！　ガキには肢を出さないのがファミリーの掟(おきて)だろう！」

ロットワイラーが、血相を変えて叫んだ。

「復讐(ふくしゅう)の芽は早いうちに摘まなきゃならない。息子は残念だったな。ピットブル特攻隊長を恨め」

シェパードはロットワイラーから絶命寸前のマスチフ副隊長に視線を移し、一切の感情が籠らない声で言った。

「お前っ、正気で言って……」

「全犬に告ぐ！　マスチフ隊を一頭残らず殲滅(せんめつ)しろ！　従わない隊犬は敵とみなし寿命を奪う！」

シェパードはロットワイラーを遮り、マスチフ副隊長の返り血で赤鬼のようになった顔で命じた。

巨大犬ファミリー

「失礼します」

白く長い被毛に覆われた七十キロのグレートピレニーズが、メスの柴犬を連れてボス……セントバーナード専用のフロアに入ってきた。

七十キロと言えばほかのファミリーならば超大型犬だが、百三十キロのセントバーナードや百キロのニューファンドランドがいる巨大犬ファミリーの中では小柄なほうだった。

巨大犬ファミリーは、新宿三丁目の大型スーパーの店舗をアジトにしていた。建物は地下二階、地上五階建てで、それぞれのフロアは広大なスペースなので超大型犬の集まりには最適な空間だった。

世界最重量犬種のセントバーナードは山岳救助犬として有名で、雪深い山岳地帯で遭難者を救助する無尽蔵のスタミナがあった。

幹部犬も、軍用犬のグレートデンと家畜を狼から守っていたアイリッシュウルフハウンドは世界で一、二を争う体高の持ち主で、二頭とも後ろ肢で立つと百八十センチほどになる。中でもサブボスのグレートデンは図抜けて大きく、体長は二メートルを超える。カナダの海難救助犬のニューファンドランドもセントバーナードに次ぐ重さで、全身真っ黒の長毛に覆われているので人間がいた時代はよく熊に間違われていた。

地下二階の日用雑貨と衣類が売られていたフロアを、セントバーナードは使用していた。だが、一頭で広大なスペースを独占しているわけではない。

セントバーナードのもとには、多いときで一日二十頭以上の相談犬が訪れる。

「どうぞ、楽にしてください」

特大のクッションにお座りしたセントバーナードが、柴犬に目の前のクッションを勧めた。

柴犬は尾を垂らし、震えながらクッションにお座りした。

柴犬は六歳を越えていそうな中年犬だった。

背中に複数の咬み傷があり、顔も腫れていた。

「彼女は日常的に、夫にひどい暴力を受けているようです」

幹部のグレートピレニーズが、相談犬のトラブルを伝えた。

グレートピレニーズはフランス原産の牧羊犬で、白熊のような外見の大らかなイメージとは裏腹に警戒心の強い性質をしていた。巨体だが持久力に富み、セントバーナードの信頼も厚かった。

戦闘力が高いだけでは、ファミリーはやってゆけない。恐怖と暴力で支配する天下は長続きしない。住犬に愛され、頼られることでファミリーの栄華は続く。

「ご主犬は、同じ犬種ですか？」

セントバーナードは柴犬を怖がらせないように、穏やかな声で訊ねた。

百三十キロの超巨体のセントバーナードを見ただけで、普通の犬は竦んでしまう。白熊のようなグレートピレニーズが中型犬に見えてしまうほど、ボスの巨体は際立っていた。

「いえ……中型の雑種犬です」

柴犬が震える声で言った。

「ご主犬は以前から、暴力を振るっていたんですか?」

セントバーナードは質問を続けた。

「出会った当時は優しい犬だったんですが、悪い犬達とつき合うようになってから犬が変わったようになってしまって……」

柴犬の瞳に涙が浮かんだ。

「悪い犬達とは、どんな犬ですか?」

セントバーナードの問いかけに、柴犬が俯いた。

「怖がらなくても大丈夫です。ボスが解決してくれますから」

グレートピレニーズが柴犬を促した。

「半グレ犬です。彼らとつき合うようになってから、ギャンブルにのめり込んでしまって……」

「闘鼠ですか?」

セントバーナードは訊ねた。

半グレ犬達はドブネズミやクマネズミを闘わせ、見物犬に勝つと思うほうに肉を賭けさせる。見物犬が勝てば賭け肉と同じ重さの肉をもらえ、負けると賭け肉を胴元の半グレ犬に没収される。

半グレ犬は、肉が多く賭けられたほうのネズミを闘わせる直前にいたぶり弱らせるというイカサマを行っていた。

見物犬から巻き上げた肉の八割は、半グレ犬の尻持ちの闘犬ファミリーに上納している。

「パピーのご飯の肉までギャンブルに賭けるようになったので、半グレ犬とのつき合いをやめてほしいと頼んだときに初めて咬まれました。それからは、少し気に入らないことがあれば咬んでくるようになり……」

柴犬が嗚咽に声を詰まらせた。

「ご主犬はいまどこに？」

「……『新宿三丁目公園』で闘鼠をやっています」

「わかりました。あとは私達に任せて、奥さんはお帰りください」

セントバーナードが、柴犬に頷いてみせた。

「あの、謝礼は豚肉三切れくらいしか用意できないんですけど……。本当は牛肉でも用意できればいいのですが、主犬が家に食べ物を入れてくれないので生活がすごく苦しくて……」

柴犬が、申し訳なさそうに言った。

「謝礼なんて、必要ありません。困っている住犬を助けるのが私の役目ですから」

セントバーナードは、柔和に微笑みながら言った。

「いえ、せめて豚肉三切れはお渡ししますから、受け取ってください！」

柴犬が、豚肉の入ったレジ袋をセントバーナードの前に差し出した。

「お気持ちだけ受け取っておきます。奥様から謝礼を頂いたら、ほかの相談犬もそうしなければならないと思ってしまいます。奥様より苦しい犬生を送っている相談犬も大勢いるので、その方々がここにこられなくなってしまいます。なので、これはご家庭で食べてください。奥様を外までお送りして」

セントバーナードはレジ袋を柴犬に返しながら、グレートピレニーズに言った。

「ありがとうございます……ありがとうございます！」

柴犬は何度も頭部を下げながら、グレートピレニーズに先導されてフロアをあとにした。

ほどなくして、グレートピレニーズが戻ってきた。

「早速だがピレニーズ隊を連れて、『新宿三丁目公園』に行ってくれ。いいか？　旦那には絶対に肢を出すな」

セントバーナードはグレートピレニーズに命じた。

「でも、それじゃ旦那は改心しませんよ？」

グレートピレニーズが怪訝な顔で言った。

「代わりに、半グレ犬どもを徹底的に痛めつけろ。奴ら闘犬ファミリーの準構成犬は、ウチの縄張りを荒らしているから制裁する名分が立つ。私達は闘犬ファミリーとは違う。どんなろくでなしでも、住犬に肢を出したらだめだ。目の前で半グレ犬どもを半殺しの目にあわせれば、旦那もおとなしくなるだろう」

セントバーナードが、威厳のある低く太い声で言った。

「たしかに、闘犬ファミリーの舎弟犬を一掃すれば旦那も闘鼠ができなくなりますからね。では、半グレ犬を叩いてきます！」

グレートピレニーズが肉球を返して、フロアを飛び出した。

「ボスは相変わらず情け深いな」

グレートピレニーズと入れ替わるように、サブボスのグレートデンが入ってきた。

ピンと立った両耳、均整の取れた筋肉質の体……グレートデンはその彫刻のような研ぎ澄まされた巨体から、犬界のアポロと称されていた。体重も百キロ近くあり、軍用犬、猟犬として活躍していたので戦闘力も機動力も図抜けて高い。力自慢の巨大犬ファミリーの中でも、グレートデンはボスのセントバーナードと並ぶ実力犬だ。

猛犬揃いの闘犬ファミリーの土佐犬組長からも、グレートデンは一目置かれていた。

「住犬を守るのは当然のことだ。一杯飲むか？」

　センドバーナードはクッションにお座りしたまま、ステンレスボウルに入った水をグレートデンに差し出した。

「いや、遠慮しとく。さっきまで、配下達を労って水盛りをしていたからな」

「お前の隊は、よく頑張ってくれてるな」

　センドバーナードは言った。

　闘犬ファミリーのチンピラ犬が巨大犬ファミリーの住犬にちょっかいを出すたびに、グレートデン隊が出動して制裁を加えてきた。

　これまで巨大犬ファミリーの縄張りで大きなトラブルがないのは、グレートデン隊の功績が大きい。

「いやいや、ボスがマメに住犬の相談に乗ってトラブルを解決しているからだよ」

　グレートデンが言った。

　巨大犬ファミリーのボスとサブボスは、人間がいた時代に富豪の豪邸で飼われていた幼馴染みなので気心が知れていた。

　センドバーナードもグレートデンも、互いの気質と戦闘力を認め合っていた。

「ところで、どうするつもりだ？」

　唐突に、グレートデンが訊ねてきた。

「なにをだ？」

「闘犬ファミリーのことに、決まってるだろ。奴ら、いまは下っ端を使ってちょっかいを出してくる程度だが、そのうち幹部犬が本格的に襲撃してくるぞ？　先に仕掛けて、闘犬ファミリーを叩いておくべきだと思うが」

「好んで闘いを仕掛ける必要はない。戦争となれば、ファミリーにも住犬にも被害が出る。軽率な行為で、血の雨を降らせるわけにはいかない。お前は、私の気質を誰よりも知っているだろう？」

セントバーナードが、諭すように言った。

「ああ、だから言ってるのさ。よく言えば泰然自若、悪く言えば呑気に構え過ぎるところが心配なんだ。極悪非道な闘犬ファミリーに常識は通用しない。ファミリーや住犬を守りたいなら、先手必勝あるのみだ。なあ、グリズリー。頼む。ここは俺に任せてくれ」

グレートデンが、幼馴染みの呼称を口にしながら懇願した。

「だめだ。私達はごろつきや盗賊ではない。侵略犬は生きては返さないが、私達が侵略するわけにはいかない。アポロ。お前のほうこそ、私に任せてくれ」

セントバーナードも、グレートデンの呼称を口にしながらふたたび諭した。

「わかった。お前はパピーの頃から一度言い出したらテコでも動かない頑固犬だからな。じゃあ、俺からの提案だ。闘犬ファミリーに先制攻撃を仕掛けないなら、シェパードと会ってくれないか？」

グレートデンが言った。

「シェパードと？　なぜ？」

セントバーナードは、怪訝な顔をグレートデンに向けた。

「昔、警察犬大学に通ってた頃に、シェパードとは同期でな。誠実で、筋の通ったオスだったよ。特攻隊長のロットワイラーも同期だったが、奴と違ってシェパードは犬格ができている。一度、会ってほしい」

グレートデンが真剣な眼差しで言った。

「まさか、警察犬ファミリーと肢を組ませるつもりじゃないだろうな？」

セントバーナードは疑わしそうな眼で、グレートデンを見た。

「さっきも言ったが、ボスのシェパードは信頼できるオスだ。お前も、きっと気に入るはずだ。お前も知っての通り、闘犬ファミリーには土佐犬組長とピットブル特攻隊長という怪物犬がいる。ほかにも、マスチフに狼犬……うちだけでは正直、勝てるかどうかわからない。だが、警察犬ファミリーと呉越同舟でいけば奴らを制圧できる。そう思わないか？」

グレートデンが、セントバーナードに同意を求めた。

「そうかもしれないが、会う必要はない。仮に闘犬ファミリーと戦争することになっても、我々だけで闘う。警察犬ファミリーの力を借りる気はない」

　セントバーナードが、にべもなく言った。

「本当にお前は頑固な奴だ。とにかく、肢を組まなくてもいいからシェパードと一度会ってくれ」

「お前のほうこそ頑固だな。わかった。会うだけなら……」

「ボス！　大変です！」

　グレートピレニーズが、珍しく慌てふためきセントバーナードのもとに駆け寄ってきた。

「どうした？」

「『三越デパート』に闘犬ファミリーが襲撃してきたそうです！」

「『三越デパート』が襲撃された⁉　どういうことだ⁉」

　セントバーナードは血相を変えて立ち上がり、グレートピレニーズに訊ねた。

「お前ら、入ってきてボスに説明しろ」

　グレートピレニーズが振り返り声をかけると、二頭の半グレ犬がおずおずとフロアに入ってきた。

「お前らは闘犬ファミリーの舎弟じゃないか！　なにしにきた⁉」

　グレートデンが険しい表情で半グレ犬に詰め寄った。

「お、俺らはセントバーナードのボスに情報を……」

「だから、どうして自分らのボスを売るようなまねをする!? 土佐犬組長の指示か!?」

グレートデンが二頭の喉を両の前肢で摑み、後肢で立ち上がった。

「ぐ……ぐるじい……」

「は……はなじでぐれ……」

宙吊りにされた半グレ犬が、後肢をバタバタさせた。

「どんな罠を仕掛け……」

「放してやれ」

セントバーナードが命じると、渋々とグレートデンが二頭をフロアに放り投げた。

セントバーナードが、苦しげに空気を貪る半グレ犬に命じた。

「詳しく説明してみろ」

「……闘犬ファミリーのマスチフ隊が『三越デパート』を襲い、ウルフハウンド隊が皆殺しにされました……」

息も絶え絶えに、一頭の半グレ犬が言った。

「ウルフハウンド隊が皆殺しだと!? でたらめじゃないだろうな!?」

セントバーナードが血相を変えて訊ねた。

「でたらめなんかじゃありません！ いまは、警察犬ファミリーが『三越デパート』の前に集合してます」

「警察犬ファミリーが⁉　なぜだ⁉」

セントバーナードが質問を重ねた。

「マ、マスチフ隊を襲撃するようです……」

半グレ犬が、強張った顔で言った。

「だからなんで、警察犬ファミリーがマスチフ隊を襲撃するんだよ！　お前らっ、やっぱり闘犬ファミリーのスパイじゃないのか⁉」

いら立った口調で、グレートデンが半グレ犬に詰め寄った。

「ほほほ……本当に違いますって！　聞いた話では、『京王百貨店』で警察犬ファミリーが闘犬ファミリーに襲撃された報復とかなんとか……」

「誰から聞いた⁉」

すかさず、グレートデンが問い詰めた。

「チ、チワワです……」

「チワワ⁉　なんで愛玩犬ファミリーのどチビが、そんなこと知ってるんだよ⁉　お前らっ、でたらめばかり言いやがって！」

ふたたびグレードデンが、二頭の喉を両の前肢で摑み、後肢で立ち上がった。

「い、いぎがでぎない……」

「じ……じぬ……」

二頭の眼が充血し、迫り出した。

「やめなさい！」

セントバーナードに一喝されたグレートデンが、二頭を床に投げ捨てた。

「わざわざウチのアジトに乗り込んできて、寿命を奪われるような嘘は吐かないだろう。警察犬ファミリーがマスチフ隊を襲撃しているなら、ウチが動かないわけにはいかない。隊犬に伝えろ！　セントバーナード隊とグレートデン隊で出動だ！」

セントバーナードが厳しい表情で、グレートデンに命じた。

★警察犬ファミリー

「三越デパート」前——血の海と化したアスファルトに沈むマスチフ隊の四十七頭の屍を、シェパードは返り血に濡れた顔で見渡した。

「なかなか、手強い犬どもだったぜ」

ロットワイラーが、激しくパンティングしながら言った。

ロットワイラーの言う通り、さすがは先祖が古代ローマでライオンと闘っていただけのことはあり、マスチフ隊の戦闘力は相当なものだった。

シェパード隊、ロットワイラー隊、狼犬隊は合わせて十頭が寿命を奪われた。

犠牲犬はマスチフ隊の四分の一以下で圧勝に見えるが、シェパード達が三倍の数だったことを考えると素直に喜べない。

もし、マスチフ隊と同じ頭数だったらかなりの苦戦を強いられたことだろう。

「次は闘犬ファミリーのアジトだ」

肢を踏み出そうとしたシェパードの前に、返り血で白い被毛を赤く染めた白狼犬が立ちはだかった。

「邪魔だ」

シェパードは押し殺した声で言った。

「日を改めたほうがいい。戦闘力が落ちている状態で、土佐犬組長やピットブル特攻隊長と闘うのは無謀だ」

「やけに弱気じゃねえか？　疲れてるくらいが、ハンデになってちょうどいいだろ？」

ロットワイラーが、不敵に言い放った。

「奴らを甘く見たらだめだ。こっちが万全でも、勝てる保証はない相手だ」

白狼犬が釘（くぎ）を刺してきた。

「お前は、奴らを過大評価し過ぎだっつーの！」

ロットワイラーが吐き捨てた。

「サブボスの言う通りだ。このままの勢いで、闘犬ファミリーを殲滅する」

シェパードは淡々とした口調で言った。

シェパードが肢を踏み出そうとしたとき、地鳴りのような肢音が聞こえた。

およそ三十メートル向こう側から走ってくる超大型犬の大群――先頭を走るのは巨大犬ファミリーのボスであるセントバーナードとサブボスのグレートデンだった。

二頭の背後には、二百頭を超える隊犬が続いていた。

「ようやくおでましか」

ロットワイラーが笑いながら言った。

「止まれー!」

シェパードの十メートル先――セントバーナードが、下腹を震わせるような野太い声で隊犬に命じた。

「君達がやったのか?」

セントバーナードが、マスチフの死骸を見渡しながらシェパードに訊ねてきた。

「そうだ！　ウチもサブボスとドーベルマン隊を皆殺しにされた」

ロットワイラーが、シェパードの代わりに答えた。

「ドーベルマンがやられたのか!?」

グレートデンが驚きの声を上げた。

無理もない。

シェパードも、いまだにドーベルマンの寿命が奪われたことが信じられなかった。

「ああ、ピットブルの野郎にな！　くそったれが！」

ロットワイラーが、地団駄を踏みながら吐き捨てた。

「皆殺しにされたのは、ウチの隊犬ばかりじゃない」

シェパードが、「三越デパート」を振り返りながら言った。

「そのようだな。確認してきてくれ」

セントバーナードが、サブボスのグレートデンに言った。

「ん？　お前はたしか、闘犬ファミリーの幹部犬じゃないのか？　どうして、彼らとともにいるんだ？」

セントバーナードが、白狼犬に眼を移した。

「土佐犬組長とピットブル特攻隊長の、残忍なやりかたに我慢ができなくてな」

白狼犬が鼻梁(びりょう)に皺を寄せた。

「それで、警察犬ファミリーに寝返ったというわけか？」

セントバーナードが、軽蔑の色を宿した眼で白狼犬を見据えた。

「結果的にはそうなるな」

白狼犬が、気を悪くしたふうもなく認めた。

「余計なお世話かもしれないが、彼を信じないほうがいい。一度は、残忍な土佐犬組長に忠誠を誓った犬だ。同じ穴の貉という諺がある」

セントバーナードが、シェパードに視線を移した。

「よその心配はいいから、自分のファミリーの心配をしろ」

シェパードは素っ気なく言った。

白狼犬を信じてはいない。それは、幼馴染みのロットワイラーにたいしても例外ではなかった。いつ、自分を裏切ってもおかしくはない。いや、裏切らざるを得なくなるかもしれない。

シェパードがドーベルマンとハナの死で悟ったのは、大切な犬を守れるのは犬望の厚いボスではなく非情で容赦ないボスだということだ。悪魔犬にならなければ、罪悪感の欠片もなく他犬の寿命を奪う土佐犬組長やピットブル特攻隊長には勝てない。

手段は選ばない。

シェパードがやるべきは、闘犬ファミリーの寿命を一頭残らず奪うことだ。

そのために、一頭の味方がいなくなっても……。

「そのことで、君に話がある」

セントバーナードが言った。

「悪いが、時間がない。行かなきゃならないところがあってな」

「闘犬ファミリーの本部なら、いまはやめといたほうがいい」

セントバーナードの言葉に、シェパードは踏み出しかけた肢を止めた。

「なぜだ?」

「簡単なことだ。単純な戦闘力の比較で、君達は闘犬ファミリーに勝てない」

セントバーナードが言った。

「なぜ、そう言い切れる?」

シェパードは訊ねた。

「まずは顎の力、パワー、そして、なにより決定的なのは非情さだ。奴らは必要とあれば親犬であろうと微塵の躊躇なく咬み殺す。家族思い、仲間思いの君達には到底無理だ。究極の闘いになったときに物を言うのは、呼吸するように敵を殺せるかどうかだ」

「だとすれば、どうしろというんだ?」

シェパードは、もう少しセントバーナードにつき合うことにした。

「戦闘力で劣るなら、数の力で圧倒するしかない。闘犬ファミリーを倒すためなら、巨大犬ファミリーは警察犬ファミリーと肢を組んでもいいと思っている。君の意見は?」

セントバーナードは、シェパードに訊ねた。

「顎の力とパワーには、俊敏性と機動力で対抗できる。だが、非情さに関してはお前と同意見だ。わかった。今日の襲撃は見合わせよう」

シェパードは、セントバーナードの意見に従った。

「グレートデンが戻ってきたら、ウチのアジトに行って作戦会議をしようじゃないか」

セントバーナードが言った。

「その前に、会わなきゃならない犬がいる。用事が終わったら、お前らのアジトに行く」

シェパードは言い残し、駆け出した。

「おい、どこに行くんだ？」

ロットワイラーがあとを追ってきた。

「話はあとだ。お前は先に巨大犬ファミリーのアジトに行ってろ」

シェパードは駆け出した。

唯一の弱点を克服するために……。

百人町(ひゃくにんちょう)の教会の聖堂──シェパードは祭壇の前にお座りし、ステンドグラスをみつめていた。
懐かしさが胸に込み上げてきた。
パピーの頃は、ステンドグラスが怖くてよく鳴いたものだ。

そんなとき、そばにきて気持ちを落ち着かせてくれたのがビーグル神父だった。

ビーグル神父は、この教会の神父の飼い犬だった。

人間がいた時代……敬虔なカトリック信者だった飼い主に連れられて、パピーだったシェパードは毎週日曜のミサに参加していた。

聖堂に動物は立ち入り禁止だったが、神父が大の犬好きだったのでシェパードは特別にミサへの参加を許されていた。

神父が飼っていた十歳のビーグルは、ミサが行われている間、祭壇の横に行儀よくお座りしていた。

そんな姿に、いつしか参加者の間ではビーグル神父と呼ばれるようになっていた。

ビーグル神父はミサで参加者に配られるパンの残りを、シェパードに持ってきてくれた。

シェパードが一歳になり好きなメスができたときも、近所の大型犬にイジメられたときも、ビーグル神父はいつも悩みを聞いてくれた。

——失敗を恐れずに告白しなさい。仮にメス犬に想いが届かなかったとしても、恥じることはない。行動せずにする後悔より、行動してする後悔のほうが遥かに素晴らしいものだよ。

君は、勇気という何物にも代えられない宝物を手に入れることができるのだからね。

——君をイジメる犬、君を嘲る犬に勇気を持って立ち向かいなさい。だけど、決して恨んではならないよ。誰かを恨めば、その恨みは自分に返ってくるものだから。どんなに憎い相手でも、許してあげなさい。それは相手のためではなく、自分のためなのだから。幸せな犬生を送るためには、憎悪や敵意で心を満たしてはならないよ。

事あるごとに、ビーグル神父は幼いシェパードに諭し聞かせてくれた。

シェパードは成犬になってからも、ビーグル神父のもとに肢しげく通った。ビーグル神父はシェパードにとって、犬生の師であり神だった。

新型殺人ウイルスが流行り、街から人間がいなくなってからは血で血を洗う縄張り争いに明け暮れ、教会からも遠ざかってしまった。

肉球を血に染めボスに上り詰めたシェパードは、ビーグル神父に合わせる顔がなかった。半年ぶりに教会を訪ねたのは、告解のためだった。

「おやおや、誰かと思ったら。大きくなったね」

懐かしい声……振り返ると、ビーグル神父が柔和な笑顔で歩み寄ってきた。半年前より一回り小さくなり、眼の下の被毛に白いものが増えていた。

「ご無沙汰してます。いきなりお邪魔して、申し訳ありません」

シェパードはビーグル神父に向き直り、頭部を垂れた。

「ヒトがいなくなって教会もボロボロになったけれど、いまでも日曜には君みたいに飼い主とミサに参加していた犬が顔を出すんだよ。だから私も、飼い主の神父がいなくなっても教会に通い続けなくちゃならなくなってね」

ビーグル神父が苦笑しながら、祭壇の横にお座りした。

「いろいろとお世話になったのに、顔を出さずにすみません」

「いいんだよ。ヒトの諺で、便りがないのは元気な証拠、というものがあるからね。風の便りに、君が出世したことは聞いたよ。警察犬の組織を作って、ボスになったんだってね。たいしたものだよ。顔も精悍になって、見違えるようになった」

ビーグル神父が、ふくよかな笑顔で頷いた。

シェパードの胸が疼いた。まだまだ、甘さが残っている。

「そんなに立派なものじゃありません」

謙遜ではなく、本音だった。

ビーグル神父は知らない。眼の前にいるのは、ビーグル神父が知っているシェパードではないことを。

「立派だよ。大勢の部下を率いながら、街の治安を守っているじゃないか」

ビーグル神父は知らない。

街の治安を守るために、シェパードが数えきれないほどの犬達の寿命を奪ったことを。

「今日は、告解しにきました」

シェパードは本題を切り出した。

「移動するかね？」

ビーグル神父が、祭壇の奥の告解室を肉球で指した。

「いえ、こちらで構いません」

シェパードは即答した。

「そうかい。なら、早速だが、赦(ゆる)しの秘跡を始めよう。神の慈しみに信頼して、あなたの罪を告白しなさい」

ビーグル神父がシェパードを促し、眼を閉じた。

「私は、罪を犯しました。警察犬ファミリーの縄張りを得るために、住犬を守るために、敵対する多くの犬の寿命を奪いました。今日は、敵対する闘犬ファミリーのパピーを肢にかけました」

シェパードの告白に、ビーグル神父がゆっくりと眼を開けた。シェパードをみつめるビーグル神父の瞳は、とても哀しげだった。

「いかなる罪のある動物の命であっても、寿命を奪ってはならない。この世に存在する生きとし生けるものは神の子であり、崇高な存在であり、あなた自身だから。それでは、神の赦しを求め、心から悔い改めの祈りを唱えなさい」

　ビーグル神父が慈しみに満ちた眼でみつめながら、シェパードを促した。

　シェパードは眼を閉じ、心で赦しを求めた。

「全能の神、憐み深い父は、御子キリストの死と復活によって世をご自分に立ち返らせ、罪の赦しのために聖霊を注がれました。神が教会の奉仕の務めを通して、あなたに赦しと平和を与えてくださいますように。私は、父と子と聖霊の御名によって、あなたの罪を……」

「ドーベルマンとハナの仇を討つために、悪魔に魂を売り渡す罪をお赦しください」

　シェパードはビーグル神父を遮り、感情を封印した瞳でみつめた。

「君がここにきたのは、そういう理由だったんだね」

　シェパードの真の目的を察しても、ビーグル神父の瞳からは恐怖も驚きも感じられなかった。

　冬の湖水のように澄んだ瞳は、底なしの哀しみに満ちていた。

　怯えてほしかった……軽蔑してほしかった。

　そんな眼で、俺を見ないでくれ……。

シェパードは、心でビーグル神父に訴えた。

「どんな君でも、私は受け入れ、そして赦そう。君の思うようにしなさい」

ビーグル神父の瞳から哀しみは消え、慈しみが広がっていた。

「神父……」

封印した感情の扉が開きそうになるのを、シェパードは懸命に止めた。

犬歯を嚙み締めた——四肢が震えた。

「一つだけ、約束してほしい。進むべき道がわからなくなったときには、また、引き返したくなったときには、君の心に私が残した愛を道標にしなさい」

ビーグル神父の言葉に、シェパードの心が震えた。シェパードの眼の前にいるのは紛れもなく神だった。

シェパードは眼を閉じた。

パピー時代のビーグル神父との思い出が、昨日のことのように鮮明に蘇った。海のように深い愛で……空のように広い心でシェパードを包んでくれたビーグル神父。

いまなら、まだ間に合う……ケダモノにならずに済む。一線を越えてしまえば、もう二度とケモノには戻れない。

悪魔を倒すためには、悪魔にならなければならない。悪魔になるためには、神の屍を越えなければならない。

不意に、脳内で声が聞こえた。

シェパードはカッと眼を見開いた。

相変わらず、ビーグル神父は慈愛深い瞳でシェパードをみつめていた。

シェパードは感情のスイッチをオフにし、ダッシュした。

ビーグル神父の喉笛に喰らいつき、一度宙に高々と持ち上げ床に叩きつけた。苦しまないように、一息に頸動脈を咬み切った。

シェパードの視界を、ビーグル神父の頸部から噴出する鮮血が赤く染めた――肢元でビーグル神父が四肢を痙攣させ、やがて事切れた。

血の海に横たわるビーグル神父を、シェパードは虚(うつ)ろな瞳で見下ろした。

恩師を殺してしまった。

シェパードに我が子のように無償の愛を注いでくれたビーグル神父を……。もう、あとへは引き返せない。

「あなたの愛を無駄にはしません。あなたを肢にかけることに比べれば、今後、数多(あまた)の寿命を奪うことに躊躇いはありません。敬愛して止まないあなたの息の根を止めた私は、どんな悪魔より非情な悪鬼となるでしょう。いえ、ならなければなりません。あなたの死を無意味にしないために」

シェパードはビーグル神父の屍の首に咬みつき振り上げると、脳天を床に叩きつけた。頸骨が折れる音とともに、ビーグル神父の首がL字に曲がった。

シェパードはビーグル神父の屍を踏みつけ、聖堂をあとにした。

後編

闘犬ファミリー

「頭が高い頭が高い頭が高ーいっ！　闘犬ファミリーの土佐犬組長のお通りだぞー！」

歌舞伎町の区役所通り——土佐犬組長とピットブル特攻隊長を先導するチワワが、脳天から突き抜けるようなヒステリックな声で住犬達に命じた。

土佐犬一行に気づいた住犬達は、慌てて通りに飛び出してくるとヘソ天の姿勢で出迎えた。

土佐犬組長とピットブル特攻隊長の背後からは、土佐犬隊とピットブル隊がそれぞれ五十頭ずつ続いていていた。

闘犬ファミリーのナンバー1と2が揃って縄張りを見回ることは滅多にないので、街の空気はピリついていた。

「おいっ、おんし」

土佐犬組長が、居酒屋の店舗の前でヘソ天していたオスの黒い雑種犬に声をかけた。

黒雑種犬はまさか自分が声をかけられたとは思わずに、ヘソ天を続けていた。

「おいっ、黒いの！　親分様が声をかけてくださってるんだぞ！」

チワワが黒雑種犬の腹を肉球で叩いた。

「す、すみません！」

黒雑種犬が、慌てて起き上がった。

「おんしの親の犬種は、なんだがや？」

土佐犬組長が、ドスの利いた声で黒雑種犬に訊ねた。

「お、お、親も雑種です」

黒雑種犬が震える声で言った。

「おんし、立ち耳で、尖(とが)った口吻で、わしの大嫌いなシェパードに似とるのう？　おんし、もしかして、わしの大嫌いなシェパードの血が入っとるがや？」

土佐犬組長が、黒雑種犬を睨みつけた。

「い、いえ……そ、そんな話は聞いたことありません！」

黒雑種犬が慌てて否定した。

「へっへっへ……親分様、たしかにこいつは立ち耳ですが、とてもシェパードには見えませんぜ」

チワワが言った。

「誰がおんしに訊いた？」

「ひっ……」

土佐犬組長に凄まれたチワワが、息を呑み表情を失った。

「特攻隊長、おんしはどう思うがや？」

「どこからどう見ても、シェパードにしか見えまへんな」

ピットブル特攻隊長が、ニヤニヤしながら即答した。

「おい、どチビ、もう一回、おんしに訊いてやるき。こん黒犬は、シェパードの血が入っとると思うがや？」

土佐犬組長が、据わった眼をチワワに向けた。

「もちろんですとも！　彼はどこから見てもシェパードです！」

チワワが、あっさりと前言を撤回した。

「やっぱり、おんしらの眼にもそう見えるき」

土佐犬組長が満足そうに頷きながら、黒雑種犬を見据えた。

「ほ、本当に、私にはシェパードの血は流れていません……信じてください」

黒雑種犬がお座りをし、前肢の肉球を合わせて懇願した。

「わしの大嫌いなシェパードの血が入ったこいつを、どうするべきかと思うがや？」

土佐犬組長が、ピットブル特攻隊長に芝居がかった口調で訊ねた。

「そんなもん、八つ裂きにしてドブネズミとカラスの餌にするに決まってまんがな！」

迷いなく、ピットブル特攻隊長が即答した。

「おんしは、どう思うがや？」

ふたたび、土佐犬組長がチワワに意見を求めた。

「えっ……いや……シェパードの血が入っていても親分様に忠誠を誓わせれば寿命を奪う必要はないと思います。むしろ、憎きシェパードの血が流れているからこそ、生かしたまま警察犬ファミリーと闘わせたほうがいいですよ！」

チワワが、熱っぽい口調で訴えた。

「ワレっ、なにほざいとんねん！　クソチビ出目金犬が！　こないな雑魚を兵隊にするほどウチはレベル低くないわ！　ボケ！　シェパードの血が流れとるっちゅう理由だけで死刑や！　余計なことばかり抜かしやがると、ワレの頭蓋骨嚙み砕いて脳みそを下水道にぶちまけたるで！」

ピットブル特攻隊長がチワワに顔を近づけ、犬歯を剝き出し威嚇した。

「ご、ごもっともでございます！　全世界の猛犬中の猛犬が集まったのが闘犬ファミリーでございます！」

チワワはもともと迫り出した眼をいっそう飛び出させながら言った。

「ちゅうことで、おんしは死ぬことに決まったき。首の骨を折られるか？　喉を咬み裂かれるか？　死にかたは選ばせてやるき。どれがええがや？」

土佐犬組長が加虐的に笑いながら、黒雑種犬に死の二択を突きつけた。

「そ、そんな……お許しください！　私には、二匹のパピーがいるんですっ」

黒雑種犬が、土佐犬組長の肢元に跪いた。

「父ちゃん！　どうしたんでしゅか⁉」

「父ちゃんをイジメちゃだめでしゅ！」

生後三ヵ月ほどの二匹のパピーが、建物から飛び出してきて平伏す黒雑種犬に庇うように寄り添った。

「おうおうおう、たくまちいおちびちゃんだがや。ちんぱいちないでも、パパをイジメたりちませんからね～」

土佐犬組長が目尻を下げ、二匹のパピーの頭部を舐めた。

「ちょっとだけ、お遊びの相手にパパをかちてね～」

土佐犬組長はパピー言葉で言いながら、黒雑種犬の首を咬むと風車のように振り回した。

「ほら～パパが回ってるがや～、回ってる～がや～」

「やめてくだちゃい！」

「パパの眼が回っちゃいまちゅ！」

パピー達が鳴きじゃくりながら叫んだ。

「大丈夫じゃき～。パパはもっとしてほしいって喜んでるがや～。ほぉら～！　ほぉら～！　ほぉら～！」

土佐犬組長が、黒雑種犬を何度も地面に叩きつけながら振り回した。

地面に叩きつけられるたびに骨が砕ける音が鳴り響き、黒雑種犬の四肢がおかしな方向に折れ曲がった。

「やめてくだちゃい！　パパが死んじゃいまちゅ！」

「パパがバラバラになっちゃいまちゅ！」

「ほぉら～！　パパは喜んでるがや～」

土佐犬組長はパピー達に見せつけるように、黒雑種犬を地面に叩きつけた。

「ほぉ～ら！　パパを返してあげるがや～」

土佐犬組長が黒雑種犬をパピー達の前に放り捨てた。

「パパ……パパが血塗れでちゅ！　パパの血を止めてくだちゃい！　止めてくだちゃい！」

「パパ！　パパをたちゅけてくだちゃい！」

パピー達がチワワのもとに駆け寄り懇願してきた。

生後三ヵ月だが、二匹ともチワワの倍ほどの大きさがあった。

「ぼぼぼ、僕に言われても……」

チワワが後退りした。

「チビのおじしゃん……パパの血を止めてくだしゃい……」

「チビのおじしゃん、パパを助けてくだちゃい！」

パピー達がチワワにしがみついてきた。

「は、は、放して……」

「やかましい！　ワレらの親父（おやじ）は死んだんや！」

ピットブル特攻隊長が、二匹のパピーの顔面を立て続けに右の肉球で殴りつけた。

パピー達が競うように吹き飛んだ。

「パ、パピーにそこまでやらなくても……」

「クソチビ出目金犬！　ガキの心配よりワレの心配せんかい！　はようこんかい！」

ピットブル特攻隊長が、チワワの耳を咬み引き摺った。

「おい、腹減ったから、どこかから牛肉持ってくるがや！　最近、牛肉を喰ってないき力が出んがや！」

土佐犬組長が路肩に寝そべり、ピットブル特攻隊長に命じた。

「わかりました！　おいっ、ワレら、肢分けしてそのへんから牛肉を持ってこいや！　抵抗する犬がおったら痛めつけてええで！　ワレは一緒についてこんかい！」

ピットブル特攻隊長は隊犬達に命じると、チワワの耳を引っ張ったまま居酒屋の中に入っていった。

「いでででで……に、逃げませんから……放してください！」

チワワが涙目で訴えた。

「あたりまえや！　逃げ出そうとしたら、ワレの痩せこけた体から喰ったるで！」

ピットブル特攻隊長がチワワをフロアに放り投げた。

「あの……どちら様かな？」

フロアの奥から、白い口髭(くちひげ)のシュナウザー爺やとシュナウザー婆やが連れ立って現れた。齢(よわい)十五のシュナウザー爺やの体は背骨と肋骨が浮き出し、ガリガリに痩せていた。小型犬の十五歳は人間で言えば七十六歳の老人だ。

「あ、あの……牛肉があったらわけてほしいんだけど？」

チワワが遠慮がちに、シュナウザー爺やに訊ねた。

「牛肉かい？　残念ながら、ウチにはそんな贅沢(ぜいたく)なものは置いとらんでな。ちょっと待ってくれんかの」

シュナウザー爺やが奥へ引き返した。

「あんたら、そんなとこに突っ立ってないでお座りして待ってなさい。いま、白湯(さゆ)でも出すからね」

シュナウザー婆やが、笑顔でブリキボウルをくわえて流し台に向かった。

ピットブル特攻隊長が店舗内の物色を始めた。

「なんや、しけた店やのう。ろくな食いもんがねえやんけ」

ピットブル特攻隊長が吐き捨てるように言った。

「ほれ、飲みなさい」

シュナウザー婆やが、ピットブル特攻隊長とチワワの前に白湯の入ったブリキボウルを置いた。

「こらクソババア！　こんな腐った水を飲めるかい！」

ピットブル特攻隊長がブリキボウルを前肢で引っ繰り返した。

「まあ、なんてもったいないことを……」

「ごちゃごちゃぬかさんと、食いもん探してこんかい！」

ピットブル特攻隊長が、シュナウザー婆やの腰を後肢で蹴りつけた。

「痛たたたた……」

シュナウザー婆やが顔をしかめて腰砕けになった。

「婆さん！　大丈夫か⁉」

トレイを前肢に抱えたシュナウザー爺やが、シュナウザー婆やに駆け寄った。

「ババアより、早よ食いもん寄越さんかい！」

ピットブル特攻隊長が、シュナウザー爺やからトレイを奪った。

「なんやこれ⁉　干物だけやないかい！　牛肉はどこにあるねん⁉」

「牛肉などないと、言ったではないか……」

「じゃかわしい！　死に損ないの役立たずが！」

ピットブル特攻隊長が、トレイをシュナウザー爺やの脳天に思い切り叩きつけた。

「うほぉ……」

シュナウザー爺やが前肢で頭部を押さえながら、床を転げ回った。

「どアホ！　誰が生臭い干物なんて持ってこい言うた！　俺はな、血の滴る牛肉を持ってこいと言うたんや！　なんでワレみたいな骨と皮の干物を喰わなあかんのや！　お⁉　干物ジジイ⁉　牛肉はどこや⁉　お⁉　どこやと訊いとるだろ⁉　ボケ！　カス！」

ピットブル特攻隊長が罵詈雑言を浴びせながら、シュナウザー爺やの頭部、背部、脇腹を蹴りまくった。

「そそそ、それ以上やったら、死にますよ……」

チワワが青褪(あおざ)めた顔で、ピットブル特攻隊長に言った。

「役立たずの老犬は、くたばったほうが世の中のためや！」

「あんた！　なにをやっとるんじゃ！　爺さんが死んでしまう……」

「ババアは、すっこんどれ！」

ピットブル特攻隊長が、シュナウザー婆やの顔面に頭突きを喰らわせた。

シュナウザー婆やの痩せ細った体が、複数の犬歯とともに宙に飛んだ。

「干物ジジイ！　牛肉はどこや⁉」

ピットブル特攻隊長が、瀕死のシュナウザー爺やの顔面を前肢で踏みつけながら訊ねた。

「牛肉……なんぞ……ここには……ないわい……」

シュナウザー爺やが、血を吐きながら言った。

「だったら、ワレには用はないわ！」

ピットブル特攻隊長はシュナウザー爺やの顔面に頭突きを浴びせ、出口に向かった。

「ワレら、そのへんの食いもんを集めて持ってこいや！」

ピットブル特攻隊長は隊犬達に言い残し、店をあとにした。

隊犬達が店内を荒らし始めた。

「だ、大丈夫ですか？」

チワワは、床で痙攣するシュナウザー爺やに恐る恐る声をかけた。

「ば……婆やを……婆やを頼む……ウゴォホォッ……」

シュナウザー爺やが大量の血を吐き、激しく四肢を痙攣させて白眼を剝いた。

「あわわわわ……」

チワワは這いずりながら、シュナウザー婆やのもとに向かった。

シュナウザー婆やは顔面血塗れで、床でぐったりしていた。

「お……お婆さん、大丈夫か？」

チワワが声をかけると、シュナウザー婆やが震える前肢を宙に伸ばし口をパクパクとさせた。

「な、なにか言いたいんですか⁉」

チワワが大きな耳をシュナウザー婆やの口元に近づけた。

「じ……爺さんは？」

薄くかすれた声で、シュナウザー婆やが訊ねてきた。

「お、お爺さんは……」

チワワは三メートル先で事切れているシュナウザー爺やに視線をやった。

「お爺さんは……い、生きてます」

チワワは、咄嗟に嘘を吐いた。

「よかった……。さくら通りに……薬草を売っているサルーキ先生がいるから……爺さんの薬草を……もらってきて……おくれ……。わしはもう……だめじゃから……爺さんのぶんをもらってきておくれ……」

息も絶え絶えに、シュナウザー婆やは言った。

「だめなんて、そんな弱気なこと……」

チワワの言葉を遮るように、シュナウザー婆やが吐血した。

「は……はよう……爺さんに薬草を……」

シュナウザー婆やが、さらに大量の血を吐いた。

「お……お婆さん！」

「あんたは……きれいな瞳をしておる……あやつらとは……かかわっちゃ……いかんよ……」

シュナウザー婆やが四肢を痙攣させ、やがて事切れた。

「お……お婆さ……ん」

チワワの飛び出した瞳から涙がこぼれ、ひしゃげた鼻から鼻水が垂れた。

「おい、そんなところでボーッとしてねえで、さっさと食いもんを集めろって特攻隊長に言われただろ！」

ピットブル隊犬がチワワを一喝した。

「おいっ、クソババア！　本当に牛肉はねえ……なんだ!?　死んでんのか。役立たずの老犬が！」

ピットブル隊犬がシュナウザー婆やの頸部をくわえ、大きく放り投げた。シュナウザー婆やの屍が壁に叩きつけられた。

チワワは犬歯を食い縛り、建物を飛び出した。

土佐犬組長とピットブル特攻隊長は、住犬の店を手当たり次第に破壊し目ぼしい食料を強奪していた。

チワワは二頭の背後を通り抜けようと肢音を殺した。

「おいっ、どチビ出目金犬！　牛肉はあったんかい⁉」

ピットブル特攻隊長の野太い声が、チワワの背中を追ってきた。

「あ……はい、さくら通りの店にリブロースがたんまりあると情報が入ったんで、行ってきます！」

チワワは一方的にでたらめを言うと、さくら通りに向かった。

土佐犬組長とピットブル特攻隊長の姿が見えなくなると、チワワは迂回(うかい)して新宿三丁目に向かった。

★警察犬ファミリー

新宿三丁目の大型スーパーの地下二階——ドアの両脇に立って睨みを利かせている二

頭の長毛の巨大犬……ニューファンドランドが、シェパードを認めると歩み寄ってきた。

二頭とも百キロはありそうな巨体で、熊のようだった。

「警察犬ファミリーのシェパードさんですね？」

一頭が訊ねてきた。

「ああ。ウチのサブボスと特攻隊長が先にきていると思うが？」

「はい。いらっしゃってます。ところで、その血は？」

ニューファンドランドが、シェパードの赤く染まった被毛に視線を這わせた。

この返り血は、シェパードが悪魔になった証だ。

「お前らに、言う必要があるのか？」

シェパードは押し殺した声で言うと、ニューファンドランドを見据えた。

「失礼しました。お入りください」

ニューファンドランドがドアを開けた。日用雑貨と衣類が販売されていた広大なフロアに、五頭の犬がクッションにお座りしていた。

五頭の前には、水や山羊ミルクの入ったブリキボウルが置かれていた。

巨大犬ファミリーのボスのセントバーナードの左手にロットワイラーと白狼犬、右手にサブボスのグレートデンと幹部犬のグレートピレニーズが座っていた。

「おう、遅かったじゃねえか。待ってたぜ」

ロットワイラーがシェパードを認めて言った。

「とりあえず、そこに座ってくれ。水にするか？　山羊ミルクにするか？」

セントバーナードが自分の正面のクッションを前肢で指しながらシェパードに訊ねた。

「いらない」

シェパードがにべもなく言った。

「そうか。なら、早速本題に入ろう。君がくるまで、とりあえずみなの意見を聞いてみた。ここにいる五頭の意見は、闘犬ファミリーを壊滅させることで一致した。ただし、壊滅の方法では意見が分かれた。私とグレートピレニーズと白狼犬は土佐犬組長とピットブル特攻隊長を二手に分かれて攻撃するという作戦、グレートデンとロットワイラーは二手に分かれずに一気に総攻撃するという作戦だ。シェパード。君の意見は？」

セントバーナードが、クッションにお座りするシェパードに訊ねた。

「どっちでもいいが、土佐犬組長もピットブル特攻隊長も俺が殺す」

シェパードは無表情に言った。

「ということは、総攻撃をするという意見だな？」

セントバーナードがすかさず確認した。

「二手に分かれようが総攻撃しようが、俺が奴らの頭部を取るという意味だ」

「おいおい、ちょっと待てや。珍しく俺と同意見かと思ったら、土佐犬野郎とピットブル野郎をお前だけで仕留めるってどういう意味だ!?」

　ロットワイラーが血相を変えてシェパードに詰め寄った。

「二頭の頭部は俺が取ると言った」

　シェパードは素っ気なく繰り返した。

「なっ……」

「総攻撃とお前が言っている意味は違う」

　グレートデンがロットワイラーを遮った。

「お前らはここで、闘犬ファミリーを壊滅させる話をしてるんだろう？　俺が奴らの頭部を取れば闘犬ファミリーは終わりだ。なにが問題だ？」

　シェパードはグレートデンを見据えた。

「闘いっていうものは、そんな単純なものじゃありません。チームワークと戦略が重要になってきます」

　グレートピレニーズがシェパードをたしなめた。

「私も同感だ。そんな単独プレーをやっていたら、隊犬がまとまらない。バラバラの状態で闘犬ファミリーには勝てない」

　セントバーナードがグレートピレニーズの意見を後押しした。

「数の力で圧倒すればいい。俺にそう言わなかったか？　だからこうして、お前達と肢を組む気になったんじゃないか」

シェパードが冷え冷えとした眼をセントバーナードに向けた。

「どれだけ犬数を揃えても、烏合の衆じゃ意味がない。巨大犬ファミリーと警察犬ファミリーが連携して初めて、肢を組む意味がある。君みたいに和を乱すような行動に走るなら、肢を組んだことが却って逆効果になってしまう」

セントバーナードが厳しい表情で言った。

「俺もそう思う」

それまで黙って話を聞いていた白狼犬が、初めて口を挟んだ。

「土佐犬組長とピットブル特攻隊長を確実に仕留めたいなら、しっかり作戦を練らなければならない。奴らの手強さは、俺が一番知っている。ここは冷静になるべきだ」

白狼犬がシェパードを諭した。

「俺は冷静だ。作戦はできている。ウチと巨大犬ファミリーで闘犬ファミリーのアジトに乗り込む。闘犬ファミリーの構成犬の寿命を片端から奪う。土佐犬組長とピットブル特攻隊長の頭部を取りたい奴がいれば、俺に遠慮なく狙えばいい。誰が止めを刺そうが、あの二頭が死ねば問題ない。違うか？」

シェパードが、冷眼をセントバーナードから白狼犬に移した。

「あんたはわかっちゃいない。闘犬ファミリーはチームワークも戦略もなしに闇雲に襲撃して勝てる相手じゃない」

　白狼犬が根気よくシェパードを諭し続けた。

「ボスの肩を持つわけじゃねえが、おめえは奴らを買いかぶり過ぎてねえか？　マスチフ隊は潰したし、おめえらはウチに寝返った。つまり、幹部犬の二隊が闘犬ファミリーからいなくなったってわけだ。ぶっちゃけ、戦力半減だろ？」

　ロットワイラーが山羊ミルクを豪快に舌で掬いながら言った。

「この際、はっきり言っておく。そのハンデがあった上で、警察犬ファミリーと巨大犬ファミリーが肢を組んでようやく挑めるレベルだ。それに、闘犬ファミリーには自爆犬がいる」

　白狼犬が、淡々とした口調で言った。

「自爆犬？　なんだそりゃ？」

　ロットワイラーが、山羊ミルクで白くなった顔を白狼犬に向けた。

「戦闘のためだけに訓練された孤児犬だ。自爆犬達はパピーの頃から、自分の寿命と引き換えに一頭一殺……死ぬために闘うことだけを叩き込まれている」

「孤児犬を自爆犬に育て上げるのか。ひでえ奴らだな」

　ロットワイラーが吐き捨てた。

　唐突に、シェパードが立ち上がった。

「俺は自分の隊だけで好きにやる。お前らも、戦略とやらを立てて好きにやればいい」

一方的に言い残し、シェパードはドアに向かった。

突然、勢いよくドアが開いた。

「おいっ、こらっ、待て！　勝手に入るな！」

二頭のニューファンドランドが血相を変えてフロアに飛び込んできた。

二頭の前を、必死の形相のチワワが走っていた。

「捕まえた！」

一頭のニューファンドランドが、チワワの首の皮を咬んで吊り上げた。

「おめえは、チワワじゃねえか⁉　どチビが、なんの用だ⁉」

ロットワイラーがチワワに訊ねた。

「と、闘犬ファミリーを倒す話をしてるんですよね？」

チワワがロットワイラーを無視して、セントバーナードに訊ねた。

「てめえっ、無視するんじゃ……」

「だったら、なんだ？」

セントバーナードがロットワイラーを遮りチワワを見据えた。

「僕に任せてもらえれば、土佐犬組長とピットブル特攻隊長を確実に仕留めることができます！」

チワワが宙に吊られたまま、胸部を張り断言した。

「はぁ⁉　てめえに任せれば土佐犬野郎とピットブル野郎を確実に仕留めることができるだと⁉　寝言は、寝・て・言・え・や！」

ロットワイラーがニューファンドランドにくわえられ宙に吊り上げられたチワワの両頰を、前肢の肉球で往復ビンタした。

「ほ、本当です！　僕なら、あいつらをこっちの有利な場所に誘き出すことができます！」

チワワがロットワイラーを無視して、セントバーナードに訴えた。

「だから、さっきから俺をシカトするんじゃ……」

「君の話に乗るかどうかは、具体的な方法を聞いてからだ。話してみなさい」

セントバーナードがロットワイラーを遮りチワワを促した。

「えっへっへ。その前に、下ろしてもらってもいいでしょうか？」

チワワが媚び笑いをしながら、セントバーナードに言った。

「放してやりなさい」

セントバーナードに命じられたニューファンドランドがチワワを床に落とした。

「痛ててて……もっと優しく下ろしてくださいよ」

チワワが顔をしかめながら言った。

「さあ、君の作戦とやらを教えてくれ」

ふたたび、セントバーナードが促した。

「その前に、喉が渇いちゃって……」

チワワが生唾を呑み、上目遣いにセントバーナードを見た。

「おい、彼に山羊ミルクを出して……」

「あ、これで大丈夫です」

セントバーナードを遮り、チワワがロットワイラーの山羊ミルクを飲み始めた。

「あ！　こらっ、てめえ！　なに俺の……」

「土佐犬組長とピットブル特攻隊長はいま、住犬の店や棲み処を襲って食料を奪っています。とくに血眼になって牛肉を探してますが、いままで散々強奪してきたので縄張り一帯にはろくな食料は残っていません。だから奴らは、よそのファミリーの縄張りの『京王百貨店』や『三越デパート』を襲撃する暴挙に出ました。高級な牛肉や鹿肉をたんまり用意すれば、奴らを誘き出すのは簡単です。こっちにとって有利な場所に誘き出し、袋の鼠にして一網打尽にするってわけです！」

チワワが山羊ミルクのゲップをしながら得意げに言った。

「歌舞伎町のゴジラロードに、ライブハウスがあります。地下一階で、そこに誘い込めば奴らは袋の鼠になります！　土佐犬組長とピットブル特攻隊長を同じところに誘い込むのは難しいので、別々の場所にします。三百メートルくらい離れた場所にもライブハウスがあるので、もう片方をそっちに誘い込みます。巨大犬ファミリーと警察犬ファミリーが分かれて襲撃すれば、一網打尽にできますよ！」

チワワが黒く濡れた鼻を得意げに膨らませた。

「なぜ、私達に協力する？　噂では、君は闘犬ファミリーにも出入りしているそうじゃないか？」

セントバーナードが、疑心に満ちた眼でチワワを見た。

「そうだ！　お前、俺達を嵌めようとしてないか？」

グレートデンが押し殺した声で訊ねた。

「そうだ！　こいつは土佐犬組長の腰巾着みてえな奴だからな！　てめえっ、なにを企んでやがる！　おお⁉　でこっぱちのどチビが！」

ロットワイラーが、チワワの胸倉を摑んだ。

「ななななな……なにも企んでなんて……いませんよ。ぼぼぼ僕は、闘犬ファミリーを潰したいだけ……です……」

「適当なことを言ってんじゃねえ……」

「乗った」

いきり立つロットワイラーをシェパードが遮った。

「あ？　お前、なに言ってんだ⁉　このどチビは、闘犬ファミリーの手先になって俺らを嵌めようとしてるかもしれねえんだぞ⁉」

ロットワイラーがシェパードに訴えた。

「そのときは、俺が真っ先にチワワを殺す。いいな？」

シェパードは冷え冷えとした眼でチワワを見据えた。

「だだだ……大丈夫です！」

震える声音で、チワワが答えた。

「行くぞ」

シェパードがチワワに言った。

「え……どこにですか？」

チワワが怪訝な顔で訊ねた。

「土佐犬組長とピットブル特攻隊長を誘い込む、二軒のライブハウスの下見だ。案内しろ」

シェパードは一方的に言うと、チワワの頸部をくわえてフロアを出た。

「おいっ、待てや！」

慌ててロットワイラーがシェパードのあとを追うと、セントバーナード、グレートデン、グレートピレニーズが続いた。

西新宿のカフェ「ロワール」。

白のフレンチアンティークカフェテーブルにアンティークチェア、白とグレーを基調としたアンティークタイル……人間がいた時代は、パリをイメージしたフレンチレトロな作りが受けていつも満席だった。

埃の積もったベンチソファに座ったシェパードは、思案に耽っていた。

――ここに二百グラムの鶏肉を五切れ置いておきます。馬鹿ヅラ下げて入ってきたピットブル隊を袋の鼠にして、一斉に襲撃するってわけです。どうです？　なかなかいい作戦でしょう？

歌舞伎町の雑居ビル。地下フロアのライブハウスで、チワワが得意げに鼻を膨らませた。

フロアは小型犬なら千頭、大型犬なら三百頭は入りそうなスペースだった。

――こっちは狭いから、ピットブル隊を誘き寄せるほうがよさそうです。奴らは中型犬でちっちゃいので五百頭は入りますから。

――てめえは超小型犬のどチビのくせして、中型犬をちっちぇなんて言うんじゃねえぞ！　これでも喰らえ！

ロットワイラーが、チワワの丸い頭部を分厚い肉球で叩いた。

――君達は、どっちを襲撃する？

フロアを見渡しながら、セントバーナードがシェパードとロットワイラーに訊ねてきた。

――俺は、ドーベルマンとハナの寿命を奪ったピットブルだ。だが、お前らで土佐犬隊を相手にできるか？

シェパードは、セントバーナードに訊ね返した。

――おい、ウチのファミリーを馬鹿にしてるのか⁉

サブボスのグレートデンが、血相を変えてシェパードに食ってかかった。

——馬鹿になんてしていない。事実を言っただけだ。お前らの実力は認めるが、なんでもありの闘いのプロじゃない。

シェパードは、淡々とした口調で言った。

——それは、お前らも同じだろう!? 違うか!?

グレートデンがシェパードに詰め寄った。

——ああ、違う。俺らは警察犬大学時代に軍用犬としてのトレーニングも受け、敵の殺しかたを徹底的に叩き込まれてきた。実戦トレーニングでは、山で熊や猪と闘わされた。猟犬のように獲物を狙うヒトのサポートをするのではなく、戦闘相手として寿命を奪わなければならなかった。

——馬鹿にするな！　俺らグレートデンも、軍用犬のトレーニングの経験はある。

——お前ら使役犬の片手間のトレーニングとは違う。

——貴様に決闘を……。

——誤解するな。俺は巨大犬ファミリーを馬鹿にしているわけじゃない。絶対に負けられない闘いだからこそ、冷静に戦闘力を分析しているだけだ。

シェパードはグレートデンを遮り、にべもなく言った。

——つまり、君はなにを言いたい？

セントバーナードが、グレートデンとは対照的に落ち着いた声で訊ねた。

——ウチの特攻隊長とともに闘ってくれ。いいな？

シェパードはセントバーナードに言うと、白狼犬に顔を向けた。

——セントバーナードのボスがいいなら、俺は構わない。

——ああ、構わない。

白狼犬が言うと、セントバーナードが即答した。

「ねえ、なに考えてるの?」

隣にお座りしているマリーの声で、シェパードボスは回想から現実に引き戻された。

マリーは四歳のメスのシェパードで、シェパードボスの恋犬だった。人間がいた頃、マリーはシェパードボスの近所の家で飼われていたのだった。シェパードボスとマリーの飼い主は仲が良く、毎週土日は連れ立ってドッグランに行った。平日も朝夕の散歩が同じ時間帯だったので、二頭は毎日のように顔を合わせていた。

人間が新宿から逃げ出し無人になってからも、シェパードボスとマリーは行動をともにした。犬だけの生活になってからのほうが、二頭の絆(きずな)は深まった。近所の犬友から、オスとメスの関係になるのに時間はかからなかった。マリーは心が温かく、思いやりと気遣いに満ちたメスだった。

頻繁に起こるトラブル、ファミリーを率いる重圧、住犬を守る責任感などで疲弊したシェパードボスを、いつもマリーは優しく包んでくれた。

マリーといるとシェパードボスは、母犬といるような癒しと安心感を得られた。

「最近、いろいろあってな」

シェパードボスは言葉を濁した。

特別な存在のマリーには、嘘を吐きたくはなかった。かといって、マリーに本当のことを話すわけにもいかない。

正義の血を流すのなら、マリーは理解してくれるだろう。闘犬ファミリーを殲滅するために……ドーベルマンとハナの仇を討つと誓った。土佐犬組長やピットブル特攻隊長以上の、非情で凶暴な犬になると誓った。

誓いを破る気もないし、悪魔犬になったことを後悔もしていなかった。ただ、マリーの前では変わり果てた姿を見せたくはなかった。そう思う気持ちが残っていること自体、本物の悪魔犬になり切れていないのかもしれない。だが、それでもマリーにたいしては……。

「あなた達ファミリーが、新宿の治安を守っているんだものね。そりゃあ、いろいろあるわよね〜。そんなときは……」

マリーが言葉を切り、ベンチソファから飛び下りるとカウンターの向こう側に回った。

ほどなくして、木のボウルをくわえたマリーが戻ってきてベンチソファに飛び乗った。

「イチゴよ。凍っていたけど、溶かしておいたわ。あなた、パピーの頃からイチゴが大好きだったでしょ？　自分のぶんを食べちゃってもまだ足りなくて、飼い主さんのイチゴを盗み食いしてよく怒られていたよね？　口の周りがイチゴでベタベタになってるのに、知らんぷりしちゃってさ。もう、おかしくって」

マリーがクスクスと思い出し笑いをした。

「そんな昔のこと、よく覚えてるな」

シェパードボスは言いながら、イチゴを一粒食べた。甘く懐かしい味が、シェパードボスの過去の扉を開いた。

「覚えてるよ。あなたとの思い出はなんでも。生後半年の頃、散歩中にシベリアンハスキーの成犬に吠えられたとき、あなたもパピーだったのに私を守ってくれたこと覚えてる？　倍以上もある大きなハスキーに、吠えながら立ち向かってくれてさ。怖かったけど、嬉しかったな」

マリーが、遠い眼差しをして懐かしんだ。

「そんなこともあったたな。あのときお前、お漏らししただろ？」

「嘘！　私、お漏らしなんかしてないもん！」

マリーがむきになって否定した。

「じゃあ、そういうことにしておこう」

シェパードボスは、からかうように言った。

「もう、そうやって意地悪するところはちっとも変わってないんだから」

マリーが拗ねたように、シェパードボスを睨みつけた。こういう他愛もないやり取りが、シェパードボスの心を和ませた。

「自分の心の声を信じて」

不意に、マリーが真顔になって言った。

「どういう意味？」

「なにをするにしても、自分の心の声を信じて決断すれば大丈夫ってこと」

「心の声？」

シェパードボスは、怪訝な顔をマリーに向けた。

「そう、心の声。あなたがなにを決断しても、それはみんなを守るため。私達が安心して暮らしていけるため。たとえ、そのために悪いことをしたとしても自分のためじゃない。そうしなければならない理由があるから……でしょう？」

マリーがシェパードボスをみつめた。

「どうした、急に？」

訊ねはしたものの、シェパードボスにはわかっていた。マリーが本当は察していることを……。

「自分の心の声に耳を傾けていれば、必ず戻ってこられるから」

「戻ってこられる？」

シェパードボスは、マリーの言葉を鸚鵡（おうむ）返しに言った。

「うん。元の場所にね。私は、どんなあなたでも信用してる。世界中の犬があなたの敵になっても、私は味方よ」

マリーの瞳は潤んでいた。

「マリー……」

シェパードボスの心は、犬歯を立てられたように痛んだ。

「忘れないで。いつまでも、私があなたを待っているってことを」

マリーが微笑んだ。

マリーは、すべてお見通しだった。

シェパードボスが悪魔犬になろうとしていることを……いや、悪魔犬になったことを。

「お前は、俺のやったことをすべて受け入れるというのか？」

躊躇うことなく、マリーが頷いた。

マリーの純粋さに……一途さに開きかけた感情の扉を、シェパードボスは慌てて閉めた。こんなことで心が揺らぎそうになるようでは、悪魔犬が聞いて呆れる。

「ビーグル神父が死んだ」

シェパードボスは、唐突に切り出した。

「えっ!?　いつ!?」

マリーが大声を張り上げた。

マリーもシェパードボスとともに教会に通い、ビーグル神父にかわいがられていた。

「この前だ」

「どうして……先月会ったときは、あんなに元気だったのに……」

マリーの瞳から、みるみる涙が溢れ出た。

「病気⁉　事故⁉　ビーグル神父は、どうして死んじゃったの⁉」

我に返ったマリーが、矢継ぎ早に訊ねてきた。

「俺が殺した」

シェパードボスはさらりと言った。

「え……いま、なんて言ったの？」

マリーが、きょとんとした顔をシェパードボスに向けた。

「俺が殺した」

シェパードボスが抑揚のない口調で繰り返した。

「もう、やめてよ！　冗談が過ぎるわよ」

マリーがシェパードボスに注意した。

「冗談じゃない。俺の犬歯でビーグル神父の寿命を奪った」

シェパードボスは、無感情に言った。

「あなた……いったい……なにを言ってるの？　あなたが、そんなことをするわけ……」

「闘犬ファミリーを倒すために、非情になる必要があった。だから、一番世話になった恩師を殺した」

シェパードボスの言葉に、マリーが表情を失った。

「え……嘘でしょう？　そ、そんなの、信じないわ……」

マリーの口から、かすれた声がこぼれ出た。

「ねえ、嘘って言って……からかっただけだと言って……お願いだから……」

縋(すが)るような瞳で懇願してくるマリーに、シェパードボスは無言で首を横に振った。

「本当だ」

シェパードボスは短く言うと、ベンチから飛び下り出口に向かった。

「待って！」

追い縋ってきたマリーが、シェパードボスの行く手を遮った。

「どうして……どうしてそんなことをしたの⁉　闘犬ファミリーを倒すために、どうしてビーグル神父を殺さなきゃならないの⁉」

マリーの瞳から涙は消え、一転して厳しい表情で問い詰めてきた。

「どけ」

「そんなふうになってまで仇を取ってもらって、ドーベルマンさんとハナちゃんが喜ぶと思ってるの⁉」

こんなに強く感情をぶつけてくるマリーを見るのは初めてだった。

「どけ」

シェパードボスは短く繰り返した。

「いやよ！　世界中の犬があなたの敵になっても私は味方だって、言ったでしょう⁉　どんなあなたでも私は信用できるって、言ったでしょう⁉」

マリーが懸命に訴えかけてきた。

「だったら、俺の行く手を邪魔するな」

シェパードボスが左に動くと、すかさずマリーも右に動いた。

「だからこそ、行かせられない！　私は世界中が敵になってもあなたの味方だと言ったけど、それとこれとは話が違うわ！　愛してるからこそ、あなたの犬歯をこれ以上血に染めさせるわけにはいかないの！」

マリーが涙声で絶叫した。

「どかないと、お前を殺す」

一切の感情を封印し、シェパードボスは言った。

「殺しなさいよ！　あなたが罪を重ねるのを止められないなら、生きてても仕方がないわ！　さあ、早く！」

マリーが強い意志の宿る眼で、シェパードボスを見据えた。

シェパードボスは跳躍した。

「悪い」

飛び越えざまに、後肢でマリーの後頭部を蹴った。気を失い倒れるマリーを尻目に、シェパードボスは外に飛び出した。

もう、会うこともないだろう。いい犬と出会って、素晴らしい犬生を送ってくれ。

シェパードボスは立ち止まり「ロワール」を振り返ると、心でマリーに語りかけた。

闘犬ファミリー

「パパ！　パパ！　眼を開けてくだしゃい！　眼を開けてくだしゃい！」

「パパが血塗れでしゅ！　頭が割れて痛そうでしゅ！」

歌舞伎町の区役所通り——居酒屋の前で事切れた黒い被毛の雑種犬に覆い被さり泣き喚く二匹のパピーを認めた、秋田犬若頭は肢を止めた。

秋田犬若頭に続いていた、三十頭の隊犬も立ち止まった。

二匹のパピーは生後三ヵ月ほどで、父親同様に黒い被毛だった。

「坊や達、パパは誰にやられた？」

秋田犬若頭には、だいたいの見当はついていたがパピー達に訊ねた。

「ほっぺたがぶるぶるの大きなおじしゃんが……パパをぶんぶん振り回して遊んでまちた……」

「ほっぺたがだぶだぶの大きなおじしゃんが……パパを投げ飛ばちて遊んでまちた……」

パピー達が、しゃくり上げながら言った。

土佐犬組長……予想通りだった。

「おじしゃん！　パパがずっと寝てまちゅ！　パパを起こちてくだしゃい！　お願いでしゅ！」

「おじしゃん！　パパが壊れてましゅ！　パパの肢の骨と頭の骨をくっつけてくだしゃい！　お願いでしゅ！」

二匹のパピーが鼻水を垂らしながら、秋田犬若頭の前肢にしがみついてきた。

「おい、この子達の父犬を中に運べ」

秋田犬若頭は振り返り、隊犬達に命じた。

「坊や達も中に……」

居酒屋の店内に入った秋田犬若頭は、肢を止めた。秋田犬若頭の視線の先……ミニチュアシュナウザーの老夫婦の血塗れの屍が転がっていた。

「坊や達、腹が減ってるだろう？」

秋田犬若頭が店から出て訊ねると、パピー達が頷いた。

「じゃあ、お兄さんに美味しい物が食べられるところに連れて行ってもらいな」

「お店に入らないでしゅか？」

「シュナウザー爺やとシュナウザー婆やにウマウマをもらいましゅ」

店に入ろうとする二匹を、秋田犬若頭は止めた。

「ここの食べ物は、なくなったよ。お前、この子達を区役所通りのチャウチャウおばさんのところに連れて行って、なにか食べさせてあげてくれ」

秋田犬若頭はパピー達に言うと、最年少の一歳半の隊犬に命じた。

「了解です！　さあ、ボク達、行こうか」

隊犬が二匹を促し歩き出した。

秋田犬若頭は、ふたたび店内に肢を踏み入れた。

「こんな老犬を……」

惨殺されたシュナウザー爺やとシュナウザー婆やの亡骸に、秋田犬若頭の胸は痛んだ。

パピー達の前で親犬をなぶり殺し、年老いた夫婦の寿命を気分次第で奪う蛮行に、秋田犬若頭の怒りが燃え上がった。

秋田犬若頭は、店を飛び出した。

「若頭！　どちらへ⁉」

秋田犬隊長が、追いかけながら訊ねてきた。

秋田犬若頭は問いかけに答えず、区役所通りを疾走した。駆けながら、秋田犬若頭は左右の店をチェックした。土佐犬組長もピットブル特攻隊長もいない。

秋田犬若頭は、さくら通りから歌舞伎町一番街に移った。

「……う、嘘じゃないです！　ほほほ、本当に豚肉しかないんです」

「こらボケ！　なに嘘抜かしとんねん！　ワレが牛肉を溜め込んどるっちゅう噂が耳に入っとんねん！」

ショットバーの店舗から、ピットブル特攻隊長の怒声が聞こえてきた。

秋田犬若頭は、ショットバーに踏み入った。

怒声の主――ピットブル特攻隊長が犬歯を剝き出し、若い紀州犬に詰め寄っていた。

十五坪のフロアでは、二十頭のピットブル隊犬達が血眼になって牛肉を探し回っていた。

「た、たしかに一週間前まではありましたが、いまは本当にないんです！　こ、これで許してくだ……」

「ワレは舐めとんのか！　アホンダラ！」

ピットブル特攻隊長が、紀州犬が差し出す豚肉を右前肢で弾き飛ばした。

「す、すみません！」

紀州犬が、仰向けになり絶対服従の意思を伝えた。

「牛肉を出さへんのなら、ワレの肉を喰らったるわ！」

「やめるんだ！」

無防備な紀州犬に襲いかかろうとしたピットブル特攻隊長の動きが止まった。

「邪魔すんなや……なんや、ワレかい。なんの用や？」

振り返ったピットブル特攻隊長が、秋田犬若頭を睨みつけた。

「シュナウザーの老夫婦の寿命を奪ったのはお前か？」

秋田犬若頭は、押し殺した声で訊ねた。

「あ？　ああ、あの耄碌ジジイとババアか？　おう、俺や。それがどないした？」

悪びれるふうもなく、ピットブル特攻隊長が言った。

「牛肉を得るために、なぜ寿命まで奪う必要がある⁉」

秋田犬若頭は、ピットブル特攻隊長に厳しい顔で詰め寄った。

「そんなもん、決まっとるやんけ！　命令に従わん犬、従えん犬は殺すまでや」

ピットブル特攻隊長が吐き捨てた。

「いい加減にしろ！　闘犬ファミリーは、殺犬集団じゃないんだぞ！」

秋田犬若頭は一喝した。

「ええ加減にするんは、ワレのほうや！　逆らう犬は見せしめに皆殺しにせんと、住犬どもがつけ上がるんや！　だいたいな、ナンバー2のワレがそないな弱腰やから、ポリ犬どもがつけ上がり白狼犬が裏切るんやろうが！　ここで俺の邪魔しとる暇があったら、シェパードと裏切り犬の頭部を取ってこんかい！」

ピットブル特攻隊長が、太く長い犬歯を剝き出して捲(まく)し立てた。

「白狼犬が警察犬ファミリーに寝返ったのは、お前のせいだ。兄弟のように育ち慕っていたシベリアンハスキーがお前に惨(むご)たらしく殺されているのを眼にし、白狼犬は闘犬ファミリーに見切りをつけたのさ。オス気に溢れた奴だからな。本来なら、ウチにとって貴重な戦力の狼犬隊を失った原因を作ったお前の、責任を追及するところだ」

秋田犬若頭は、ピットブル特攻隊長を見据えた。

「責任を追及やて⁉　上等や！　責任を追及できるもんやったら、やってみんかい！」

ピットブル特攻隊長が、目尻を吊り上げ啖呵を切った。

「開き直るつもりか？　俺はお前より序列が上だ。口を慎め」

秋田犬若頭は、ピットブル特攻隊長を睨みつけながらたしなめた。

「笑わせんなや！　くそボケ！　俺はワレみたいな腰抜けを上やと思ったことはないわ！　おう、そや！　この際、どっちが上か差しの闘いで決めようやないか！　やっぱ、闘犬ファミリーのナンバー2は戦闘力で決めんとな」

ピットブル特攻隊長が、不敵な笑みを浮かべた。

「どっちが勝っても、闘犬ファミリーの戦力ダウンになる。これ以上の仲間割れは、俺が許さない」

秋田犬若頭は、強い口調で言った。

「どっちが勝ってもやて⁉　ワレ、寝惚けとんのか⁉　勝つのは、俺に決まっとるやないか！　おお⁉　秋田犬如きが、俺に太刀打ちできる思うとるんか！　ああ⁉」

ピットブル特攻隊長が、眼尻を吊り上げ血走った眼で秋田犬若頭に詰め寄った。

「俺の忍耐力にも、限界があるぞ！」

秋田犬若頭は、一歩も退かなかった。

睨み合う二頭の背後――秋田犬隊とピットブル隊も戦闘態勢で睨み合っていた。正直、ピットブル特攻隊長に勝てる確率が低いことは秋田犬若頭にはわかっていた。わかっていたが、ここでピットブル特攻隊長を止めなければ闘犬ファミリーは残忍な殺犬集団に成り下がってしまう。

秋田犬若頭は、寿命懸けでピットブル特攻隊長の暴走を止めるつもりだった。

「内臓引き摺り出して、カラスの餌にしたるわ！　覚悟せえや！」

「やめるがや！」

野太い声に、ピットブル特攻隊長の動きが止まった。

声の主——土佐犬組長が店内に入ってきた。

「おんしは、なにやっとるがや！」

土佐犬組長が、ピットブル特攻隊長を一喝した。

「牛肉を出さへんシュナウザーのジジイとババアの寿命を奪ったことを、こいつがごちゃごちゃ文句垂れるから……」

「わしの許可なしに、決闘してええと思うとるがや！　おう！　どないじゃ！」

ピットブル特攻隊長の釈明を遮り、土佐犬組長が物凄い形相で詰め寄った。

「すんまへん！」

ピットブル特攻隊長は、弾かれたように頭部を下げた。

「わかればええき。おんしは、なんでこいつを責めたがや？」

土佐犬組長が、秋田犬若頭に視線を移した。

「なんの罪もない住犬の寿命を奪ったからです」

秋田犬若頭は即答した。

「あ？　牛肉を出さへんかったたっちゅう罪があるがや。寿命を奪われて当然じゃき。従わん犬は、皆殺しにしろっちゅう命令を出したのはわしじゃき」

土佐犬組長が、当然といった顔で言った。

「あの老夫婦は命令に逆らったのではなく、牛肉を持ってなかっただけ……」

「同じことじゃき。牛肉を差し出せん犬も皆殺しにせえとわしが命じたがや。要求に応えられんかった住犬を見逃したら、周りの住犬が嘘を吐くようになるき。ない言うたら見逃してくれるっちゅうてな。せやから、皆殺しや。み・な・ご・ろ・し」

秋田犬若頭を遮った土佐犬組長は、犬を食ったように言った。

「組長がそんな考えだから、ピットブル特攻隊長が暴走するんじゃないですか！　いきなり押しかけて牛肉を差し出せなんて、無茶な要求です！　それでなくても日頃から住犬達は、闘犬ファミリーに食料を搾取されてます。ヒトがいなくなって半年が過ぎ、電気が通っている冷蔵庫や冷凍庫に貯蔵されていた肉類も少なくなってきました。住犬達の住む場所を仕切っているファミリーとしては、食料を搾取するのではなくむしろ与えるのが筋じゃないですか！　搾取できなければ寿命を奪うなんてことを繰り返していれば、歌舞伎町の住犬はいなくなってしまいます。そうなれば、我々闘犬ファミリーのために尽くしてくれる犬がいなくなります！」

秋田犬若頭は、鬱積していた思いの丈を土佐犬組長にぶつけた。

「そうなったらポリ犬とデカ犬の縄張りを奪えばええがや。それでも足りんようになったら、ほかの地に移動するき。風の噂じゃ、渋谷（しぶや）もヒトがおらんようになっとるっちゅう話じゃき」

土佐犬組長が、犬歯を剝き出しにして笑った。

「あなたって犬は、どこまで住犬を食い物にすれば……」

「勘違いするんじゃないき！　わしが特攻隊長をどやしつけたんは、シュナウザーのジジババの寿命を奪ったからじゃないき！　わしに許可なくおんしと果たし合いをしようとするからじゃ！　おんし、特攻隊長のやることに口出ししとる暇があったら、白狼犬をわしのとこに連れてくるがや！　今日中にあやつがわしに詫びを入れるなら、ポリ犬に寝返ったことは許してやるき。じゃが、今日中に詫びを入れんのなら、明日には総攻撃をかけて狼犬隊を皆殺しにするがや！　そんときの先陣は、おんしの隊じゃき！」

「え……」

秋田犬若頭は絶句した。

闘犬ファミリーで、秋田犬若頭と一番気が合っていたのは白狼犬だった。土佐犬組長、ピットブル特攻隊長、マスチフはみな凶暴で残酷な凶犬だが、白狼犬は犬義とオス気のある犬だった。

白狼犬が警察犬ファミリーに寝返る気持ちが、秋田犬若頭にはよくわかった。

「おんしは、白狼犬と仲良かったからのう。白狼犬と闘いとうなかったら、はよう説得してくるがや！」

土佐犬組長の野太い怒声に追い立てられるように、秋田犬若頭は店を飛び出した。

「若頭、白狼犬さんを説得に行くのはやめたほうがいいです！　あの犬はいま警察犬ファミリーに寝返ってますから、若頭が乗り込むのは危険です！」

秋田犬隊長が、警察犬ファミリーのアジトに向かおうとする秋田犬若頭を必死に止めた。

「白狼犬もシェパードも、話の通じる相手だ。心配するな。それより、白狼犬を救うことが先決だ」

「しかし……」

「これは命令だ。行くぞ！」

秋田犬若頭は一方的に話を打ち切り、西口に向かってダッシュした。

三十頭の隊犬が、あとに続いた。

★警察犬ファミリー

新宿警察署の刑事課のフロア。

「それにしてもよ、お前はどう思う？」

スチールデスクの上に腹這いになったサブボスのロットワイラーは、生のリブロースにむしゃぶりつきながら白狼犬に訊ねた。

「なにが？」

床にお座りしていた特攻隊長の白狼犬が訊ね返した。

「どチビの作戦だ。大量の牛肉を餌にライブハウスに土佐犬野郎とピットブル野郎を誘き出し、袋の鼠にしたところで奇襲攻撃をかける。どうも引っかかるんだよな」

ロットワイラーは首を捻った。

「そんな単純な作戦で、あの二頭を仕留められるかという不安か？」

白狼犬が、ロットワイラーに顔を向けた。

「不安なんか、あるわけねえだろうがっ。俺がいるかぎり、土佐犬野郎もピットブル野郎も屍になるだけだ」

ロットワイラーは、大胆不敵に言い放った。

「じゃあ、なにが引っかかるんだ？」

「どチビだ」

「どチビ……チワワのことか？」

白狼犬が、怪訝な顔で質問を重ねた。

「ああ、そうだ。あっちちょろちょろ、こっちちょろちょろ……あのどチビのことは、どうも信用できねえ！　逆に俺らを嵌める作戦かもしれねえ」

ロットワイラーは、疑心の表情で言った。

「それはないだろう」

白狼犬が、ロットワイラーの危惧を否定した。

「どうして、そう言い切れるんだ⁉」

すかさず、ロットワイラーは訊ねた。

「チワワは、愛玩犬ファミリーを潰された上に土佐犬組長やピットブル特攻隊長に奴隷のような扱いを受け、相当に根に持っている」

「闘犬野郎のことが怖くて、従ってるかもしれねえだろ！　万が一罠だったら、どうするつもりだ！」

ロットワイラーが、白狼犬に怒声を浴びせた。

「あんたが疑う気持ちはわかるが、多少のリスクを冒さなければあの化け物達を倒せない」

白狼犬が強い光の宿る瞳で、ロットワイラーを見据えた。

「てめえと一緒にするんじゃねえ！　俺は奇襲なんてものはしねえでも、奴らに勝つ自信は……」

「喧嘩はやめてください。そんなに心配なら、俺らも闘犬ファミリーの奇襲攻撃に参加しますよ」

それまで黙って事の成り行きを見守っていたボクサー警部が口を挟み、二頭の顔を交互に見た。

「そうですよ。僕達だけのけ犬にするなんて、ひどいですよ」

迷子になった柴犬のパピーの相手をしていたラブラドール警部補も、不満げな顔で話に入ってきた。

「だめだ」

シェパードが、フロアに肢を踏み入れながら言った。

「お疲れ様です！　ボス、どうしてですか!?　俺らの隊も襲撃チームに参加しますよ！」

「お疲れ様です！　僕達の隊も戦力になりますよ！」

ボクサー警部とラブラドール警部補が、競うように自己主張してきた。

「お前らがいなくなったら、誰がここを守るんだ？　俺らがいないときに、闘犬ファミリーが襲撃してくるかもしれないだろう。わかったなら、持ち場に戻れ」

シェパードが言うと、ボクサー警部とラブラドール警部補が頭部を下げてそれぞれの場所に戻った。

「どこに行ってたんだ？」

ロットワイラーは、リブロースの骨をバリバリとかじりながら訊ねた。

「ちょっとな。それより、チワワのことで揉めてたようだが心配はいらない」

シェパードが言いながら、ロットワイラーの隣のデスクに飛び乗りお座りした。

「どうして、そう言い切れるんだ⁉」

ロットワイラーは、怪訝な表情で言った。

「チワワに尾行をつけた。奴の行動は、逐一報告が入るようになっている。もし、奴が闘犬ファミリーの手先なら、騙されたふりをして逆手に取ってやる」

シェパードが、淡々とした口調で言った。

「なるほど。考えてるじゃねえか。安心したぜ。最近のお前は、暴走気味で危なっかしかったからよ」

ロットワイラーは、皮肉っぽく言った。

「見境なく暴れ回るお前とは違う。一緒にするな」

シェパードが、素っ気なく切って捨てた。

「誰が見境なく暴れ回る……」

「大変です！」

気色ばむロットワイラーの言葉を、刑事課のフロアに入ってきたシェパード隊犬の声が遮った。

「なんだてめえ！　俺が話してるときに邪魔しやがって！　なにが大変か言ってみろ！」

ロットワイラーは犬歯を剝き出しに、シェパード隊犬に詰め寄った。

「秋田犬若頭が、特攻隊長に会いたいと受付にきてるんですけど……」

困惑したように、シェパード隊犬が報告した。

「はあっ⁉　秋田犬若頭だと⁉　白狼犬が寝返ったから殴り込みにきたか！」

血相を変えたロットワイラーは、デスクの上で立ち上がった。

「いえ……一頭できています。幹部のみなさんに、お話があると……」

シェパード隊犬が、遠慮がちに言った。

「一頭で乗り込んできて、俺らに話があるだと⁉　そんな話信じられるか！　土佐犬野郎やピットブル野郎がどこかに隠れてるんじゃねえか⁉」

ロットワイラーは、口角から泡を飛ばしながら訊ねた。

「報告する前にシェパード隊五十頭で周辺を隈なくパトロールしましたが、不審犬はいませんでした。秋田犬若頭が一頭できているのは本当だと思います」

　シェパード隊犬が、自信満々に言った。

「なにか企みがあるはずだ。とにかく、追い返せ！」

　ロットワイラーは、シェパード隊犬に命じた。

「ちょっと待ってくれ。秋田犬若頭は、土佐犬組長やピットブル特攻隊長とは違う。話の通じるオスだ」

　白狼犬が言った。

「馬鹿野郎！　お犬よしも、いい加減にしやがれ！　裏切ったおめえの寿命を奪いにきたに決まって……」

「おいっ、待て！」

「勝手に入るんじゃない！」

「追えっ！　捕まえろ！」

　シェパード隊犬の怒声と複数の肢音が、ロットワイラーの声を掻き消した。大きくなる怒声と肢音とともに、秋田犬若頭がフロアに飛び込んできた。

「こらっ！　なんだてめえ！　ここをどこだと思ってんだ！　咬み殺すぞ！」

　いきり立つロットワイラーは犬歯を剝き出しデスクから飛び下りると、秋田犬若頭に詰め寄った。

「あんた達と争うつもりはない。なにも言わず、白狼犬を返してくれないか?」

秋田犬若頭がロットワイラーに言ったあとにシェパードに視線を移し、落ち着いた声音で頼んだ。

「はぁ!? てめえっ、なに勝手なことを言ってやがる! こいつはいまウチの特攻隊長だ! 返すわきゃねえだろうが!」

ロットワイラーがデスクの上のリブロースの骨を床に叩きつけ、秋田犬若頭に怒声を浴びせた。

「無理を承知で頼んでいる。白狼犬がなぜウチのファミリーを飛び出したのかも、理解しているつもりだ。その上で、あんたに頼んでいる。この通りだ」

秋田犬若頭が、シェパードに頭部を垂れた。

「おいっ、無視するんじゃねえ! 俺の言ってることを……」

「頭を上げろ」

ロットワイラーを遮り、シェパードは秋田犬若頭に命じた。

「なぜ、お前が敵陣に乗り込んでそこまでする? 白狼犬を取り戻したいなら、力ずくで奪い返すのがお前らのやりかただろう?」

シェパードは訊ねた。

「そうならないために、こうして頼みにきたんだ。このままだと、あんたが言ってる通りに土佐犬組長とピットブル特攻隊長が隊犬を引き連れ襲撃してくるだろう。俺は血の雨が降ることは望まない。だから、なにも言わずに白狼犬を渡してくれないか」

秋田犬若頭がシェパードに懇願した。

「てめえがそうでも、土佐犬野郎とピットブル野郎が納得するわけねえだろうが!」

ロットワイラーが、秋田犬若頭に食ってかかった。

「それは大丈夫だ。俺が連れ戻せば抗争にはしないし白狼犬の謀反も不問にすると、土佐犬組長が約束した」

「馬鹿かっ、てめえは! 土佐犬野郎が、そんな約束を守ると信じてんのか! こいつを連れ戻したら、寿命を奪うに決まってるだろうが!」

ロットワイラーが唾液を飛ばしながら、秋田犬若頭を怒鳴りつけた。

「それはわかってる。土佐犬組長の性格は、あんたより知っているからな。だが、いったん連れ戻さなければ、闘犬ファミリーが警察犬ファミリーを襲撃する。とりあえず、命令に従って白狼犬に詫びを入れさせる。そして、狼犬隊をほかの区に逃がす。土佐犬組長とピットブル特攻隊長は、白狼犬を血眼になって追うだろう。しかし、警察犬ファミリーを抜けているから、抗争を仕掛ける大義名分がなくなる。無駄な血を流さないための苦肉の策だ。協力してくれないか？　頼む」

秋田犬若頭が、ふたたびシェパードに頭部を下げた。

「若頭、俺は戻らない。あんな犬義のない野蛮犬に頭部を下げるのは、たとえ芝居でもお断りだ」

それまで黙っていた白狼犬が口を開いた。

「気持ちはわかるが、ここは堪えてくれ。ピットブル特攻隊長がお前の幼馴染みに、なにをしたかも聞いた。それでも、戻って詫びを入れるんだ。そのあと、俺が責任を持って逃して……」

「誰が逃げたいと言った？　無残に寿命を奪われたカイザーのためにも、俺は闘犬ファミリーを潰す！」

白狼犬が、憎悪に燃え立つ眼できっぱりと言った。

「俺も同感だ。白狼犬を取り戻すために奴らが襲撃してくるなら、逆に名分ができて好都合だ。もっとも、闘犬ファミリーを潰す理由はほかにいくらでもあるがな」

シェパードは、秋田犬若頭を見据えた。

「なら、あんたらはウチと全面戦争する気なのか？」

秋田犬若頭が、硬い表情で訊ねてきた。

「もう、話し合いで済まされる段階じゃない。和解するには、奴らはあまりにも大切な犬達の寿命を奪い過ぎた。白狼犬は、俺らとともに闘犬ファミリーと闘う」

シェパードは、冷え冷えとした声で言った。

「どんなに頼んでも、思い直してくれないか」

秋田犬若頭が、悲痛な顔でシェパードをみつめた。

「ウチのファミリーで白狼犬とともに闘うか？　闘犬ファミリーに戻って敵として闘うか？　どっちだ？」

シェパードは秋田犬若頭の問いには答えずに、二者択一を迫った。

「それが、あんたの答えか？」

「ここに一頭できた犬義に免じて、お前が闘犬ファミリーの若頭として闘うことを選んでも、西新宿を出るまでは配下に手出しはさせない」

シェパードが抑揚のない口調で言うと、秋田犬若頭は無言で背を向け出口に向かった。

「なんだかんだ言いながら、土佐犬野郎のために闘うんじゃねえか」

刑事課のフロアを出る秋田犬若頭の背中に、ロットワイラーが吐き捨てた。

「秋田犬若頭が警察犬ファミリーに寝返らないのは、土佐犬組長のためじゃない。彼は犬義を通しただけだ」

白狼犬が言った。

「ピットブルがお前の幼馴染みをそうしたように、秋田犬若頭に犬歯を立てられるか?」

シェパードの瞳に映った白狼犬が、躊躇いなく頷いた。

闘犬ファミリー

大久保(おおくぼ)通りを、先頭の土佐犬組長に続き秋田犬若頭が歩いていた。二頭の後ろには、土佐犬隊、秋田犬隊の選ばれし百頭の精鋭犬が続いていた。

「どこに向かっているんですか?」

秋田犬若頭が訊ねた。

「あのビルじゃき」

ビーフジャーキーをくちゃくちゃと嚙みながら、土佐犬組長が十メートル先に聳(そび)える「東京都健康プラザハイジア」にひしゃげた顔を向けた。

「ハイジア」は十八階建てのビルで、人間が住んでいたときは都民の健康づくりの一環として、病院、スポーツ施設、カルチャーセンター、オフィス、飲食店を集めた複合型施設として繁盛していた。

「あのビルに、誰かいるんですか?」

秋田犬若頭は、胸騒ぎを覚えた。

秋田犬若頭が、警察犬ファミリーに白狼犬の引き渡しを断られた報告を土佐犬組長とピットブル特攻隊長にしたのが昨日のことだ。

もしかしたら、白狼犬が捕らわれてしまったのか？

ピットブル隊がいないのが、秋田犬若頭の不安に拍車をかけた。

「まあ、行けばわかるぜよ」

土佐犬組長が意味ありげに笑い、「ハイジア」のエントランスに肢を踏み入れた。

広々としたエントランスには、五十頭のピットブル隊の隊犬が横並びに整列していた。

列の中央にいたピットブル特攻隊長が、チワワをくわえて土佐犬組長に駆け寄ってきた。

「お疲れ様です！」

ピットブル特攻隊長がチワワを床に落とし、土佐犬組長に頭部を下げた。

「あっちのほうは、うまくいったがや？」

土佐犬組長が、ピットブル特攻隊長に訊ねた。

「もちろんですわ！　おいっ、ワレら！　組長にお見せせんかい！」

ピットブル特攻隊長が振り返り命じると、隊犬達が左右に分かれた。大型犬用のケージが現れ、中にはメスのシェパードが怯えた顔でお座りしていた。

「あのメスは誰ですか？」

嫌な予感に導かれるように、秋田犬若頭は土佐犬組長に訊ねた。

「ポリ犬ボスの恋犬や」

ピットブル特攻隊長が、ニヤニヤ笑いながら言った。

嫌な予感は的中した。

「そんなメスが、どうしてケージに入ってるんだ？」

秋田犬若頭は、硬い表情で訊ねた。

「そんなもん、決まっとるやんけ。ポリ犬ボスを誘き寄せるためや」

相変わらず、ピットブル特攻隊長はニヤニヤしていた。

「ポリ犬ボスがピンチや、と嘘言うて、このどチビ出目金がメス犬を連れ出したんや。たまには、役に立つやないか！」

ピットブル特攻隊長が、チワワの頭部を前肢の肉球で叩いた。

「本当か？」

秋田犬若頭は、一転して厳しい表情をチワワに向けた。

チワワが、震えながら頷いた。

「お前は、シェパードボスにも世話になってるんじゃないのか⁉」

「なんやて⁉」

秋田犬若頭の言葉に、ピットブル特攻隊長の血相が変わった。

「ななな っ、なにを言うんですか！　ぼぼぼっ、僕は、シェシェシェパードボスの世話になんか、なっていません！　へへへっ、変なことを言わないでください！　ピピピッ、ピットブル特攻隊長！　ししし っ、信じてください！」

激しく動転したチワワが、ピットブル特攻隊長に向かって前肢の肉球を擦り合わせた。

「おいっ、ワレっ、ポリ犬ボスのスパイなんか⁉」

ピットブル特攻隊長が、チワワの首の皮を摘まんで持ち上げた。

「ちちちっ、違いますって！　ススス っ、スパイなんかじゃありませんって！」

チワワが、激しく首を横に振った。

「どどどっ、どチビのでででっ、出目金野郎！　ももも っ、もしほんまやったら、ぶぶぶっ、ぶっ殺すからな！」

チワワの真似をしながら、ピットブル特攻隊長が大きく前肢をないだ。

チワワが二、三メートル吹き飛び、コンクリート床に落下した。

「俺の許可もなしに、なに勝手なことをやってるんだ！　こんなことしたら、警察犬ファミリーに喧嘩を売るようなもんだろ！」

秋田犬若頭は、ピットブル特攻隊長に詰め寄った。

「そうや！　ポリ犬どもに喧嘩売るためにこのメスをさらったんや！　ワレが白狼犬を

連れ戻せんかったんが悪いんや、ボケ！」

ピットブル特攻隊長も、秋田犬若頭に詰め寄った。

「貴様っ！」

「やめるがや！」

土佐犬組長が、野太い声で一喝した。

「わしが許可したき。なんぞ文句があるっちゅうがや？」

土佐犬組長が、据わった眼で秋田犬若頭を睨みつけた。

「抗争になればお互いのファミリーに被害が出ます！　シェパードボスは、話のわからないオスではありません。無駄な血を流さずとも……」

「だったら、どうして白狼犬を渡さないいんじゃ？　お⁉　それに、おんしの言うごつシェパードが話のわかるオスでも、わしは話し合いをするつもりはないき」

土佐犬組長が、秋田犬若頭を遮り言った。

「シェパードボスが現れたら、このメスをどうするつもりですか？」

願いを込めて、秋田犬若頭は訊ねた。土佐犬組長の心の奥底に、良心が残っていると信じて……。

「決まっとるき。シェパードの眼の前で、殺すがや〜」

土佐犬組長が、加虐的に言いながら破顔した。

「俺の尊敬していたあなたは……どこに行ったんですか⁉」

秋田犬若頭は涙声で訴え、記憶を巻き戻した。

――あれは、田中さんちのモカちゃんじゃないのか？

秋田犬若頭の飼い主……三上の視線の先には、コンビニエンスストアの前のガードレールに繋がれているメスのトイプードルがいた。

――あ、危ない！

三上が叫んだ。

大柄な男性が、三頭のボルゾイに引っ張られていた。狩猟本能の強いボルゾイは、トイプードルを発見し襲いかかったのだ。

――太郎！

三上の手からリードが離れた――秋田犬若頭はダッシュし、ボルゾイ達の前に立ちはだかった。

——なんだお前は⁉　俺らの狩りの邪魔をするな！

三頭のうちの一頭が威嚇してきた。

——このメスは、お前達の獲物じゃない。

秋田犬若頭は、一歩も退かずに三頭を睨みつけた。飼い主が懸命にリードを引っ張っていたが、興奮するボルゾイ達を引き戻すことはできなかった。

——太郎っ、やめなさい！　こっちにきなさい！

追いかけてきた三上もリードを引いたが、秋田犬若頭は四肢で踏ん張った。

——だったら、お前から狩ってやる！

飼い主の手から、三頭のリードが離れた。

リードに繋がれたままで自由が利かない秋田犬若頭に、自由になったボルゾイ達が襲いかかってきた。殺られると思った瞬間、巨大な黒い影が秋田犬若頭の眼の前を横切った。

巨大な黒い影——土佐犬がボルゾイ達に襲いかかった。

秋田犬若頭は我が眼を疑った。

土佐犬は、三頭のボルゾイの耳を次々と喰いちぎった。

さっきまで獰猛（どうもう）だったボルゾイ達が、鳴きながら方々に逃げ去った。


——おんしら、怪我はないがや？

凶暴な顔つきからは想像できない優しい声で、土佐犬が秋田犬若頭とトイプードルに言った。


——ありがとうございます。動きが取れない状態だったので、助かりました。

——ええがや、ええがや。それより、二頭とも怪我がなくてなによりじゃき。

「おんしの尊敬しとるわしは、わしが殺したき」

土佐犬の笑顔に、目の前の土佐犬組長の加虐的な顔が重なった。

「え……」

秋田犬若頭は、怪訝な顔を土佐犬組長に向けた。

「愛情だ友情だっちゅう甘っちょろいことを信じとったあの頃のボンクラを、葬った言うとるがや」

土佐犬組長が、底なしの暗い瞳で秋田犬若頭を見据えた。

あのあとボルゾイの飼い主は、三頭の耳を喰いちぎられたことで土佐犬の飼い主を損害賠償で訴えると言い出した。

土佐犬の飼い主が取った行動は、信じられないものだった。

損害賠償という言葉を恐れた飼い主は、事もあろうに土佐犬を猟銃で射殺しようとした。

身の危険を察知した土佐犬は、命からがら逃げ出した。

飼い主は区役所の職員とともに、土佐犬の捕獲に動いた。

逃亡しながら、土佐犬は思った。

なぜ、襲われていた二頭の犬を助けたのに飼い主は怒ったのか？

なぜ、あれだけかわいがってくれた飼い主が自分に猟銃を向けたのか？

もちろん、土佐犬は猟銃がなんであるかを知らない。

だが、感じた。

あんなに愛した飼い主が、自分の寿命を奪おうとしていることを。

そして、悟った。

信頼していた人間達が、敵になってしまったということを。

新型殺人ウイルスの猛威から逃れるために人間がいなくなったことで、土佐犬が追われることはなくなった。

しかし、土佐犬の心に刻まれた人間への不信感は消えなかった。

数ヵ月後、秋田犬若頭は無人の新宿で土佐犬と再会した。

土佐犬は、再会を喜び破顔した。土佐犬の笑顔を見た秋田犬若頭は違和感を覚えた。

『おんしも飼い主に捨てられたがや？　ヒトは信用できんき。これからは、犬同士力を合わせて生きていくぜよ。わしらと同じようにヒトに捨てられた仲間を集めて、家族を作ろうと思うとるき』

『家族ですか？』

『そう、家族ぜよ。ヒトみたいに裏切らん本物の絆で繋がった家族を作るき。わしが父親で、おんしが長男になるがや』

秋田犬若頭は、土佐犬と行動をともにすることにした。

土佐犬に恩を返したいという気持ちと、自分を助けたせいで土佐犬が人間から殺されそうになったことへの罪悪感があったのも事実だ。

それに人間がいなくなった以上、犬にとって群れるという行為は自然な流れだった。

飼い主に置き去りにされた犬が、新宿中に溢れていた。

土佐犬が声をかける犬は、戦闘力の高い犬種ばかりだった。

『どうして小型犬には声をかけないんですか？』

秋田犬若頭は疑問を口にした。

『弱か犬を集めても意味がないき。家族を守るためには、誰に襲われても大丈夫な強い犬しか必要ないがや』

土佐犬が言った。

『でも、多くの小型犬が路頭に迷ってます。犬種を問わず、家族に迎え入れてあげるべきじゃないんですか？』

チワワ、シーズー、ヨークシャーテリアなどの小型犬が、そこここで残飯を漁っていた。

『あんな非力な犬が、外敵と闘えると思うちゅうがや？　邪魔なだけじゃき。弱い犬は弱い犬同士、群れればええが』

秋田犬若頭は、土佐犬の言葉に耳を疑った。

『いったい、どうしたんですか？　ボルゾイから僕とトイプードルを守ってくれたあなたは、どこに行ってしまったんですか⁉』

『おんしとトイプードルを守ったわしは、そのあとどうなった？　飼い主に殺されそうになり、大勢のヒトがわしを捕まえようとした。逃げながら、思ったぜよ。正義とか弱犬を助けることが無意味だっちゅうことに。わしらに必要なんは、家族を守るための力じゃき！　家族以外は、ヒトも犬もすべて敵じゃき！』

「おんしも、くだらん思い出に浸っとらんで、ポリ犬どもとの闘いに備えるがや！」

記憶の中の土佐犬の声に、土佐犬組長の声が重なった。

「組長が家族以外は信用できなくなり、すべての情を捨てて力を求めるようになった気持ちは誰よりもわかります。でも、本当は強きを挫き弱きを助ける正義感溢れる犬だということも知っています。組長。昔のあなたに戻ってくださいっ。闘犬ファミリーも警察犬ファミリーも、同じ犬同士……家族じゃないですか！　組長は家族を守ると言ったでしょう⁉　だったら、シェパードボスも俺達の仲間です！　組長を見捨て、寿命を奪おうとしたのは人間でありシェパードボスじゃありません！　警察犬ファミリーも巨大犬ファミリーも、人間に見捨てられた犠牲犬です！」

秋田犬若頭は、潤む瞳で土佐犬組長をみつめて訴えた。

土佐犬組長の胸奥には、まだ生きているはず……若かりし日の秋田犬を助けてくれた、犬義ある土佐犬が。

「ワレ！　黙って聞いとったら、さっきからなにほざいとるんじゃ！　ボケ！　ポリ犬どもが俺らの仲間やと！　腹咬み裂いて、内臓引き摺り出したろうか！　おお！」

ピットブル特攻隊長が犬歯を剝き、秋田犬若頭に詰め寄った。

「おんしは下がっとれ」

土佐犬組長がピットブル特攻隊長を押し退け、秋田犬若頭に歩み寄った。

「わしを裏切ったのはヒトやき、シェパードボスは家族やき肢を組んでくれ……おんしは、そう言ったがや？」

土佐犬組長が、鋭い眼で秋田犬若頭を見据えた。

秋田犬若頭は頷いた。

「ヒトへの不信感を抱いたあなたは、寿命を懸けて家族という名の仲間を守ろうと誓った。だが、いつしかあなたは家族だけを守ろうとするようになった。闘犬の血が流れる犬を家族と認め、それ以外の犬は認めなかった。そして、家族としなかっただけでなく敵とみなすようになり、犬義なき殺戮(さつりく)を繰り返すようになった。組長……いま一度お願いします！　俺と出会った頃のあなたに、戻ってください！」

秋田犬若頭は土佐犬組長の肢元に平伏し、最後の懇願をした。

「ヒトも犬も同じじゃき。裏切る奴は裏切るがや。わしは、わしのファミリーしか信用せんき。これがわしの答えぜよ。次は、おんしの答える番じゃ」

土佐犬組長が、秋田犬若頭に顔を近づけた。

「家族の長のわしのために闘うか、ポリ犬どものために闘うか。いまこの場で、身の振りかたを決めるがや！」

土佐犬組長が、秋田犬若頭に二者択一を迫った。

「もちろん、俺はあなたのもとで闘います」

秋田犬若頭は即答した。

嘘ではなかった。変わり果てても、土佐犬組長が秋田犬若頭の恩犬であることに変わりない。

「口じゃなんとでも言えるき、行動で証明するがや。おんしに特別任務を与えちゃる」

土佐犬組長が、口角を吊り上げた。

「特別任務ですか？」

秋田犬若頭は、怪訝な顔で訊ねた。

「シェパードボスが現れたら、おんしはケージに入ってこんメスば殺すがや」

「え……？」

土佐犬組長の言葉に、秋田犬若頭は耳を疑った。

「奴の眼の前で、恋犬を殺せ言うちょるが」

土佐犬組長は、ニヤニヤしながら言った。

「組長、それ……本気で言ってるんですか？」

秋田犬若頭は、かすれた声で訊ねた。

恐怖でそうなったのではない。微かな希望が完全に断たれたショック……秋田犬の知っていた正義感に溢れた土佐犬が、二度と戻ってくることはないという事実に心が震えた。

「あたりまえじゃ。愛しいメスがなぶり殺しにされるのを見とるシェパードボスを、ズタズタにしちゃるぜよ～」

土佐犬組長が歌うように言った。

「さすがは組長や！　そりゃ、最高の見世物ですわ！　ポリ犬ボスをズタズタにするんは、俺にやらせてもらえまっか⁉　皮をズタズタに引き裂いて、肉と内臓をグチャグチャにしたりますわ！」

ピットブル特攻隊長が充血した眼をギラつかせ、口角から白泡を撒き散らしながら土佐犬組長に訴えた。

「シェパードボスみたいな上物はなかなかおらんき、わしがズタズタのグチャグチャにするぜよ～。おんしには譲らんぜよ～」

「そない殺生なこと言わんと、俺にポリ犬ボスをズタズタのグチャグチャにさせてくれへんですか⁉　組長！　お願いしますわ！　俺に譲ってくれはったら、ロットワイラーと白狼犬は組長に譲りますさかい！」

「だめじゃき～。シェパードボスはわしが咬み殺すぜよ～」

嬉々とした表情の土佐犬組長とピットブル特攻隊長のやり取りを見た秋田犬若頭の胸内に、絶望の闇が広がった。

★警察犬ファミリー

歌舞伎町のさくら通りを並び歩くシェパードとロットワイラーに、住犬達の視線が集まった。

西新宿を縄張りにしている警察犬ファミリーのナンバー1と2が、闘犬ファミリーの縄張りを歩いているのだから無理もない。

「このヒリヒリとした感じ、たまんねえな」

ロットワイラーが、瞳を輝かせた。

正面から歩いてきた四頭の若い雑種の半グレ犬が、シェパードとロットワイラーに気づくと肉球を返して逃げ出した。

「あいつらも、てめえの実力をよくわかってるじゃねえか」

ロットワイラーが上機嫌に言った。

「でもよ、俺ら二頭で歌舞伎町を流そうなんて、どういう風の吹き回しだよ。いままでは、奴らを刺激するようなことを避けていたのによ」

ロットワイラーが、怪訝な顔で訊ねてきた。

「ライブハウスの下見だ」

シェパードは短く言った。

「ライブハウス？　この前、どチビと下見したじゃねえか」

「あれは中だ。外を下見する」

「外⁉　なんで外なんか下見すんだよ？」

ロットワイラーの質問に答えず、シェパードは駆け肢になった。

隊犬を連れてこなかったのは目立たないためで、ライブハウスの外を下見するのはチワワを信用していないからだ。

「おいっ、なんで無視すんだよ！」

ロットワイラーが気色ばみ、シェパードを追った。

　さくら通りのライブハウスの入り口――シェパードは、地下へ続く階段を見下ろしていた。

「さっきから、なに見てんだよ？」

　ロットワイラーが訊ねてきた。

「階段の幅が狭過ぎるな」

　シェパードは呟いた。

「あ？　なんだって？」

「この狭さだと、中型犬以上は二頭までしか通れない」

「だからいいんじゃねえか？　闘犬野郎どもが、袋の鼠になって逃げられねえからな」

　ロットワイラーが嬉しそうに言った。

「俺らが袋の鼠になったらどうする？」

　シェパードが、意味深な言い回しをした。

「は？　お前、なにを言ってんだよ。俺らが袋の鼠になるわきゃねえだろ」

　ロットワイラーが笑い飛ばした。

「チワワが寝返ったら、袋の鼠になるのは俺らだ」

シェパードが振り返り、ロットワイラーを見据えた。

「チワワの行動を監視してるから大丈夫だと言ってたのは、お前じゃないか⁉」

「見失った」

「え？」

「尾行していた隊犬が半グレ犬同士の喧嘩に気を取られた隙に、チワワがいなくなったと報告が入った」

シェパードは淡々とした口調で言った。

「そりゃお前んとこの隊犬のミスで、チワワは関係ねえだろ」

ロットワイラーが訝しげに言った。

「たしかにミスだ。半グレ犬の芝居に気づかず、チワワから眼を離したミスだ」

「半グレ犬の芝居って、どういう意味だよ⁉」

すかさずロットワイラーが訊ねてきた。

「さらわれたんじゃなければ、僅か十数秒でチワワは消えたりはしない。闘犬ファミリーがチワワをさらうために、最初から仕組んでいたことと考えるのが自然だ」

相変わらず淡々とした口調で言いながら、シェパードは脳内でめまぐるしく思考を巡らせた。

「なっ……あのどチビ！　ふざけやがって！　闘犬野郎に寝返るなんざ、ぶち殺してやる！」

ロットワイラーが、目尻を吊り上げいきり立った。

「感情的になるな。あくまでも、その可能性が高いと言っただけだ。本当にチワワが寝返っているとしたら、無理に捕まえようとせずに泳がせておくほうが敵の動きを把握できる」

「つまり、どチビを利用して奴らの裏を掻くってことだな？」

ロットワイラーの問いかけに、シェパードは頷いた。

「三日後の実行日までは、気づかないふりをする。当日、別動隊をこの周辺に百頭潜伏させて、闘犬ファミリーにおかしな動きがないかを監視する」

シェパードはシナリオを口にした。

「百頭!?　そりゃ多過ぎだろ！　外にそんなに回したら、中が手薄になっちまうだろうが!?　外の見張りなんて、十頭もいれば十分だっつーの！」

ロットワイラーが素頓狂な声を上げた。

「だめだ。百頭でも少ないくらいだ。俺らがライブハウスの中に入ったあとに、闘犬ファミリーの第二隊が襲撃してきたら挟み撃ちで全滅だ。第二隊がいると想定して、こっちも百頭を待機させる。第二隊がいなければ、その百頭は俺らに合流すればいいだけの話だ」

シェパードは、抑揚のない口調で言った。

「なるほど、そりゃそうだな。安心したぜ。ドーベルマンとハナちゃんが寿命を奪われてからのお前は我を見失っていたが、冷静さを取り戻したみてえだな」

ロットワイラーが、満足げな笑みを浮かべた。

「勘違いするな。俺は我を見失ってもいないし、冷静さも失っていない。情を捨てただけだ」

「まあ、どっちにしても暴走するのは俺の役目……」

ロットワイラーが言葉を切り、シェパードの肩越しに視線を移した。

シェパードは振り返った。五、六メートル先から、秋田犬若頭が駆け寄ってきた。

「いま、あんたらのアジトに行こうと思っていたところだ。ウチの縄張りで、なにをやっているんだ？」

「気まぐれだ。それより、ウチになんの用だ？」

シェパードは、秋田犬若頭に質問を返した。

「あんたを連れてこいと、組長に命じられた」

硬い表情で、秋田犬若頭が言った。

「なんだそりゃ⁉　隊犬もなしにお前一頭か？　思ってたより頭悪いな。こいと言われて、敵のアジトに素直について行く馬鹿がどこにいる⁉　ウチのボスも、ナメられたもんだな！」

ロットワイラーが吐き捨てた。

「ナメてなんかいない。むしろ、尊敬してるさ。だが、あんたには俺についてこなければならない理由がある」

秋田犬若頭が、複雑な顔でシェパードを見据えた。

「なにわけのわからねえことをごちゃごちゃ抜かしてやがる……」

「闘犬ファミリーに、シェパードのメスが捕らわれている」

ロットワイラーの言葉を、秋田犬若頭が遮った。

シェパードは、弾かれたように秋田犬若頭を見た。

「『ロワール』というカフェにいたメスを、ピットブル特攻隊長に命じられたチワワが、あんたが危ない目にあっていると偽り連れ出したそうだ。恋犬なんだろう？」

秋田犬若頭が、つらそうな顔で訊ねてきた。

「マリーはどこにいる？」

シェパードは、質問に答えずに訊ねた。

「歌舞伎町の『ハイジア』だ。メスを餌にあんたを誘き寄せ、寿命を奪う気だ。どうする？」

「どうするもこうするもねえ！　乗り込むに決まってるだろう！　おいっ、隊犬を集めるぞ！」

ロットワイラーがシェパードに言った。

「いや、その必要はない」

シェパードが却下した。

「なんでだよ！　さすがに俺ら二頭じゃ、マリーちゃんを救えねえぞ！」

ロットワイラーが、いら立たしげに言った。

「俺も同感だ。一頭でも多く隊犬を集めたほうがいい。恐らくいま頃は、『ハイジア』にかなりの隊犬を集めて待ち構えているはずだ。あんたらだけで乗り込んだら犬死にするだけだ。土佐犬組長もピットブル特攻隊長も、恋犬を犬質に取られている以上はあんたが一頭でくると思っている。隊犬総出で奇襲をかければ、あんたらにも勝機はある。警察犬ファミリーと闘犬ファミリーが闘っている隙に、あんたの恋犬は逃してやるから安心してくれ」

秋田犬若頭がロットワイラーに同調し、シェパードを説得した。

「闘犬ファミリーナンバー2のお前が、どうしてそんなことを言う？　どうしてそこまでする？　土佐犬組長に、造反する気はないんだろう？」

シェパードは秋田犬若頭を試すように言った。

「あんたの眼の前で恋犬をなぶり殺しにしろと命じられている。恋犬が死んだら、あんたを血祭りに上げる腹積もりだ。こんな卑劣な大将だが、俺の恩犬だ。牙を向けるつもりはない。だが、いくら恩犬でも、犬義に反する命に従うつもりもない。俺があんたらに情報を流した結果、闘犬ファミリーが劣勢になるのは仕方のないことだ。俺は、最後まで闘犬ファミリーの若頭として闘い、土佐犬組長を支える。それで寿命を落とすなら本望だ」

秋田犬若頭が、固い決意の色を宿した瞳でシェパードを見据えた。

「隊犬を集めて総攻撃を仕掛けるつもりも、単身で乗り込むつもりもない。土佐犬組長に伝えろ。そのメスを、好きなようにするがいい、と」

シェパードの返答に、秋田犬若頭が眼を見開いた。

「おいっ、お前、どうかしちまったのか!?　マリーちゃんを見殺しにする気か！」

ロットワイラーが、血相を変えてシェパードに詰め寄った。

シェパードは無言で肉球を返し、歌舞伎町の出口に向かった。

♥愛玩犬ファミリー

新宿二丁目のゲイバーだった地下——二十坪のフロアが、元愛玩犬ファミリーのアジトだった。以前は「伊勢丹新宿本店」をアジトにしていたが、闘犬ファミリーにあっさりと奪われてしまった。

チワワはダンベル代わりの発泡スチロールの切れ端をくわえて、一メートルの間隔で向き合うボックスソファに跳び移っては戻ることを繰り返した。

二往復、三往復、四往復……息が荒くなり、大腿部の筋肉が強張った。

チワワは往復跳びをしながら、横目で出入口を見た。

誰もこない。もうそろそろ、散歩から戻ってきてもいい時間だ。

五往復、六往復、七往復……犬歯を食い縛り、ソファの往復跳びを続けた。

チワワは、横目で出入口を見た。

まだ、誰もこない。

早く戻ってこい！　このままだと、体がもたない……。

八往復、九往復……。十往復目で、視界の端にトイプードル、ミニチュアダックスフンド、フレンチブルドッグ、パグの姿が入ってきた。

「お疲れ様です！」

チワワはトイプーの挨拶に気づかないふりをして、ソファから下りると落ちていたタオルをくわえて高速で頭部を左右に振った。

「ボス！　ただいま戻りました！」

ミニチュアダックスの声に、初めて気づいたふうにチワワは高速で振っていた頭部の

動きを止めた。

「なんだ、戻ってたのか？　トレーニングに夢中になってて気づかなかったよ」

チワワはタオルを放して、トイプーとミニチュアダックスを振り返った。

「ボスは、散歩にも行かないでトレーニングをしているなんてストイックですね！」

トイプーは尊敬の眼差しで声を弾ませた。

「もしかして、僕達が散歩していた一時間、ずっとトレーニングをしていたんですか？」

ミニチュアダックスが驚いた顔で、チワワに訊ねてきた。

「まあ、昔からのルーティンになっていることだからさ。僕が新宿の狂犬と呼ばれていた時代には、喧嘩がトレーニング代わりだったけどね」

チワワはクールダウンをしているふうを装い、フロアを歩き回りながら涼しい顔で言った。四頭が戻ってくる時間に合わせて十分しか動いていないのに、本当は息が上がり四肢が震えていた。

歩き回っているのは、前肢の震えを悟られないためだった。

「一時間なんて嘘ぶふ〜。俺達にトレーニングしているところを見せたくて、十分くらい前から始めたに決まってるぶふ」

フレブルが皮肉っぽい口調で言った。

「そうぺちゃ。僕らに自分は強いボスだってところをアピールしたいから、わざわざ激しいトレーニングをしているふりをしていたぺちゃ」

パグもフレブルに皮肉で続いた。

「お前ら、いい加減にしろ！　なぜいつもそうやってボスに反発するんだ！　ボスの器が大きいから見逃してもらってるが、本当ならズタズタに咬み裂かれているところだぞ！」

トイプーがフレブルとパグを一喝した。

「落ち着いて。気持ちはありがたいけど、そこまで言わなくてもいいから」

チワワは小声でトイプーを宥(なだ)めた。

馬鹿野郎！　フレブルとパグを刺激して差しで勝負しろと言われたら、どうするつもりだ⁉

チワワは、トイプーを怒鳴りつけた。心で。

「なぜ反発するか教えてやるぶふ〜。俺達愛玩犬ファミリーが『伊勢丹新宿本店』からこの小汚いビルに追いやられたのは、全部、元ボスが情けないからぶふ〜。相手が闘犬ファミリーだから追い出されたのは仕方がないとしても、そのあとが情けないぶふ！続きは君が言うぶふ〜」

フレブルがパグを促した。

「『伊勢丹新宿本店』を取り返せとまでは言わないぺちゃ。でも、元ボスは憎き敵に媚びへつらい、闘犬ファミリーの使い走りまでするようになったぺちゃ！　そんな裏切り犬を尊敬できると思うぺちゃ？」

パグが蔑んだ瞳でチワワを見た。

「黙って聞いてればボスのことを味噌くそに言いやがって！　勝負しろ！」

ミニチュアダックスが、血相を変えてフレブルとパグに闘いを挑んだ。

「ちょっと、興奮しないで。落ち着い……」

「ボスと闘え！」

制止しようとするチワワを遮り、ミニチュアダックスが勝手にフレブルとパグに宣戦布告した。

「へ!?」

チワワは予想外のミニチュアダックスの言葉に、間抜けな声を上げた。

「望むところぶふ〜。差しの勝負ぶふ！」

フレブルがよだれを飛ばしながら、闘牛さながらに後肢で床を何度も蹴った。

「ぼ、僕は君と闘う気はない。いま、『ぼ、僕』と言ったのは怖いからじゃなくて、口内炎ができてて痛いからだ。もちろん、君と闘わないのも恐れているからじゃない。ピットブルと血みどろの闘いをした僕にとって、君は恐れるに足りない相手……」

頬に衝撃——フレブルの肉球パンチをマズルに受けたチワワはよろめいた。

「ごちゃごちゃ能書き垂れてないで、かかってこいぶふ！　怖いから理由をつけて闘わないぶふか？」

フレブルが挑発的に言った。

口の中に血の味が広がった。

チワワは逃げ出したい衝動を懸命に堪えた。

ここで無様な姿を見せたら、野望を実現できなくなる。

「殴られても闘わない。何度も言うけど、君を恐れているからじゃない。闘いたくても、闘えない理由があるのさ」

チワワは平静を装い言った。

「闘いたくても闘えない理由ぶふ？　なんの理由か言ってみろぶふ！　どうせでたらめ……」

「僕は天下を取る！」

チワワの甲高い声が、フロアに響き渡った。

フレブル、パグ、トイプー、ミニチュアダックスが驚いた表情で固まった。

束(つか)の間の沈黙を、二頭の爆笑が遮った。

「鳩(はと)にも馬鹿にされてるお前が、天下統一ぶふ⁉　お前、頭がおかしいぶふか⁉」

フレブルが笑い泣きしながら、チワワを嘲った。

「そうぺちゃ！　超小型犬でうさぎより弱そうなお前なんて、百万回生まれ変わってもシェパードや土佐犬に勝てるわけないぺちゃ！」

パグが笑い泣きしながらチワワを嘲った。

「いまの僕の言葉を信じる犬は、肢元でヘソ天するんだ。信じない犬は、いますぐ立ち去れ。だけど、これだけは言っておく！　僕が天下統一を果たしたら、真っ先に背を向けた犬に数千の隊犬を送り込んで寿命を奪うことを覚えておけ！」

チワワは後ろ肢で仁王立ちし、四頭を見渡した。

トイプーとミニチュアダックスは、迷わずにチワワの肢元で仰向けになった。

フレブルとパグは、呆気に取られた表情で立ち尽くしていた。

フロアに沈黙が広がった。

「君達も、ようやくわかってくれた……」

チワワの言葉を、ふたたび爆笑が掻き消した。

「馬鹿馬鹿しくて、相手にしてられないぶふ〜。お前は咬みつく価値もないぶふ〜」

「妄想が激しくてキモいぺちゃ。いつでも寿命を奪いにくればいいぺちゃ」

フレブルとパグは呆れた顔で言い残し、フロアをあとにした。

「あっ、ちょ……待って！　本当に寿命を奪われてもいいのか⁉　本当に奪うからね！」

チワワは地団駄を踏みながら叫んだが、二頭は戻ってこなかった。

フレブルとパグはチワワを見下し、扱いづらく、腹の立つ二頭だったが愛玩犬ファミリーの再建には欠かせなかった。

二頭は事あるごとに楯突いてはいたが、次々とチワワから離れてゆく隊犬の中でなんやかんや言いながらも残っていた。

「ボス！　大丈夫ですよ！　あんな奴らいなくても、僕とミニチュアダックスが支えます！」

「そうですよ！　僕ら二頭でボスの天下取りをお手伝いします！」

トイプーとミニチュアダックスが起き上がり、チワワをみつめた。

チワワの作り話を微塵の疑いもなく信じて忠誠を誓っている二頭だが、いま必要なのは忠誠心より犬数だ。

チワワの弄した策を成功させるためには、最低でも二十頭は必要だ。

「わかった。なら、君達に早速頼みたいことがある。まずは君達の元隊犬をできるだけ集めてくれ。それから、元幹部だったポメラニアンとマルチーズとシーズーを探して連れてきてくれ」

チワワはトイプーとミニチュアダックスに命じた。

「わかりました！　でも、ボスほどの戦闘力がありながら、土佐犬とシェパードにそれぞれタイマン勝負を申し込まないのは、なんでですか？　ボス同士の決闘なら、負けるはずがありません！」

「そうですよ！　新宿の狂犬と呼ばれ畏怖されていたボスなら、楽勝ですよ！」

トイプーとミニチュアダックスが、信頼しきった眼でチワワをみつめた。

「たしかに僕の戦闘力は大型犬並みだし、飼い主がいた頃に聞いた話では何代か前にピットブルテリアの血が入っているらしいんだ。キレたら自分でも攻撃を止められない性格は、ピットブルの血だと思う。でも、いくら僕が強くても数百頭は相手にできない。だから、僕はフレブルやパグの肢でもいいから借りたいんだ。もちろん、君達の力もね。そういうわけだから、一頭でも多くの仲間を集めてほしいのさ」

チワワは二頭の顔を交互に見ながら言った。

「わかりました！　でも、ボスが相手にできないなら、雑魚の犬数を増やしても太刀打ちできないんじゃないですか？」

トイプーが怪訝そうな顔で疑問を口にした。

「誰も正面からぶつかるとは言ってない。ちゃんと考えてるから、安心していいよ。僕のシナリオ通りなら、一日で愛玩犬ファミリーの天下になるから」

チワワは右前肢の肉球でこめかみを指しながら言った。

事が終われば、フレブルとパグ、トイプーとミニチュアダックスを切り捨てチワワ種で固めるつもりだった。

そう、正確には愛玩犬ファミリーではなくチワワファミリーが天下を取るのだ。

チワワは二頭にわからないように、片側の口角を吊り上げた。

闘犬ファミリー

「あ⁉　こらワレ！　いまなんて言うたんや⁉　もういっぺん、言うてみいや！」

歌舞伎町の「ハイジア」のエントランスフロアに、ピットブル特攻隊長の怒声が響き渡った。

ピットブル特攻隊長の背後にいる隊犬達も、険しい表情で秋田犬若頭を睨みつけていた。

「ここにはこない。そのメスを好きにすればいい」

秋田犬若頭は、シェパードボスの意思を伝えた。

「あのポリ犬野郎っ、どないなつもりなんや！」

ピットブル特攻隊長は、近くにいた隊犬を後肢で蹴りつけた。

「ほう、恋犬を見殺しにしたちゅうがや？　意外な展開じゃき。おんし、聞いたがや？

おんしは、彼犬に見捨てられたぜよ」

土佐犬組長は、ケージの中のマリーに加虐的な笑みを浮かべながら言った。

「彼は、そんな犬じゃないわ！」

マリーが叫んだ。

「そんな犬じゃないなら、おんしの寿命がかかっとるちゅうのに、なんで助けにこんがや～？　お？　おんしが腹を咬み裂かれて内臓引き摺り出されるっちゅうのに、なんで助けにこんがや～？　お？　お？　頭蓋骨割られて脳みそを喰われるっちゅうのに、なんで助けにこんがや～？」

土佐犬組長がケージに顔を近づけ、歌うように言った。

「か、彼は警察犬ファミリーのボスよ！　きっと、助けにきて……」

「やかましいボケ！　ワレを殺して、頭部をポリ犬のアジトに放り込んできたるわい！　組長！　はよう、このメスを殺しましょうや！」

ピットブル特攻隊長が口角から白泡を噴きながら、土佐犬組長に訴えた。

「その必要はない。問題はメスの寿命を奪う奪わないではなく、シェパードボスをどうするかだ。勝手なことをするな」

秋田犬若頭は、ピットブル特攻隊長に命じた。

「せやから、ポリ犬野郎のメスを殺すんやないか！　ボケ！　俺らに逆らったらどうなるかを、思い知らせてやるんや!」

ピットブル特攻隊長が犬歯を剝いた。

「だったら、警察犬ファミリーを襲撃するのが先決だ。悪戯(いたずら)にメスに時間をかけている間に、逆に襲撃されたらどうする? 恋犬が囚(とら)われていることを知っているシェパードボスが、大人しくしているとは思えないからな」

「ワレは寝惚けたことばかり……」

「若頭の言う通りぜよ」

眼を剝くピットブル特攻隊長を、土佐犬組長は遮った。

「親分!」

「ええから、おんしは下がっとるがや!」

「すんまへん……」

土佐犬組長が一喝すると、ピットブル特攻隊長は渋々と引き下がった。

「のう若頭。おんしの言う通り、すぐにでもポリ犬どもを皆殺しにせなあかんき。おんしがメスを、ちゃっちゃちゃっと始末するぜよ」

土佐犬組長の言葉に、秋田犬若頭は耳を疑った。

「いま、なんと?」

秋田犬若頭は、すかさず訊ね返した。

「メスをちゃっちゃっちゃっと、殺せ言うたがや」

土佐犬組長が、ニヤニヤしながら言った。

「組長……」

「命令じゃき！　まさか、おんし、わしの命に従わんちゅうつもりがや？」

土佐犬組長が据わった眼で、秋田犬若頭を睨めつけた。

「断ります」

迷わずに、秋田犬若頭は即答した。

その一言が、どれだけ自らを窮地に追い込むか……土佐犬組長の命に従ったほうが、秋田犬若頭の地位が安泰であることはわかっていた。

わかっていたが、従えなかった。

保身のために犬義を捨てるくらいならば、寿命を捨てる覚悟だった。

「ワレこら！　親分の命令に背くとは、何様のつもりや！　咬み殺したるで！」

ピットブル特攻隊長が秋田犬若頭に飛びかかった。

「やめい！」

土佐犬組長の野太い声に、ピットブル特攻隊長が秋田犬若頭の三十センチ手前で止まった。

「こやつを止めるのは、これで最後じゃき。次は止めんがや。おんしに、もう一度命ずるき。こんメスば、殺すがや」

土佐犬組長が、押し殺した声で命じた。

「従えません。ですが、別の命には従います」

秋田犬若頭は、土佐犬組長から視線を逸らさずに言った。

「別の命？　なんの命じゃき？」

土佐犬組長が、怪訝な顔で訊ねてきた。

「シェパードボスとロットワイラーサブボスの頭部を取ってこいとの命です」

「ほう、ポリ犬の大将と副大将の寿命を奪うちゅうがや？」

「はい。ただし、条件があります。俺が二頭の頭部を取ってきたなら警察犬ファミリーの犬は殺戮せず、巨大犬ファミリーとも手打ちしてください」

秋田犬若頭は、一縷(いちる)の望みを託して言った。

一縷の望み……昔の土佐犬に戻ってくれることを願って。

「そない甘っちょろい条件は呑めんぜよ」

土佐犬組長が一笑に付した。

「……白狼犬の頭部も追加します」

秋田犬若頭は、絞り出すように言った。

本望ではなかった。だが、犠牲犬を最小限に食い止めるために背に腹はかえられなかった。

「ほう、白狼犬の寿命も奪うちゅうがや？　おんしは、どう思うぜよ」

土佐犬組長は、ピットブル特攻隊長に視線を移した。

「こんな腰抜けに頼まへんでも、俺に命じてくれはったらポリ犬もデカ犬も全滅させたりますわ！」

ピットブル特攻隊長が、眼を血走らせながら主張した。

「だったら、俺と闘え」

秋田犬若頭は、ピットブル特攻隊長に向き直り見据えた。

「は⁉　いま、ワレは俺と闘う言うたんか？」

ピットブル特攻隊長が、腹部を抱えて笑った。

「ワレが俺に勝つんは、トカゲがワニに勝つほどにありえん話や！」

ふたたび、ピットブル特攻隊長が高笑いした。

「俺が負けたら、ピットブルの好きなようにやらせてください。その代わり、俺が勝ったらさっきの条件を呑んでください」

秋田犬若頭は、土佐犬組長を振り返り言った。

「面白いぜよ！　その条件、呑んだき！　わしも、一回、おんし達が闘えばどうなるか見たかったぜよ！　おんしも、それでいいがや⁉」

土佐犬組長が、嬉々とした顔でピットブル特攻隊長を見た。

「もちろんですわ！　秒で殺してやりますわ！」

ピットブル特攻隊長が、右前肢で地面を掻き込みながら叫んだ。

「おんしら！　いまから若頭と特攻隊長の差しの勝負をするき！　肢出しした犬は咬み殺すぜよ！」

土佐犬組長が、いきり立ち睨み合う秋田犬隊とピットブル隊に命じた。

「さあ、始めるがや！」

土佐犬組長の声が、エントランスに響き渡った。

秋田犬若頭は、二メートルの距離でピットブル特攻隊長と向き合った。新宿に血の雨を降らせないためには、遅かれ早かれぶつからなければならない相手だ。

「ワレのことは、前から気に入らんかったんや！　肢加減せえへんで、ズタズタにしたるわ！」

ピットブル特攻隊長が、弾丸のように突進してきた。

右にサイドステップ——秋田犬若頭は、ピットブル特攻隊長の突進をかわすのが精一杯だった。

俊敏に振り返ったピットブル特攻隊長が、ふたたび突進してきた。

今度は左にサイドステップしてかわした……つもりだった。

ピットブル特攻隊長の犬歯で脇腹の皮膚が裂け、血が滲んでいた。

「数秒遅かったら、内臓垂れ流しとるとこやったで〜。せやけど、次はそうはいかへんで！」

言い終わらないうちに、ピットブル特攻隊長が跳躍した。

秋田犬若頭はタイミングをずらして跳躍し、ピットブル特攻隊長の右後肢の肉球を咬んだ。

そのまま二頭は落下した。

ピットブル特攻隊長が振り返り、秋田犬若頭の鼻面を咬もうとした。

秋田犬若頭は肉球を咬んだまま、時計回りに回転した。

「こらくそボケ！　ナメくさりやがって！　ぶっ殺す！」

物凄い形相で空気を咬みながら、ピットブル特攻隊長が秋田犬若頭の鼻面を追ってきた。

秋田犬若頭は咬む力を強めながら、時計回りに回転を続けた。

口の中に血の味が広がった。

ピットブル特攻隊長が、反時計回りに襲いかかってきた。

不意を衝かれた秋田犬若頭は、肉球を放して飛び退った——間一髪のところで、ピットブル特攻隊長の犬歯をかわした。

「俺の犬歯をかわすとは、なかなかやるやんけ。まあ、それくらい肢応えがないと楽しめへんからな」

ピットブル特攻隊長が、ニヤニヤと笑いながら言った。虚勢を張っているのではなく、ワクワクした表情をしていた。

攻撃を仕掛けているのはピットブル特攻隊長だが、まったくパンティングをしていなかった。逆に秋田犬若頭は、少ししか動いていないのに息が上がっていた。

それは、秋田犬若頭がピットブル特攻隊長に圧倒されている証だった。

「余裕ぶっていられるのも、いまのうちだけだ」

言い終わらないうちに、秋田犬若頭はダッシュした。

攻撃は最大の防御なり——受け身ばかりでは、やられてしまうのは時間の問題だ。

五メートル、四メートル、三メートル……秋田犬若頭は、ピットブル特攻隊長に向かって突進した。

二メートル、一メートル……一メートルを切ったところで、秋田犬若頭は跳躍した。

秋田犬若頭はピットブル特攻隊長の背後に着地すると、背中に馬乗りになり頸部を狙った。

ピットブル特攻隊長が振り返り、秋田犬若頭の右耳を咬んだ。

形勢逆転——秋田犬若頭は背中から振り落とされ、頭部からコンクリート床に叩きつけられた。

頭部に衝撃が走り、意識が朦朧とした。

ピットブル特攻隊長が秋田犬若頭の右耳を咬んだまま、スクリューのように体を高速回転させた。

皮肉にも激痛で、秋田犬若頭の遠のきかけた意識が呼び戻された。

秋田犬若頭の右耳が噴き出す鮮血とともにちぎれ、勢い余ったピットブル特攻隊長が五、六メートルほど転がった。

激痛に耐え、秋田犬若頭はすっくと立ち上がった。

いまを逃せば、勝機がなくなってしまう。

血で顔を赤く染めた秋田犬若頭は、ピットブル特攻隊長に襲いかかった。

すかさず起き上がったピットブル特攻隊長が、笑いながら迎え撃った。

秋田犬若頭は突進した。

今度は、フェイントをかけるつもりはなかった。

また、小細工したからといって勝てる相手でもなかった。

肉を斬らせて骨を断つ——秋田犬若頭は、正面からピットブル特攻隊長の額に頭突きを浴びせた。

ピットブル特攻隊長が、よろめきながら後退した。

物凄い衝撃が秋田犬若頭の頭蓋骨を軋ませ、脳みそが揺れた。

秋田犬若頭はふらつく肢取りでピットブル特攻隊長に歩み寄り、その頸部に咬みついた。

秋田犬若頭は、渾身の力を振り絞り頭部を左右に振った。

だが、脳が揺れて体に力が入らなかった。

「なんや？　それで全力かい？　パピーに咬まれたんかと思ったわ」

ピットブル特攻隊長が、ニヤつきながら言った。

信じられなかった。

あれだけの頭突きを食らわせたというのに、ピットブル特攻隊長にダメージはないようだった。

「ほな、今度は俺の番やで！」

ピットブル特攻隊長も、秋田犬若頭の頸部を咬んだ。頸骨にまで響く衝撃――秋田犬若頭の四肢が浮き、視界が回った。

背骨、肋骨、腰骨が、立て続けに激痛に襲われた。十キロ以上重い秋田犬若頭が、ピットブル特攻隊長に振り回された。

秋田犬若頭は、まるで超大型犬に振り回されているような錯覚に陥った。

為す術がなかった。

振り回されているうちに、秋田犬若頭の意識が遠のいた。

ここで意識を失えば、寿命を奪われてしまう。秋田犬若頭は、自らの右前肢の肉球を咬んだ。

ピットブル特攻隊長は、攻撃の肢を緩めなかった。秋田犬若頭は数え切れないほど振り回され、数え切れないほどコンクリート床に打ちつけられた。

秋田犬若頭の意識がふたたび遠のきかけたとき、複数の肢音が聞こえた。

「親分！　襲撃です！」

隊犬の切迫した声が、遠くで聞こえた。

「襲撃ちゅうが⁉　誰ぜよ⁉」

土佐犬組長の野太い声が、遠くで聞こえた。

「狼犬隊です！」

「なんやて！」

ピットブル特攻隊長が秋田犬若頭を投げ捨て、血相を変えて叫んだ。

複数の肢音が迫ってきた。

秋田犬若頭は、首を巡らせた。

ぼんやりとした視界に、白い影が現れた。

お前！　なにしにきた！　帰れ！

秋田犬若頭は叫んだが、ダメージが深く声にならなかった。

だめだ！　殺されるぞ！


秋田犬若頭は立ち上がろうとしたが、四肢に力が入らなかった。

白狼犬の姿が霞(かす)んだ。

秋田犬若頭は、意識を失った。

★警察犬ファミリー

絹のような純白の被毛を靡(なび)かせた白狼犬が、七十頭の隊犬を従えて大久保の街を疾走していた。

シェパードボスの恋犬のマリーを救うためだ。

「これはシェパードボスの問題です。シェパードボスが救出に行かないと決断したのに、隊長が行く必要があるんでしょうか？」

白狼犬の真後ろを走っていたグレーの被毛の副隊長が訊ねてきた。

「俺の問題でもある。不服なら、引き返せ」

白狼犬は、低く短く言った。

「どうして、隊長の問題なんですか？　奴らはマリーというメス犬を使ってシェパードを誘き出すのが目的で……」

「俺の謀反が、すべての始まりだ」

白狼犬は副隊長を遮り言った。

――お前、どうしちまったんだ⁉　本気で、マリーちゃんを見殺しにする気か⁉

――その話をする気はない。

――お前の恋犬だろ⁉　いまからでも遅くねえ！「ハイジア」に乗り込んで、マリーちゃんを救出するぞ！

――奴らは犬質としてマリーに価値があると考えた。危険を冒して救出に行けば、奴らの思う壺だ。だから、マリーに価値を与えてはならない。

――お前、本当に別犬になっちまったな。

白狼犬の脳裏に、シェパードとロットワイラーのやり取りが蘇った。

副隊長に言った通りに、マリーがさらわれたのは自分の謀反が原因だ。シェパードが恋犬を見捨てて悪犬に徹したのも、ファミリーを守るためだ。

闘犬ファミリーの恨みを買うのを覚悟の上で白狼犬を受け入れてくれた恩に報いるためにも、マリーの寿命を奪わせてはならない。

白狼犬は「ハイジア」の十メートル手前で肢を止めた。

「いいか！　よく聞け！　俺と四十頭の隊犬が、土佐犬隊とピットブル隊を襲撃する！副隊長の隊の三十頭は、その隙にシェパードのメスを救出するんだ！」

七十頭の隊犬が、一斉に吠えた。

「いざ、出陣！」

白狼犬は遠吠えを上げると、「ハイジア」のエントランスに突入した。

「親分！　襲撃です！」

門番のピットブル隊犬が、大声で叫んだ。

白狼犬と狼犬隊は、一気に奥へと駆けた。

「裏切り犬が、わしの前によう現れることができたぜよ」

土佐犬組長が、白狼犬の前に立ちはだかった。

「シェパードのメスを、渡してください」

白狼犬は、土佐犬組長の眼を見据えた。

「おい、みんな、聞いたがや！　こやつ、ポリ犬の恋犬を渡せ言うとるぜよ！」

土佐犬組長が、大笑いしながら言った。

「いまは敵同士とはいえ、同じ釜の肉を食べた犬達の血を見たくありません。ここは、黙ってシェパードのメスを渡してもらえますか？　お願いします」

白狼犬は、土佐犬組長の肢元に伏せた。

「おい、みんな、聞いたがや！　こやつ、わし達に血を流させるつもりでいるぜよ！」

ふたたび、土佐犬組長が大笑いしながら言った。

「隊長！　そんなことやめてください！」

「お前は、黙ってろ！」

悲痛な声で訴える副隊長を、白狼犬は一喝した。

副隊長の気持ちはわかる。白狼犬とて、土佐犬組長に平伏したりしたくはなかった。

だが、白狼犬が誇りを捨ててでも屈するのは隊犬を守るためだった。闘犬ファミリーに犬歯を剝くのは簡単だったが、代償も大きい。

戦をすれば、多くの隊犬の寿命が奪われる。白狼犬が屈することで隊犬の寿命が守られるのならば、いくらでも平伏すつもりだった。

「メスを返す代わりに、わしにはほしいものがあるぜよ」

土佐犬組長は薄笑いを浮かべていたが、瞳は笑っていなかった。

「なんですか?」

「頭部をもらうぜよ」

即座に土佐犬組長が答えた。

白狼犬は眼を閉じた。

謀反犬である自分が寿命を差し出すことですべてが収まるのなら……。

白狼犬は眼を開けた。

「わかりました。ただし、俺の頭部を差し出すのは、先にシェパードのメスを返してもらい、隊犬達がここを出てからです」

白狼犬は強い眼光の宿る瞳で、土佐犬組長を見据えた。

「隊長!　いまの言葉を取り消して……」

血相を変える副隊長の言葉を、土佐犬組長の高笑いが掻き消した。

「勘違いするんじゃないぜよ。おんし如きの雑魚犬の頭部で、わしが譲歩するとでも思っとるがや?」

土佐犬組長が小馬鹿にしたように言った。

「じゃあ、誰の頭部を……」

白狼犬の胸部に、とてつもない不吉な予感が広がった。

「シェパードとロットワイラーの頭部に決まっとるぜよ!」

「え……」

白狼犬の不吉な予感が、現実のものとなった。

「心配せんでも、わしらも協力するき。おんしは、あの二頭をわしの指示するところに呼び出せばええがや。あやつらの頭部を取ったらメスも返してやるし、おんしの謀反を水に流して闘犬ファミリーに戻してやるき。どうじゃ？　悪い話じゃないぜよ？」

土佐犬組長が、白狼犬に顔を近づけた。

恩犬であるシェパードボスのために、マリーを救いにきた。隊犬を守るために、シェパードボスを殺すなど本末転倒だ。

「どうした？　おんしはあの二頭を呼び出すだけで、仕留めるのはわしらじゃき。簡単なことがや」

「その命令には従えません」

白狼犬は、きっぱりと言った。

「あ？　いま、おんしはなんて言うたがや？　もう一度、言うてみぃ」

土佐犬組長が、ドスの利いた声で言いながら詰め寄ってきた。

「俺の頭部なら差し出しますが、その命令には従えません」

白狼犬は迷わず、同じ言葉を繰り返した。

「従わなければ、おんしの隊を皆殺しにする言うたらどうするぜよ？」

土佐犬組長が、加虐的な笑みを浮かべながら恫喝してきた。

白狼犬は無言で立ち上がった。

「黙って隊犬を、皆殺しにされるわけにはいきません」

白狼犬は土佐犬組長を、それまでとは一転した鋭い眼で睨みつけた。

「ほおう、おんし、闘犬ファミリーと闘うっちゅうがや？」

土佐犬組長の眼が嬉しそうに輝いた。

「どうやら、そうするしかないようです」

白狼犬は肚を決めた。

作戦通りに自分と四十頭の隊犬が土佐犬隊とピットブル隊を引きつけている間に、副隊長と三十頭の隊犬がマリーを救出する。

「やめろ……命に……従え……」

かすれた声がした。

白狼犬は声のほうに視線を移した。

横向きに倒れた秋田犬若頭が、首を擡げ白狼犬をみつめていた。

右耳はちぎれ、顔が血に染まっていた。

「死に損ないはおとなしゅうしとれ！　ボケ！」

ピットブル特攻隊長が秋田犬若頭の頸部を咬み高々と持ち上げると、コンクリート床に叩きつけた。

十メートル以上離れている白狼犬の耳に、骨が砕ける鈍い音が聞こえた。

「おんしと同じ、わしらに盾突いたき、特攻隊長と差しの勝負をさせたぜよ。結果はあの通りじゃき。おんしも、わしと差しで闘うがや。おんしが勝ったら、メスもおんしらの隊も帰してやるき。わしと特攻隊長の隊は、おんしらに肢を出さんと約束するぜよ。わしが勝ったら、おんしもメスも隊犬も皆殺しじゃき。どうじゃ？　差しでの闘いを受けるがや？　それとも、全面戦争するがや？」

土佐犬組長が、二者択一を迫ってきた。

予期せぬ提案に、白狼犬は驚いていた。

白狼犬は、めまぐるしく思考を巡らせた。

差しの勝負で闘えば、隊犬を危険な目にあわせずに済む。ただし白狼犬が土佐犬組長に勝てば、の話だ。冷静に実力差を考えれば、白狼犬が勝てる確率はかなり低い。

白狼犬の負けは、隊犬とマリーの死を意味する。

ならば、予定通り全面戦争を挑むか？　だが、隊犬同士の闘いでも劣勢は明らかだ。

それに、確実に多くの死傷犬を出してしまう。

その点、差しの勝負で白狼犬が勝てば隊犬とマリーを無傷で帰せる。全面戦争になってしまえば、たとえ勝利しても犠牲犬は出るのだ。

勝算が低いのはどちらも同じであれば、狼犬隊の長として勝利したときに一頭の死傷犬も出さないで済む差しの勝負に挑むべきだ。

「差しの勝負を受けます」

白狼犬は肚を決めた——頭部を下げ、後肢を踏ん張り戦闘態勢を取った。

「っちゅうことで、謀反犬と差しの闘いをするがや！　おんしら、肢を出すんじゃないぜよ！」

土佐犬組長が野太い声で隊犬に命じ、白狼犬を見据えた。

「さあ、どこからでもかかってくるといいがや」

土佐犬組長は戦闘態勢も取らず、余裕綽々の表情で言った。

土佐犬組長が桁外れの戦闘力の持ち主だといっても、犬歯で裂けば血も出るし骨も折れる生身の犬だ。

可能性は皆無ではない。必ず、どこかに弱点があるはずだ。

自分には狼の血が九十パーセント以上流れている。土佐犬組長を倒すだけの戦闘能力を秘めているはずだ——白狼犬は己を鼓舞した。

白狼犬はダッシュした。

五メートル、四メートル、三メートル、二メートル、一メートル……白狼犬は擦れ違いざまに、土佐犬組長の頸部に牙を立てた。

すぐに後悔した。

土佐犬組長の頸部の皮は分厚く弛んでおり、白狼犬の長く太い犬歯でも頸動脈までは届かなかった。

土佐犬組長が首を曲げ、白狼犬の喉笛に咬みついてきた。

物凄い咬合力に、白狼犬は息ができなくなった。

土佐犬組長が白狼犬の喉笛を咬んだまま、軽々と振り回した。

白狼犬は喉から血飛沫を上げながら宙を飛び、壁に衝突した。

喉笛と頸動脈を一瞬で喰いちぎられた白狼犬は、瀕死の状態で血の海に横たわっていた。

なんじゃ？　もう死んだがや？　肢応えのない狼もどきぜよ〜。

薄れゆく意識の中で、白狼犬の耳に土佐犬組長とピットブル特攻隊長の高笑いが聞こえた。

「お前、本当にマリーちゃんを救出しない気か⁉」

新宿警察署の刑事課フロア——スチールデスクの上に四本の肢で立ったサブボスのロットワイラーが、隣のデスクでステンレスボウルの水を飲んでいるシェパードボスに言った。

シェパードボスはロットワイラーの声など聞こえないとでもいうように、水を飲み続けた。

「おいっ、聞いてんのか！」

ロットワイラーが前肢でステンレスボウルを弾き飛ばした。

「サブボス！　落ち着いてください！」

ボクサー警部がロットワイラーを宥め、ラブラドール警部補が床に転がったステンレスボウルをくわえて拾った。

「てめえらは口を出すんじゃねえ！」

ロットワイラーがボクサー警部を一喝した。

「お前こそ、俺の言ったことを聞いてなかったのか？　何度も言わせるな」

シェパードボスは冷え冷えとした声で言うと、髭についた水を舌で舐め取った。

「てめえって犬は、変わっちまったな。見損なったぜ！　もういい！　てめえが行かねえなら俺が……」

「大変です！」

灰色狼犬が切迫した表情でフロアに飛び込んできた。口にレジ袋をくわえた黒狼犬が、あとに続いて入ってきた。

「どうした⁉　いま忙しい……」

「これを見てください！」

灰色狼犬がロットワイラーを遮り言うと、黒狼犬がレジ袋を床に置いた。

「なんだ？　そりゃ？」

ロットワイラーが怪訝な表情で訊ねた。

ボクサー警部とラブラドール警部補がレジ袋に近寄ってきた。

灰色狼犬が涙を流しながら、レジ袋の端をくわえ中身を出した。

「これは……」

ロットワイラーが絶句し、ボクサー警部とラブラドール警部補が悲鳴を上げた。

床に転がったのは、血染めの白狼犬の頭部だった。

「てめえらっ、いったい、どういうことだ！」

ロットワイラーがデスクから飛び下り、灰色狼犬と黒狼犬に詰め寄った。

「特攻隊長がマリーさんを救おうと『ハイジア』に乗り込んで……それで……土佐犬組長との差しの勝負で……」

黒狼犬が嗚咽交じりに説明した。

「白狼犬が『ハイジア』に乗り込んだだと⁉」

ロットワイラーが眼を見開いた。

「これを……警察犬ファミリーのアジトに持って行けと……」

灰色狼犬が言葉を切り、背中を波打たせた。

「土佐犬野郎が命じたのか⁉」

ロットワイラーが訊ねると、涙ながらに灰色狼犬が頷いた。

「くそったれ！　あの野郎！」

ロットワイラーが後肢でデスクチェアを蹴りつけた。

「余計なことをしてくれたな」

シェパードボスが、赤く濡れた白狼犬の頭部を見下ろしながら言った。

「いまなんて言った⁉　こいつはな、お前の恋犬を救うために戦って寿命を奪われたんだろうが！」

「だから、余計なことと言ったんだ。俺が動かないのに、無関係の白狼犬がどうして動く必要がある？　奴らは、ウチと戦争する口実を探しているのがわからないのか？」

シェパードボスがロットワイラーを見据え、淡々とした口調で言った。

「だから、喧嘩を買ってやればいいじゃねえか！　ここまでやられて、泣き寝入りするロットワイラーが犬歯を剝き、シェパードボスを睨みつけた。

「そのつもりはない。奴らが挑発を続けるのは、有利な状況で闘うためだ。チワワの作戦通り、明後日、ライブハウスでカタをつければいいだけの話だ」

シェパードボスは、抑揚のない口調で言った。

「白狼犬が惨殺され、マリーちゃんを見殺しにしてまで有利な状況で闘うっつうのか⁉」

ロットワイラーがデスクに飛び乗り、シェパードボスに詰め寄った。

「俺にとって大事なことは、確実に闘犬ファミリーを殲滅することだ」

シェパードボスは、脳裏に蘇りかけたドーベルマンとハナの亡骸を打ち消した。

情に流された自分が殺したも同じ……非情になれなかった自分が殺したも同じだ。

「しのごの言ってんじゃねえ！　どんな理由があっても、マリーちゃんを見殺しにはできねえし白狼犬の仇を取らねえわけにはいかねえ！　俺が隊犬を連れて乗り込むからよ！」

ロットワイラーが怒声を残し、ドアに向かってダッシュした。

シェパードボスはデスクを飛び下り、ロットワイラーの前に回り込んだ。

「どけっ！　どかねえとぶっ殺すぞ！」

ロットワイラーが戦闘態勢を取った。

「ちょっと、こんなときに仲間割れするの……」

「明後日まで頼む。この通りだ」

仲裁に入ろうとするボクサー警部の声を遮ったシェパードボスが、ロットワイラーに頭部を下げた。

「明後日まで待ってたら、マリーちゃんが殺されちまうだろうが！」

「殺す気なら、白狼犬と一緒に頭部を送ってきたはずだ。奴らは俺を誘き寄せる切り札として、マリーが必要だ。逆にあいつらを牛肉でライブハウスに誘き寄せて一網打尽だ。明後日までの辛抱だ……今回だけ、俺に従ってくれ」

頭部を下げたまま、シェパードボスはロットワイラーに懇願した。

「やめろ！　頭部を上げろ！　お前のそんな姿は見たくねえっ。こっちの土俵に引っ張り込まなきゃ、闘犬野郎どもに勝てる自信がねえのか！」

ロットワイラーが、いら立った様子で床を後肢で蹴った。

「百パーセント皆殺しにしなければならない。ドーベルマンとハナのためにも、たとえ一パーセントでも負けの可能性があってはならない」

シェパードボスが、潤む瞳でロットワイラーを見据えた。

チワワの作戦――牛肉でライブハウスに土佐犬組長とピットブル特攻隊長を誘き寄せ

ることに成功しても、ロットワイラー隊がいなければ勝算は低くなる。

いま、ロットワイラー隊が「ハイジア」に乗り込んで返り討ちにあうことだけは、絶対に避けなければならない。

「お前、だからそんなふうに……」

ロットワイラーが絶句した。

「頼む」

シェパードボスは、ふたたび頭部を垂れた。

フロアに重苦しい沈黙が流れた。

「しようがねえから、今回だけは従ってやるよ！　その代わり、もしマリーちゃんの寿命を奪われたら、俺はお前を絶対に許さねえっ。絶縁だ！」

ロットワイラーが、シェパードボスに怒声を浴びせてきた。

「わかった。もしそうなったら、お前の好きにするがいい。チワワと打ち合わせがあるから、俺は行くぞ」

シェパードボスは言い残し、フロアを出た。

「あのポリ犬、どうしてこないんじゃ！」

「ハイジア」のエントランスに響き渡る土佐犬組長の怒声に、土佐犬隊とピットブルテリア隊の隊犬達に緊張が走った。

「白狼犬の頭部を見ても乗り込んでこんちゅうのは、どういうことがや！　ポリ犬のボスは、正義感の塊やないんか！　おんし、そう言っとったがや！」

土佐犬組長は、鬼の形相でピットブル特攻隊長を怒鳴りつけた。

待てど暮らせど現れないシェパードボスに、土佐犬組長のフラストレーションは頂点に達していた。

「嘘やおまへん！　あいつは仲間や恋犬を見捨てるようなオスやありませんわ！　必ず、奴は現れますわ！」

ピットブル特攻隊長が懸命に訴えた。

「だったら、白狼犬の頭部届けて十時間以上経（た）っとるっちゅうに、なんでこんがや！」

土佐犬組長が、いら立ちをピットブル特攻隊長にぶつけた。

「あっちがこんなら、こっちから乗り込んじゃるき！　おい！　おんし、残りの隊犬に集合をかけてくるぜよ！」

土佐犬組長は、ピットブル特攻隊長に命じた。

「親分、明日まで待ちまへんか！　明日まで待って乗り込んでこんかったら、シェパードメスを殺してから、ポリ犬ファミリーのアジトに乗り込むいうのはどうでっか⁉」

ピットブル特攻隊長が、土佐犬組長に伺いを立てた。

「なにぬるいこと言うとるぜよ！　いつものおんしなら、真っ先に飛び出してポリ犬のアジトにカチ込んどるじゃろうが！」

土佐犬組長は、ピットブル特攻隊長に犬歯を剝いた。

巨大犬ファミリーのセントバーナードボスやグレートデンサブボスのことは歯牙にもかけていなかった。彼らは体が大きくパワーはあるが、闘犬ではないので力を持て余し闘う術を知らない。全面抗争になれば、恐れるに足りない相手だ。

だが、警察犬ファミリーは違う。

純粋な力比べでは負けないが、彼らには警察犬大学で体得した戦闘スキルがある。もちろん、戦闘力で劣っているとは思っていない。

しかし、彼らは格闘をベースにした土佐犬組長達とは違う、敵の制圧を目的とした戦闘術を身に付けている。警察犬ファミリーは闘犬ファミリーと同じ戦闘のプロであり、油断ならない相手だ。

「たしかにそうでっけど、なにか企んでる気がするんですわ」

ピットブル特攻隊長が思案顔で言った。

「企んどる?」

「はい。罠を仕掛けとるかもしれまへん。今日一日だけ、様子見たほうがいいですわ。きいへんかったら、明日、警察犬ファミリーのアジトを襲撃しましょうや!」

「イケイケのおんしがそこまで言うなら、明日まで……」

土佐犬組長が言葉を切り、ピットブル特攻隊長から出入口に視線を移した。

「あのぅ～、少し、よろしいでしょうか?」

チワワが怖々と訊ねてきた。

「ワレ! 急におらんようになって、なにシレーッと戻ってきとんねん!」

ピットブル特攻隊長が、チワワを怒鳴りつけた。

「ま、ま、松阪牛(まつさかぎゅう)があるという情報が入ったので、たしかめに行って……」

ピットブル特攻隊長がダッシュし、チワワの胸の皮を前肢で摑み二本肢で立った。

「松阪牛やて! 喰わせんかい! どこにあるねん! 喰わせんかい! 隠すとワレを喰ったるで!」

ピットブル特攻隊長が血走った眼を見開いた顔を、チワワに近づけ恫喝した。

「ぐ、ぐるじい……は、はなじでぐだざい……」

宙で後肢をバタつかせるチワワを、土佐犬組長の大きな前肢が奪った。

「松阪牛はどこにあるんじゃ! 言うがや! おお! 言わんとおんしから喰ったる

き！」

怒声とともに飛んだ土佐犬組長のよだれが、チワワの顔を濡らした。

「あ、あ、明日……あ、案内……します……」

チワワは切れ切れの声で言った。

「なんで明日ぜよ！　いますぐ連れて行くがや！」

土佐犬組長がチワワを床に投げ捨てた。

「そうや！　ワレ、松阪牛を独り占めする気やろ！」

ピットブル特攻隊長が、床でのろのろと身を起こすチワワに怒声を浴びせた。

「もしそうなら……報告にきませんよ……」

顔をしかめつつ、チワワが言った。

「ほないまから案内せんかい！　俺ら牛肉に飢えとるんや！」

ピットブル特攻隊長の言うように新宿から人間がいなくなり、デパート、スーパー、精肉店などの冷凍庫に保存されていた牛肉の在庫は激減していた。

牛肉だけでなく鶏肉や豚肉も減っており、土佐犬組長もここ一、二週間はソーセージやハムしか口にしていなかった。

「僕が摑んだ情報は、所有犬が、明日、新宿のある場所に松阪牛を運び込むというものです。だから、明日じゃないと松阪牛は手に入らないんです」

「ある場所ってどこや⁉」

　すかさず、ピットブル特攻隊長が訊ねた。

「明日の午前中に僕のところに情報が入ってきますから、午後にはみなさんをご案内できます。数十キロの量があるらしいので、二ヵ所に分けて保管する場所を探しているとのことです。見張り犬も少ないでしょうし、こちらも多犬数ではなく少犬数で行ったほうが目立たなくていいと思います。所有犬グループに気づかれて、応援犬が駆けつけたら面倒ですからね」

　チワワが遠慮がちに進言した。

「ワレに言われんでも、多犬数で行くわけないやろうが。俺と親分で喰らい尽くしたるわい。ねえ？　親分」

　ピットブル特攻隊長はチワワの耳に口吻を近づけ、背後の隊犬に聞こえないようなひそひそ声で言うと土佐犬組長に同意を求めた。

「あたりまえぜよ。牛肉と豚肉の違いもわからん犬らに、松阪牛などもったいないき。考えただけで、よだれが垂れてきたぜよ～」

　言葉通り、土佐犬組長の口角から大量のよだれが垂れ落ちた。

「ところで、その所有犬っちゅうのはどこの犬や？　ポリ犬んとこか？　それともデカ犬んとこか？」

思い出したように、土佐犬組長がチワワに訊ねた。

「いえ、どこのファミリーにも属していない放浪犬のようです」

「放浪犬？」

ピットブル特攻隊長が怪訝な顔で繰り返した。

「はい。恐らくどこかで問題を起こして日本全国を逃げ回っているのでしょう。松阪牛も、どこかのヒトから盗んできたに決まってます」

「っちゅうことは泥棒犬やから、遠慮なしに咬み殺してええってことぜよ」

土佐犬組長が、ニヤニヤしながら言った。

「親分は、泥棒犬やのうてもぎょうさん咬み殺してきてますがな～」

「あ、そうじゃき。おんしもな！」

ピットブル特攻隊長が入れた茶々を土佐犬組長が切り返し、二頭が同時に大笑いした。

「おいっ、出目金どチビ！　ワレみたいな雑魚が、なんでこんな情報を知っとるんや⁉　ガセネタやったら、真っ先に殺したるからな！」

ピットブル特攻隊長が、犬歯を剝き出しチワワを脅した。

「ガセネタなんてことは、絶対にありませんから！　さっきも言いましたが、松阪牛の保管場所は二ヵ所に分かれると思うのですが、組長と特攻隊長はそれぞれ分かれますか？」

チワワがきっぱりと否定し、二頭に伺いを立てた。

「そのほうが効率的ぜよ。場所はどのへんがや？」

土佐犬組長がチワワに訊ねた。

「建物は明日にならなければわかりませんが、二ヵ所とも歌舞伎町みたいです」

「歌舞伎町⁉　泥棒犬の分際で、俺らに断りもなく闘犬ファミリーのシマに松阪牛を隠すんかい！　ええ度胸しとるやんけ！」

言葉とは裏腹に、ピットブル特攻隊長は嬉々とした表情だった。

「わしのシマでナメた真似しちゅう泥棒犬には、きっちりケジメをつけてやるぜよ～」

土佐犬組長も嬉々とした表情で歌うように言った。

「では、明日、午前中には保管場所の情報が入りますのでお昼頃にお迎えにあがります。では、これで失礼します」

「待つぜよ！」

エントランスの出口に向かいかけたチワワの背に、土佐犬組長が野太い声を浴びせた。

「なんでしょう⁉」

チワワが弾かれたように振り返った。

「念のために忠告してやるき。殺すつもりなら、確実に仕留めるがや。生き残ったら、おんしが真っ先に死ぬことになるぜよ」

土佐犬組長は、意味深に言いながらチワワを見据えた。チワワが警察犬ファミリーの手先になり、謀略を巡らせていないとは言い切れない。

牛肉……しかも松阪牛は魅力的だが、チワワから見返りの要求がないのが不自然だ。だからといって、松阪牛の話がでたらめだと決まったわけでもない。なにより、土佐犬組長の胃袋が牛肉を欲していた。

今回を逃せば、松阪牛など一生食べるチャンスはないだろう。リスクを冒すだけの価値は十分にあった。

「なななな……なにを言ってるんですか⁉　ここここ……殺すつもりなんて、あ、あ、あるわけないじゃないですか！」

チワワが慌てて否定した。

「なーんてな。冗談がや～。もう、行ってええき」

土佐犬組長がおどけて見せると、チワワが頭部を下げて肉球を返し小走りでエントランスを出た。

「親分、出目金どチビの野郎、怪しくないでっか？」

チワワの姿が見えなくなると、ピットブル特攻隊長がすかさず疑念を口にした。

「怪しいとも言えるし、単なるご機嫌取りにも見えるき」

土佐犬組長は、思いのままを口にした。

「いまから追いかけて、咬み殺しまっか？」

ピットブル特攻隊長が、鼻息荒く伺いを立ててきた。

「馬鹿野郎！　松阪牛の話が本当だったらどうするがや！　おい！　おんし、チワワを尾行してくるぜよ！」

土佐犬組長が命じると、土佐犬隊長がチワワのあとを追った。

「さすが親分！　チワワがおかしな動きしたら報告させるってわけでんな！」

ピットブル特攻隊長が両前肢の肉球を叩き、大声を張り上げた。

「そういうこっちゃ。松阪牛かチワワの肉か、天国と地獄ぜよ〜」

土佐犬組長とピットブル特攻隊長が、顔を見合わせ大声で笑った。

♥愛玩犬ファミリー

「まったく、冷や冷やしたぜ。あいつら喧嘩だけの馬鹿犬のくせに、頭回しやがって。馬鹿犬は馬鹿犬らしく、疑いなく騙されてりゃいいんだよ」

「ハイジア」を出たチワワは、毒づきながら区役所通りを歩いていた。

背後に気配がした。

チワワは肢を止めずに黒目だけ動かし、雑居ビルのガラス扉に視線をやった。ガラス扉――チワワの背後に映る一頭の土佐犬。

チワワは舌打ちした。

二丁目のゲイバーのアジトで、一時間後にシェパードボスと待ち合わせしていた。アジトに土佐犬を連れて行くわけにはいかない。

かといって、みえみえに撒いてしまえばなにかを企んでいると教えるようなものだ。

チワワは路上に落ちていた新聞紙をくわえ、古い雑居ビルに入った。尾行していた土佐犬が、ガラス扉越しにチワワの様子を窺っていた。

チワワは土佐犬に見える位置……エントランスに新聞紙を敷いた。

「あ〜疲れた〜。二、三時間昼寝しよう〜っと」

チワワは外まで聞こえる大声で言いながら仰向けになった。眼を閉じ、鼾(いびき)をかいてみせた。

狸(たぬき)寝入りをしながら、チワワは目まぐるしく思考を巡らせた。

闘犬ファミリーのほうはなんとかなりそうだ。

何百頭の隊犬を連れてきても、喰い意地が張っている土佐犬組長とピットブル特攻隊長はライブハウスに自分達だけで乗り込むだろう。隊犬を地下室に入れるのは、空腹を満たしてからに違いない。それぞれが単独でいるところを、警察犬ファミリーと巨大犬ファミリーに襲撃させれば……いや、だめだ。

安直な考えでピットブル特攻隊長を襲撃すれば返り討ちにあう可能性が高い。

土佐犬組長とピットブル特攻隊長を一ヵ所に誘き寄せ、警察犬ファミリーと巨大犬ファミリーの連合隊に襲撃させるほうが確実だ。

土佐犬組長には明日、保管場所が一ヵ所になったと伝えればいいだけの話だ。

シェパードボスは頭が切れるオスなので、逆にチワワと同じ考えを提案してくるに違いない。

もし提案してこなければ、そうなるように促せばいい。

頭脳戦では、どの犬にも負ける気はしなかった。その証拠に、みな、チワワのことを無力なホラ吹き犬だと信じて疑わない。

シェパードボスも土佐犬組長も、チワワのことを互いに敵ファミリーのスパイではないかと疑ってはいるが、本当の狙いを知らない。

本当の狙い――チワワファミリーの新宿制覇。チワワの悲願を達成するためには、シェパードボスをシナリオ通りに動かさなければならない。

チワワは薄眼を開けた。

土佐犬の姿はなかった。

「やっぱり、図体はでかくても脳みそはスカスカだな」

チワワは薄笑いを浮かべながら起き上がると、ビルの裏口に向かった。

★警察犬ファミリー

「目立たないように待ってろ」

シェパードボスは漆黒の被毛のシェパード副隊長に命じ、二丁目の雑居ビルの地下——ゲイバーだった店舗に肢を踏み入れた。

「あ、あなたは、警察犬ファミリーのシェ、シェパードボス！」

シェパードボスがこんなところにくるわけ……えーっ！」

シェパードボスを認めたトイプードルとミニチュアダックスが驚愕の声を張り上げた。

「あ、シェパちゃん、どうしたの？」

ボックスソファにお座りしていたチワワが、馴れ馴れしく声をかけてきた。

「シェパちゃん⁉」

トイプードルとミニチュアダックスが、素頓狂な声でハモった。

「僕とシェパちゃんは三年来の犬友だからね。シェパちゃん、こっちに座りなよ！」

相変わらずチワワが、馴れ馴れしく前肢で肢招きした。

「凄いですね！　ボスは、シェパードボスと犬友だったんですか！」

トイプードルが尊敬の眼差しで、チワワを見た。

「やっぱり、ボスの犬脈は半端ないですね！」

ミニチュアダックスが感嘆の声を上げた。

「お前に馴れ馴れしく呼ばれる間柄じゃない」

シェパードボスはチワワの正面のソファに座りながら、冷え冷えとした声で言った。

「またまた～。どうしてそんな他犬行儀なことを……」

「お前のホラにつき合っている暇はない。こいつらを外に出せ」

シェパードボスは、チワワを遮り命じた。

「ホラなんて、シェパちゃ……いや、シェパードボスも犬が悪いな～。お前ら、真に受けるんじゃないぞ。これは、シェパードボス流のツンデレジョークなんだから……」

「まだホラを続ける気か？　俺を怒らせるな」

シェパードボスは、チワワを睨みつけた。

「わ、わ、わかったよ。もう、今日はノリが悪いな～。ま、とにかくお前ら、ボス同士の話があるから席を外してくれ」

チワワは平静を装い言うと、二頭の背中を見送った。

「申し訳ありませんでした！」

二頭がフロアを出た瞬間、チワワは詫びながらソファの上に仰向けに寝転がり絶対服従の姿勢を取った。

「早速だが、明日の段取りを聞かせろ」

シェパードボスはチワワの詫びを無視し、本題を切り出した。

「かしこまりました！」

チワワがすっくと起き上がりお座りした。

「じつはさっきまで、『ハイジア』で土佐犬組長と会ってました。あ！　マリーさんは無事でしたよ！　僕が、マリーさんに手を出したらただじゃおかないと釘を刺して……」

「そんなことはどうでもいい。土佐犬組長との話を聞かせろ」

シェパードボスは、胸奥のうごめきから意識を逸らした。

「放浪犬が大量の松阪牛を二ヵ所に分けて保管するというガセネタを摑ませました。保管場所は明日の午前中にわかるから、昼頃に迎えに行くという段取りにしました。土佐犬組長とピットブル特攻隊長は、それぞれの保管場所に一頭で行くと言ってました」

「隊犬を連れて行かないということか？」

シェパードボスは訊ねた。

「はい。なんでも、松阪牛を一頭占めにしたいようでして。まったく、欲の皮の突っ張った連中ですよ。保管しているのが松阪牛じゃなくて鶏肉とも知らずに、馬鹿な連中ですよ。まあ、脳みそが筋肉でできているような野蛮な犬です……」

「鵜呑みにはできない」

「え？」

チワワが怪訝な表情になった。

「お前の話を鵜呑みにはしていないはずだ。奴らは、隊犬を連れてくるだろう」

シェパードボスは鎌をかけた。チワワが闘犬ファミリーの肢先なら、隊犬は引き連れてこないとシェパードボスに思い込ませたいはずだ。

「僕もいま、それを言おうと思っていました。恐らく、奴らは隊犬を引き連れてくるでしょう」

チワワはあっさりと同意した。

ということは本当に警察犬ファミリーに協力し、闘犬ファミリーを潰す気なのか？

土佐犬組長やピットブル特攻隊長からひどい扱いを受けていることを考えれば、チワワがそう望むのも不自然ではない。

だが、なにかが引っかかる。それがなにかはわからないが、シェパードボスは体重二キロにも満たない超小型犬を全面的に信用することができなかった。

「ならば、こっちも隊犬を増員しなければならないな。だが、隊犬を増やせば奴らに感づかれてしまう」

シェパードボスはジャブを放ち、チワワの出かたを窺った。

「シェパードボスとロットワイラーさんは、ピットブル特攻隊長を襲撃するんですよね？」

チワワが確認してきた。

「ああ。だが、巨大犬ファミリーは土佐犬隊に苦戦を強いられるのは間違いない。土佐犬組長一頭なら数でなんとかできるかもしれないが、隊犬がいないとは考えられない。ピットブル特攻隊長の寿命を奪ったら、援護に行くことになるだろう」

これは本音だった。

「ならば、こうしませんか？　当初の予定を変更して、土佐犬組長とピットブル特攻隊長を一ヵ所に集めます。彼らは松阪牛をゆっくり堪能したいはずですから、満足するまでは隊犬をライブハウスには入れないでしょう。ライブハウスに土佐犬組長とピットブル特攻隊長を閉じ込めて百頭以上で襲いかかれば、あの二頭が怪物的に強いといっても生き延びるのは不可能です。隊犬達が援護しようとしても、警察犬ファミリーと巨大犬ファミリーの連合隊で満犬状態のライブハウスに突入することはできません。ライブハウスに続く階段は土佐犬なら一頭しか通れない幅です。どうです？　僕は優秀でしょう？　今回の作戦が成功したら、僕を警察犬ファミリーの参謀犬にしてくださいよ」

チワワが得意げに言った。

チワワの戦略に異論はなかった。白狼犬がいなくなった現状では、土佐犬組長とピットブル特攻隊長を一ヵ所に集めるのが得策だ。

警察犬ファミリーと巨大犬ファミリーの連合隊が先にライブハウスを占拠すれば、闘犬ファミリーは地下フロアに下りる階段の構造上、ライブハウスに雪崩れ込むことはできない。

大将と副将の頭部を取れば、隊犬達の士気は下がり勝敗は決する。

ただし、この戦略が成功するためには二つの条件がある。

一つは、チワワの言う通りに土佐犬組長とピットブル特攻隊長が、二頭だけでライブハウスに入ること。

そしてもう一つは、チワワが裏切らないことだ。

「奴らを誘き寄せるのは、警察犬ファミリーが襲撃する予定だったライブハウスにしろ」

シェパードボスはチワワに命じた。

チワワが謀(はかりごと)を巡らしていたときに備え、隊犬を潜伏させるために周辺を下見していたので、いまさら場所を変更されたら困るのだ。

「はい！　そうする予定でした！　ところでシェパードボスは、何頭くらいで襲撃する予定ですか？」

チワワが訊ねてきた。

「お前には関係ない。お前は、土佐犬組長とピットブル特攻隊長を確実に誘き寄せることに専念しろ」

シェパードボスはにべもなく言った。

チワワが襲撃する犬数を気にするのは、普通に闘犬ファミリーを倒せるかどうかが不安なだけなのかもしれないし、別の意図があるのかもしれない。

どちらにしても、明日はライブハウス周辺の警戒を怠れない。

「かしこまりました！　警察犬ファミリーの参謀犬の僕に任せてください！」

チワワが二本肢で立ち、薄い胸部を小さな肉球で叩いた。

「お前を参謀犬にする気はない。それより、明日は何時に誘き寄せるんだ？」

シェパードは本題に切り込んだ。

「十二時頃に迎えに行く予定なので、なにごともなければ一時までにはライブハウスに到着します。奴らの準備次第ですがね」

「わかった。明日の作戦が成功すれば、お前ら愛玩犬ファミリーにシマを与える」

シェパードは言い残し、ソファを下りると出口へ向かった。

「ほ、ほ、本当ですか！　ありがとうございます！　残る犬生、シェパードボスに捧げます！」

チワワの感涙に咽ぶ声を受け流し、シェパードボスはフロアをあとにした。

雑居ビルを出たシェパードは、斜向かいの自動販売機の前で立ち止まった。

「チワワが出てきたら尾行しろ」

シェパードボスは自動販売機の後ろに身を潜めるシェパード副隊長に指示を出し、肢を踏み出した。

チワワがなにかを企んでいるならば、今日中にやらなければならないことが山積しているはずだ。

それは、シェパードボスも同じだった。

シェパードボスは、西口に向かって駆け出した。

♥愛玩犬ファミリー

「シェパードボスとなにを話していたんですか⁉」

「作戦会議ですか⁉」

シェパードボスと入れ替わるようにフロアに戻ってきたトイプードルとミニチュアダックスが矢継ぎ早に訊ねてきた。

「君達は知らなくてもいい。それより、犬員の手配はどうなった？」

ソファにお座りしビーフジャーキーを嚙みながら、チワワは訊ねた。

今日は朝から忙しく、食事をする暇がなかった。

「ポメラニアン、ヨーキー、マルチーズ、シーズーの隊長にはそれぞれ声をかけました。みんな、ボスが愛玩犬ファミリーを復活させるなら喜んで馳せ参じると言ってました。今夜の十時までに、二百頭は集まります！」

トイプードルが声を弾ませて言った。

「そうか。あっちの調達はどうなった？」

チワワはミニチュアダックスに視線を移した。

「ポメラニアン隊長とヨーキー隊長がガソリンを、マルチーズ隊長とシーズー隊長が新聞紙を今夜中にここに運び込みます！　ところでボス、そんなものなにに使うんですか？」

怪訝な顔でミニチュアダックスが訊ねてきた。

「それは、明日のお楽しみだ。一つだけ言えることは、明後日になれば愛玩犬ファミリーの天下になっているということだ」

チワワは二頭の顔を交互に見ながら言った。

嘘ではない。

天下を取るのは、愛玩犬ファミリーではなくチワワファミリーだということを除いては。

チワワは二頭にわからないようにほくそ笑んだ。

闘犬ファミリー

「ま〜つさ〜かぎゅう〜♪　ま〜つさ〜かぎゅう〜♪」

新宿歌舞伎町——ピットブル特攻隊長がウキウキと鼻唄をくちずさみながら、さくら通りを闊歩していた。

「おい、恥ずかしいき、妙な歌はやめるがや」

隣を歩く土佐犬組長が、ピットブル特攻隊長をたしなめるように言った。

「せやかて、松阪牛でっせ!?　親分かて、さっきから頬肉が緩んでますやないか?」

「頬肉が緩んどるのは生まれつきぜよ」

土佐犬組長は冗談で切り返した。

たしかに、久々の高級牛肉に土佐犬組長の心は弾んでいた。だが、気は抜いていなかった。

土佐犬隊とピットブル隊の隊長以下、二十頭の隊犬を万が一のために率いてきた。万が一のため——警察犬ファミリーの襲撃。

チワワが裏切ったときのことを考えると、本当はもっと犬数を揃えたかった。だが、犬数が増えると松阪牛の取りぶんも減ってしまう。

もちろん、警察犬ファミリーが襲撃してくる可能性が高いならば取りぶん云々（うんぬん）は考えずに百頭でも二百頭でも集めたが、あくまでも万が一の可能性だ。

チワワは、闘犬ファミリーの恐ろしさを知っている。寿命懸けで裏切る度胸など、あるはずがなかった。

「どチビ出目金犬！　ワレ！　どこまで歩かせる気や！　まだ着かへんのか！」

先頭を歩くチワワに、ピットブル特攻隊長がいら立った声で訊ねた。

「どこまでって……まだ、アジトを出て四、五十メートルしか歩いて……」

「じゃかましいわ！　ワレ、松阪牛より先に喰われたいんか！」

ピットブル特攻隊長が、チワワに怒声を浴びせた。

「すすす、すみません！　あの、黒い壁の建物です！」

慌ててチワワが、右前肢で二十メートル先の雑居ビルを指した。

「よし、おんしらは、わしらが中にいる間、建物の周囲を警護するぜよ。おかしな動きがあったら、おんしが報告にくるがや」

土佐犬組長が命じると、土佐犬隊長がバウ！と吠えた。

「ええか!?　きっちり警護したら、ワレらにも肉をぎょうさん残してやるさかい、気ぃ引き締めろや！」

ピットブル特攻隊長が命じると、隊犬達が声を揃えて吠えた。

「はよう松阪牛のところに案内するがや」

土佐犬組長はよだれを垂らしながら、チワワを促した。

♥愛玩犬ファミリー

「肢元にお気をつけください」

ライブハウスのある地下フロアに続く階段——チワワは背後に続く土佐犬組長とピットブル特攻隊長に声をかけた。

「狭い階段ぜよ！　体が挟まりそうぜよ！」

「こないな狭苦しい階段、モタモタしか歩けんやないか！」

さっきまで上機嫌だった土佐犬組長とピットブル特攻隊長が、一転して不機嫌な声で言った。

「へっへへへ……苦あれば楽あり。夢の松阪牛は、まもなくですから」

チワワは、二頭の機嫌を取りながら階段を下りた。

歩くのが大変な場所を選んだのさ。お前らを皆殺しにするために……。

チワワはほくそ笑んだ。

階段を下りきると、開きっぱなしのドアの先に人間が百人ほど入れるスペースが広がった。

「おい、どチビ出目金犬！　松阪牛はどこにあるんや⁉」

ピットブル特攻隊長が、フロアを見渡しながらチワワに訊ねてきた。

「こちらです！」

チワワは、フロアの中央に置いてある二メートル四方の木箱に駆け寄った。

「その木箱はなんぜよ？」

土佐犬組長が怪訝な顔で木箱に近づいた。

「この中に、松阪牛が入っています！」

チワワは言った。

「はぁ⁉　なんでこないな箱に入れるんや！　出すのが面倒やないか！」

ピットブル特攻隊長の血相が変わった。

「特攻隊長の言う通りじゃき！　すぐに喰えんぜよ！」

土佐犬組長も血相を変えた。

「すみません！　ここは鼠が多いので、組長と特攻隊長が召し上がる前に横取りされないように木箱に入れました。湿気も味を落とす原因になりますからね。僕は尊敬してやまないお二頭に、最上級の肉を最上級の味で提供したかったんです！」

チワワは、瞳を潤ませながら言った。

嘘――肉を木箱に入れたのは、時間稼ぎをするためだ。

木箱に入っているのが松阪牛ではなく鶏肉だとバレたら、土佐犬組長とピットブル特攻隊長は嵌められたことに気づく。

チワワには、警察犬ファミリーと巨大犬ファミリーが乗り込んでくるまでの時間を稼ぐ必要があった。

もう、シェパード達は近くにいるはずだ。

彼らが襲撃してくる前に木箱の中身がバレてしまったら、チワワは殺されてしまう。

「なにごちゃごちゃぬかしとるねん！　能書きはええから、さっさと開けんかい！」

ピットブル特攻隊長が、チワワに怒声を浴びせてきた。

「はい！　ただいま！　開けるのに少し時間を頂きますので、お二頭はくつろいで……」

「ボケ！　くつろいどる暇があるかい！　はよう開けんかい！」

ふたたび、ピットブル特攻隊長がチワワに怒声を浴びせてきた。

「失礼しました！　一秒でも早く開けられますよう努力します！」

チワワは言いながら、木箱の周囲を回り始めた。

木箱はロープでキの字結びにされていた。

チワワがトイプードルとミニチュアダックスフンドとともに、三時間かけて結んだものだ。

チワワは紐を全力で咬み、全力で引っ張ったがビクともしない。

大型犬でも簡単にはちぎれない丈夫なロープを選んだのだ。

「なにをモタモタしちゅうが！　もうええ！　わしがやる！」

「俺も手伝いますわ！」

いら立った顔でチワワに歩み寄る土佐犬組長に、ピットブル特攻隊長も続いた。

「お二頭にそんなことをさせるなんて、とんでもないです！　僕がやりますから、もう少しお待ちを！」

予想だにしない展開に、チワワは慌てた。

いくら頑丈なロープでも、咬合力が桁外れに強い二頭が咬めば長時間は稼げないだろう。

「どかんかい！　ワレに任せとったら日が暮れるわい！」

ピットブル特攻隊長が、前肢でチワワを突き飛ばした。

二頭が唸り声を上げながらロープに咬みつき、物凄い勢いで頭部を左右に振った。

早くも、ロープが弛み始めていた。

まずい……このままでは、ロープが解かれるのは時間の問題だ。

「あ、あの、待ってください！」

チワワの大声に二頭の動きが止まり、同時に睨みつけてきた。

「そ、そんなに衝撃をくわえてしまうと、せっかくの肉が傷んで味が……」

「じゃかわしいボケ！　口に入れれば味なんて変わらへんわい！」

「そん通りじゃ！　わしらはすぐに食べたいんじゃ！」

ピットブル特攻隊長と土佐犬組長がチワワを一喝し、ふたたびロープに咬みつき頭部を振り始めた。

シェパードはなにをやっている⁉　まさか、闘犬ファミリーの隊犬に阻まれてしまったのか⁉

もしそうだとしたら……。

チワワの細い四肢が震え始めた。あと五分以内に警察犬ファミリーが現れなければ、咬み殺されてしまう。

チワワは息と肢音を殺し、出口に向かった。

「おいっ、ワレ！　どこに行くんや！」

ピットブル特攻隊長の声に、チワワは肢を止めた。

「あ、ちょっとおしっこがしたくなりまして……」

チワワは引き攣り笑いを浮かべ、でたらめを口にした。

「そのへんですればいいがや！」

「いえ……お二頭様がこれからお食事をする場所でおしっこをするなんて、そんな失礼なことはできません」

「構わん、ここでするぜよ」

にべもなく、土佐犬が言った。

「で、でもですね、ついでに大きいほうもしようと思ってるんで、やっぱり外に……」

「糞も小便もここでせんかい！　おいっ、ワレ、外に出たい理由でもあるんかい！」

なんとかフロアを出る口実を作ろうとするチワワに、ピットブル特攻隊長が犬歯を剝き出し詰め寄った。

「い、いえ……では、お言葉に甘えましてここでやらせて頂きます！」

チワワは言うと、壁に向かって右後肢を上げた。

恐怖と緊張に、尿が一滴も出なかった。

「おんしは離れるがや」

土佐犬組長がピットブル特攻隊長に命じると、ロープをくわえ勢いよく木箱を回転させ始めた。

二回、三回、四回、五回……土佐犬組長が口からロープを離した。

放り投げられた木箱が壁に衝突してバラバラになり、鶏肉が床に落ちた。

終わった……。

眼を閉じたチワワの脳裏に、絶望の二文字が浮かんだ。

★警察犬ファミリー

雑居ビルの屋上から、シェパードボスはさくら通りを見下ろしていた。

「誰もこねえな。チワワの野郎、しくじったんじゃねえのか？」

シェパードボスの左隣に立つロットワイラーが顔を向けて訊ねてきた。

「いや、多少のリスクを負ってでも、食い意地の張った二頭は必ず現れる」

シェパードボスは、さくら通りを見下ろしたまま断言した。

「私もそう思うよ」

シェパードボスの右隣に立つセントバーナードボスが同調した。

「まあ、それは言えるな。土佐犬野郎もピットブル野郎も豚みてえな犬だからな」

ロットワイラーが吐き捨てた。

「あとは、何頭引き連れてくるかだ。こっちは、何頭だ？」

セントバーナードボスの隣から、巨大犬ファミリーのサブボス、グレートデンがシェパードボスに訊ねてきた。

「下にウチが百頭、巨大犬ファミリーが五十頭。ビルの周囲に三十頭ずつ、五ヵ所にわけて配置してある」

シェパードボスは、淡々とした口調で言った。

「こいつらと合わせて百七十頭ってわけか。まあ、単細胞な闘犬野郎を相手にするには十分だな」

ロットワイラーが、背後で整列する二十頭を振り返り言った。

二十頭は、ボクサー警部、ラブラドール警部補、シェパード隊が七頭、ロットワイラー隊が七頭、ドーベルマン別働隊が四頭の編成だった。

チワワの話では、土佐犬組長とピットブル特攻隊長が先にライブハウスに入り松阪牛を喰らっている間、隊犬達は外で見張っているという。

シェパードボスも同感だった。

勝負をかけるのは、闘犬ファミリーのトップ2が中にいるときだ。

「土佐犬組長とピットブル特攻隊長のどっちを攻撃するか、決めておこうじゃないか」

セントバーナードボスがシェパードボスに訊ねた。

「俺とロットワイラーはピットブル特攻隊長を襲撃する。お前達は土佐犬組長を頼む」

シェパードボスは迷わず言った。

「わかった。きっちりと、土佐犬組長の頭部を取ってやろうじゃないか。なあ？」

ドーベルマンとハナを惨殺したピットブル特攻隊長の寿命だけは、ほかに譲れない。

セントバーナードボスが、グレートデンに顔を向けた。

「我々巨大犬ファミリーは、パワー勝負なら引けは取りません！　土佐犬組長の骨をバラバラにしてやりますよ！」

グレートデンが気合十分に言った。

「おっ！　くそ野郎どもの登場だ！」

ロットワイラーが叫んだ。

シェパードボスの眼下――チワワ、土佐犬組長、ピットブル特攻隊長、土佐犬隊、ピットブル隊がライブハウスに向かっていた。

「思ったより少犬数だな」

セントバーナードボスが呟いた。

シェパードボスは素早く隊犬を数えた。二十頭――たしかに、少犬数だった。

食い意地の張った二頭のことだ。松阪牛の分け前を少なくするために、最低限の隊犬しか連れてこなかったのだろう。

「百七十頭と二十頭か。これじゃ勝負にならねえな」

ロットワイラーが鼻で嗤った。

「強欲は身を滅ぼすとは、まさに奴らのためにある言葉だな。松阪牛を与えたくないのかもしれないが、二十頭の警護では話にならない」

グレートデンがロットワイラーに同調した。

「油断するな。土佐犬隊とピットブル隊の戦闘力が桁外れだということは、お前らも知ってるだろう。それに、選ばれた二十頭は精鋭揃いに違いない」

「私も同感だ」

楽勝気分のロットワイラーとグレートデンに釘を刺すシェパードボスに、セントバーナードボスが続いた。

チワワ、土佐犬組長、ピットブル特攻隊長がビルへと入った。

「奴ら入ったぞ！　行かねえのか⁉」

ロットワイラーが焦れたように言った。

「松阪牛と思わせている鶏肉は木箱に入れ、頑丈なロープで縛ってあるそうだ。奴らが木箱を開けようと躍起になっているときに襲撃する。まずは、非常階段を使って地下まで行くぞ」

シェパードボスは言うと、非常階段に走った。

闘犬ファミリー

「さすが親分！　木箱がぶっ壊れましたわ！」

ピットブル特攻隊長が嬉々とした表情で、壁にぶつかり砕けた木箱のもとに駆けた。

「松阪牛が喰えるぜよ～！　牛だけにうっしっしっしーぜよ～！」

土佐犬組長が珍しくダジャレを口にしながら、ピットブル特攻隊長のあとに続いた。

「うっしっしーなんて、親分はダジャレのセンスまで最高……」

ピットブル特攻隊長が、言葉の続きを呑み込んだ。

「急に黙って、どうしたがや？」

土佐犬組長は怪訝な顔で訊ねた。

「親分、松阪牛がありまへん……」

ピットブル特攻隊長が、強張った顔で振り返った。

「おんしは、なにを言うとる……」

床に転がっているのが松阪牛ではなく鶏肉だと気づき、土佐犬組長は絶句した。

「こらっ！　くそどチビ！　鶏肉っちゅうのはどういうことじゃ！」

「ワレ！　どチビ出目金犬！　鶏肉やて⁉　いったい、どないなっとんのやボケ！」

土佐犬組長とピットブル特攻隊長は、揃って鬼の形相でチワワに怒声を浴びせた。

「ととととと、鶏肉⁉　いいいいい、いったい、なな、なんのことでしょう⁉」

チワワがしどろもどろに言った。

「おんし、なに惚けたこと言うとるがや！　まさか、わしらを嵌めるつもりで……」

土佐犬組長の怒声を、複数の肢音が遮った。

シェパードボスとロットワイラーに続き、警察犬ファミリーの隊犬が雪崩れ込んできた。

「なんじゃ！　おんしら！」

土佐犬組長は犬歯を剝き、体の向きを変えた。

「ワレら！　なに勝手に入ってきとんねん！」

ピットブル特攻隊長が、血走った眼を見開き犬歯を剝いた。

「おんしゃあーっ！　こんなマネしてただで済む思うとるがや！」

土佐犬組長が、下腹を震わせるような怒声をチワワに浴びせた。

「ひっ……」

チワワが素早い動きで、ロットワイラーの背後に隠れた。

「どチビ出目金犬！　ワレの処刑は後回しや！　まずは、ポリ犬の処刑や！」

ピットブル特攻隊長が、シェパードボスに飛びかかった。

「俺達が相手だ！」

ボクサー警部とラブラドール警部補が、二頭がかりでピットブル特攻隊長に襲いかかった。

土佐犬組長は片側の口角を吊り上げた。

あの二頭は、ピットブル特攻隊長の敵ではない。

「雑魚は引っ込んどれ！」

ピットブル特攻隊長がボクサー警部の頸部に咬みつき、左に頭部を振った。ボクサー警部は軽々と放り投げられ、数メートル離れた壁に衝突した。

ピットブル特攻隊長は続けて、ラブラドール警部補の右前肢を咬み右に頭部を振った。リプレイ映像を観ているように、ラブラドール警部補が宙を飛び壁に衝突した。

床に倒れるボクサー警部の頭部から夥しい量の血が流れ、反対側の壁際に倒れるラブラドール警部補は右前肢を骨折していた。

「今度はわしの番じゃ！」

土佐犬組長が地響きを立てながら、ロットワイラーに突進した。

「サブボスを守れ！」

ドーベルマン別働隊の四頭が、土佐犬組長を取り囲んだ。

「おんしら、そんなに犬死にしたいがや？」

土佐犬組長が薄笑いを浮かべながら四頭を見渡した。

「ドーベルマン別働隊を甘く見るな！」

四頭のドーベルマン別働隊犬が、一斉に土佐犬組長に飛びかかった。

二頭が左右の後肢、二頭が左右の前肢に咬みついた。

「猫が何頭で襲いかかっても、ライオンには勝てんがや！」

土佐犬組長は、左右の前肢に咬みついているドーベルマン別働隊犬の鼻を立て続けに喰いちぎった。

二頭のドーベルマン別働隊犬がセリ声を発しながら前肢から離れた直後、土佐犬組長は上半身を左に曲げて左後肢を咬んでいるドーベルマン別働隊犬の喉を咬んだ。

間髪を容れずに上半身を右に曲げた土佐犬組長は、右後肢を咬んでいたドーベルマン別働隊犬の頭部を咬み、振り上げると床に叩きつけた。

ドーベルマン別働隊犬の骨が砕け内臓が破裂する音が、土佐犬組長の鼓膜に心地よく響いた。

「肢応えのねえ犬ばかりぜよ！　副将！　かかってくるがや！」

土佐犬組長は返り血に赤く染まった顔をロットワイラーに向け、野太い声で叫んだ。

★警察犬ファミリー

「お前らは肢を出すな。こいつは、俺が仕留める」

ピットブル特攻隊長に襲いかかろうとする七頭のシェパード隊犬を、シェパードボスは制した。

「端からワレが出てこんかい！　こないな雑魚連れて、本気で俺らの寿命を取れると思ったんかい！」

ピットブル特攻隊長の高笑いが、フロアに響き渡った。

「サブボスのドーベルマンとハナの寿命を奪った償いは、俺がさせてやる」

シェパードボスはピットブル特攻隊長を見据え、押し殺した声で言った。

「あ？　サブボスのドーベルマンっちゅうのは、笑けてくるほど弱い犬のことかい？　で、ハナっちゅうのは、俺に首咬み切られたメス犬かい⁉」

ピットブル特攻隊長の高笑いが声量を増した。

心で燃え上がる怒りの炎を、シェパードボスは消火した。

冷静さを失えば勝ち目はない。

「その汚い口を、叩けないようにしてやる」

シェパードボスは、ピットブル特攻隊長に突進した。

「その前に、ワレのマズル喰いちぎったるわ！」

ピットブル特攻隊長も、シェパードボスに突進してきた。

二メートル、一メートル、五十センチ……シェパードボスは跳躍した。

ピットブル特攻隊長の背後を取ったシェパードボスは、背中に飛び乗り頸動脈を狙った。

　シェパードボスの犬歯が頸動脈に触れる寸前、ピットブル特攻隊長が振り返った。

　咄嗟に、シェパードボスは後退した。

　あと数秒判断が遅れたら、逆に頸動脈を咬みちぎられていた。

「なんや。あとちょいやったのにな」

　俊敏な動きで百八十度体を回転させたピットブル特攻隊長が、ニヤニヤしながら言った。

「ほな、今度は俺から行かせてもらうで！」

ピットブル特攻隊長が低い姿勢で突っこんできた。

シェパードボスは左にサイドステップを踏んでかわした……つもりだった。

ピットブル特攻隊長の犬歯が迫ってきた。

シェパードボスは右に跳んだ。

また、視界にピットブル特攻隊長の犬歯が迫ってきた。

聞きしに勝る身体能力と動体視力の持ち主だった。

右、左、右、左……シェパードボスは頭部を左右に振り、ピットブル特攻隊長の犬歯をかわしながら後退りした。

反撃どころか、ピットブル特攻隊長の攻撃をかわすのが精一杯だった。

シェパードボスの臀部(でんぶ)が壁に当たった。

このままでは、頸動脈を咬まれてしまうのは時間の問題だ。

「ちょこまか首を振ってからに！　ワレは鳩かい！」

ピットブル特攻隊長の罵声と上下の歯が咬み合わさる音が、鼓膜を震わせた。

肉を斬らせて骨を断つ……シェパードボスは、右の前肢をピットブル特攻隊長の鼻先に無防備に差し出した。

「もらったで！」

ピットブル特攻隊長が嬉々とした顔で、シェパードボスの右前肢の肉球を咬んだ。

隙あり！　シェパードボスは激痛に耐え、ピットブル特攻隊長の頸動脈を狙った。

不意にシェパードボスの視界が流れ、壁が間近に迫ってきた。

物凄い衝撃がシェパードボスの全身を駆け巡った。

気づいたときには、シェパードボスは床に這いつくばっていた。

フェイントで右前肢を咬ませ頸動脈を咬み切ろうとしたシェパードボスを、ピットブル特攻隊長は難なく投げ捨てたのだ。

シェパードボスは立ち上がろうとしたが、全身の骨が悲鳴を上げて動くことができなかった。

どこかの骨が折れたのかもしれない。

「弱いわ〜、呆れるほど弱いわ〜。ウチの隊犬のほうが、ワレより遥かに強いで〜」

小馬鹿にしたように言いながら、ピットブル特攻隊長がシェパードボスに歩み寄ってきた。

「はよう裏切り犬のどチビ出目金犬を喰い殺さなあかんから、ちゃっちゃっちゃっと寿命を奪ってやるさかいな！」

ピットブル特攻隊長が笑いながら、床に倒れるシェパードボスに突進してきた。

一か八か……シェパードボスは仰向けになった。

「は？　かかってくるがやだと？　ずいぶん、上から目線じゃねえか！　いままで相手にしてきた弱っちい犬と一緒にするんじゃねえぜ！」

ロットワイラーは言い終わらないうちに、闘牛並みに頭部を下げて土佐犬組長に突進した。

「実力の違いを思い知らせてやるぜよ！」

土佐犬組長も頭部を下げて突進してきた。

五メートル、四メートル、三メートル……ロットワイラーは速度を上げた。

二メートル、一メートル、五十センチ……さらに速度を上げた。

「頭蓋骨砕いたるぜよ！」

「その言葉、そっくり返すぜ！」

四十センチ、三十センチ……ロットワイラーは身を沈め、土佐犬組長の腹部の下に上半身を突っこんだ。

「うらーっ！」

ロットワイラーが背筋にエネルギーを総動員し、土佐犬組長を背後に投げ捨てた。

土佐犬組長が床に叩きつけられ、地響きが起こった。

「どうだ！　小型犬みてえに投げ捨てられた気分は？」

ロットワイラーが引っ繰り返った土佐犬組長を見下ろし、小馬鹿にしたように言った。

「おんし……逃げるなんて卑怯がや！」

土佐犬組長が、物凄い形相でロットワイラーを睨みつけながら起き上がった。

「逃げる？　犬聞きが悪いことを言ってくれるじゃねえか。戦術だ、戦術！　てめえらみてえな単純馬鹿と一緒にするんじゃねえよ」

ロットワイラーはニヤニヤしながら戦闘態勢を取った。

体重が七十キロ超えのロットワイラーはパワーには自信があったが、百キロの土佐犬組長相手に真っ向勝負を挑むほど愚かではなかった。

「おんし如きが、わしを見下すちゅうがや⁉　なめたらいかんぜよ！」

土佐犬組長が鬼の形相で突進してきた。

「またまた、その言葉、そっくり返してやるぜ！」

三メートル、二メートル、一メートル、五十センチ……。

「二度は同じ手は食わんぜよ！」

土佐犬組長がロットワイラーを潜り込ませないように、姿勢を低くしながら突っこんできた。

ロットワイラーは跳躍し、土佐犬組長の背後を取ると尻尾を咬んだ——後肢に体重をかけ、渾身の力で土佐犬組長を振り回した。

一回、二回、三回、四回……ロットワイラーは遠心力を利用して、土佐犬組長を振り回し続けた。

七回目の回転で、ロットワイラーは土佐犬組長を壁に投げつけた。

間を置かず、ロットワイラーはダッシュした。

重々しい衝撃音とともに床に落下した土佐犬組長の頸部に、ロットワイラーは咬みつき激しく頭部を左右に振った。

ロットワイラーはすぐに違和感を覚えた。

犬歯が肉まで通らない。まるで、ゴムを咬んでいるようだった。

「わしの皮膚を切り裂けるんは、ライオンくらいなもんぜよ〜」

土佐犬組長が歌うように言った。

あれだけの攻撃を受けているのに、土佐犬組長はまったくダメージを受けている様子がなかった。

ロットワイラーは土佐犬組長の頸部から口を離し、飛び退ろうとした。

「そうはいかんぜよ！」

ロットワイラーの頸部に激痛が走った。

あっという間に、ロットワイラーの体が宙に浮いた。過去に、こんなに軽々と持ち上げられた記憶がなかった。

視界が縦に流れた——床に叩きつけられた。

逆に視界が流れた——持ち上げられ、ふたたび床に叩きつけられた。

三度、四度、五度……ロットワイラーはぬいぐるみのように、何度も何度も床に叩きつけられた。

ロットワイラーの全身を激痛が駆け巡った。

脳みそが揺れ、意識が遠くなった。

もう、何度叩きつけられたかわからない。

ロットワイラー！　しっかりしろ！

どこからか、声が聞こえてきた。

立て！　立つんだ！

また、声がした。

ロットワイラーはうっすらと眼を開けた。

視界に天井が映った。気を失いかけ、倒れていたようだ。
「止めじゃき！」
土佐犬組長がロットワイラーの喉を咬み、頭部を左右に振った。
息が詰まった。呼吸ができなかった。
土佐犬組長の凶暴な唸り声が、ロットワイラーの鼓膜を震わせた。
酸素が遮断され、視界が暗くなった。
土佐犬組長は、想像以上のパワーだった。
一発一発に、巨大な岩にぶつけられているような破壊力があった。
このまま、死んでしまうのか？
大口ばかり叩いていた自分が、情けない話だ。
シェパード……すまねえ。

ドーベルマンとハナの無念を晴らさないまま、寿命を奪われる気か⁉
一際強く大きな声が、ロットワイラーを叱咤した。
誰だか知らねえが、うるせえ犬だ。
ロットワイラーは自ら舌を咬み、遠のく意識を引き戻した。

仰向けに押さえつけられていたロットワイラーは、土佐犬組長の睾丸(こうがん)を後肢で蹴り上げた。

土佐犬組長がロットワイラーから離れ、身悶えた。

ロットワイラーは空気を貪りながら、よろよろと起き上がった。

「いまだ！　攻撃を仕掛けろ！」

幻聴ではなかった。

ロットワイラーは声のほうに首を巡らせた。

声の主——壁際に仰向けに倒れているシェパードだった。

「俺の心配の前に、てめえの心配をしやがれ！」

ロットワイラーはシェパードボスに憎まれ口を叩き、激痛に苦しむ土佐犬組長に突進した。

「皮は分厚くても、ここはチワワと変わらねえ！」

ロットワイラーは土佐犬組長の鼻を咬み、頭部を左右に振った。

土佐犬組長が呻き声を上げ、四肢で床を踏み鳴らした。

犬の鼻は大型犬にとっても小型犬にとっても急所だ。このまま鼻を喰いちぎれば、土佐犬組長に勝てる。

ロットワイラーが勝利を確信した瞬間、ずるずると後退した。

鼻を咬まれたまま、土佐犬組長がロットワイラーを押し込んできた。ロットワイラーは踏ん張ろうとしたが、土佐犬組長の圧力に後退を続けた。

不意に、ロットワイラーの体が浮いた。

信じられないことに、土佐犬組長は後肢で立ち上がっていた。

土佐犬組長は、そのまま後方に倒れた。

ロットワイラーは背骨と後頭部を痛打し、床に投げ出された。

体が痺(しび)れて、動けなかった。

「わしを相手にここまでやったことは、褒めてやるき。じゃが、奇跡も終わりぜよ！」

悔しいが、土佐犬組長の言う通りだった。反撃したくても、体が言うことを聞かなかった。

土佐犬組長の犬歯が迫ってきた。

今度こそ、終わった。

ロットワイラーは眼を閉じた。

❤愛玩犬ファミリー

青褪める視界で、ロットワイラーが倒れていた。

弱々しく四肢を動かすのが精一杯で、立ち上がることができないようだった。

「ロットワイラーさんを助けて……」

チワワは弾かれたように、首を巡らせた。

さっきまでロットワイラーに檄を飛ばしていたシェパードボスは、ピットブル特攻隊長に壁際に押し込まれて防戦一方だった。

ボクサー警部は頭部から夥しい量の血を流し、ラブラドール警部補は右前肢を骨折しているようだった。

ドーベルマン隊四頭は二頭が鼻を、一頭が喉を喰いちぎられ、一頭が床に叩きつけられて瀕死の重傷を負っていた。

まずい……。

警察犬ファミリーには、シェパード隊が七頭とロットワイラー隊が七頭しか残っていない。

相手の二頭が並みの犬なら、十四頭もいれば十分だった。

だが、土佐犬組長とピットブル特攻隊長が相手となれば話は別だ。

現に、シェパードボスとロットワイラーサブボスは犬歯が立たずに窮地に追い込まれている。

そう言えば……。

チワワは周囲に首を巡らせた。

セントバーナードボスとグレートデンサブボスはどこだ？

なぜいない？

まさか、臆して逃げたのか？

そうだとしたら……。

チワワの脳みそが恐怖に粟立った。

このままだと、殺されてしまう……。

本当は巨大犬ファミリーもろとも殲滅する予定だったが、作戦変更するしかなかった。セントバーナードボスとグレートデンサブボスが生き残るのは気がかりだったが、ここで寿命を落とせばチワワファミリーが天下を取るどころの話ではない。

寿命あっての物種だ。

一刻も早く地上に行き、ガソリンを入れた容器と新聞紙とライターを用意して待機しているトイプードルとミニチュアダックスにゴーサインを出さなければならない。

「ボスとサブボスを守れ！」

シェパード隊の七頭がピットブル特攻隊長に、ロットワイラー隊の七頭が土佐犬組長に襲いかかるのを尻目に、チワワは出口に駆けた。

「えーっ！」

階段を見上げたチワワは、思わず大声を張り上げた。

セントバーナードボスが階段の中ほどで挟まっていた。

「な、な、なにをやってるんですか⁉」

「見ての通りだ！　こんな狭い階段、私が通れないことくらい最初からわかっていただろう⁉」

セントバーナードボスがいら立った様子で言った。

「階段を下りるときに、挟まるって見てわからなかったんですか⁉」

チワワは言い返した。

いまは、デブ犬のご機嫌を取っている余裕はない。

ここで肢止めを食らうわけにはいかない。

早く外に出なければ、土佐犬組長とピットブル特攻隊長に殺されてしまう。

早く、早く、早く……。

「お前っ、私のせいだと……」

「ボス！　そんなチビと言い争っている場合じゃありません！　シェパード達がやられたら、次はボスが寿命を奪われてしまいます！」

セントバーナードボスの背後から、グレートデンサブボスの声がした。

「そそそ、そうなんですよ！　シェパードボスもロットワイラーサブボスも、虫の息です！　早く、デブ……いえ、セントバーナードボスの体を外さなければ……」

「無理だ！　俺の力でもビクともしない！」

グレートデンサブボスの声も逼迫していた。

「じゃ、じゃあ、どうするんだよ⁉　デブと一緒にここで死ねと言うのか⁉　デブの失態なのに、僕を巻き添えにしないでくれよ！」

チワワはヒステリックに喚き散らした。

「デ、デ、デブだと⁉　貴様っ……」

「これを受け取れ！」

血相を変えるセントバーナードボスを遮り、グレートデンサブボスが叫んだ。

セントバーナードボスの右前肢の隙間……チワワの頭部も通らないほどの狭い隙間から、グレートデンサブボスの前肢が伸びてきた。

爪の先には、小さなレジ袋が下げられていた。

「これは、なんですか？」

チワワは怪訝な声で訊ねた。

「いいから、開けてみろ！」

グレートデンサブボスがレジ袋をチワワのほうに放り投げた。

チワワはレジ袋の底をくわえ、逆さにした。

卵ほどの大きさのカエルのおもちゃが、チワワの肢元に転がった。

「これは……」

「踏んでみろ!」

同じ質問をしようとしたチワワに、グレートデンサブボスが命じた。

首を傾げながら、チワワは前肢でカエルのおもちゃを踏んだ。

ピューッという音にチワワは驚き、慌てて飛び退った。

「ななな、なんなんですか⁉」

チワワは驚愕に裏返った声で訊ねた。

「秋田犬若頭が事切れる間際に、隊犬に渡したものだ。秋田犬若頭と土佐犬組長はヒトがいた時代からの犬友だったらしい。秋田犬若頭の話では、土佐犬組長を従わせたいときは、このおもちゃを鳴らせばいいそうだ」

「こんなうるさい音で、どうして土佐犬組長が従うんですか?」

すかさずチワワは訊ねた。

「さあ、詳しくはわからないが、なんでも、ヒトに飼われていたパピー時代のお気に入りのおもちゃだったらしい。秋田犬若頭が寿命懸けで隊犬に渡したものだから、試す価値はあるんじゃないか? それにいまは、ほかに方法はないはずだ。こんなことしている間に、シェパードボスもロットワイラーサブボスも寿命を奪われてしまうぞ! 早く行け！」

グレートデンサブボスの大声に、チワワはカエルのおもちゃをくわえてフロアにダッシュした。

いま、まさに土佐犬組長が倒れたロットワイラーの腹部に咬みつこうとしているところだった。

チワワは、肢元に落としたカエルのおもちゃを思い切り前肢で踏みつけた。

ピューッという音が、フロアに鳴り響いた。

★警察犬ファミリー

逆さになった視界――ピットブル特攻隊長が迫ってきた。

シェパードボスは、敢えて仰向けになったままピットブル特攻隊長の攻撃を待った。

闘いでは敵に腹部を見せるなどありえないことだが、形勢逆転するにはリスクを負って賭けに出るしかない。

「どないした！　おら！　絶対服従かい⁉　おお⁉　腹見せたくらいで、俺がワレを許すわけないやろうが！」

狂気の笑みを浮かべつつ、ピットブル特攻隊長が突進してきた。三メートル、二メートル、一メートル、五十センチ……。

「腹を咬み裂いたるわい！　ポリ犬！　死ねやーっ！」

ピットブル特攻隊長がシェパードボスの真上にきた瞬間――シェパードボスは背筋を使って起き上がり、ピットブル特攻隊長の喉を咬んだ。

「嵌めたんか……」

ピットブル特攻隊長が苦しげな声を絞り出した。

シェパードボスは起き上がり、後肢で立ち上がるとピットブル特攻隊長を床に叩きつけた。

「これは、お前に苦しめられてきた仕犬達のぶん！」

二度、三度、四度、五度、六度、七度、八度……シェパードボスは、ピットブル特攻隊長を繰り返し叩きつけた。

窮地に立たされているロットワイラーが気になったが、いまはピットブル特攻隊長を仕留めることで精一杯だ。

少しでも気を緩めれば反撃を食らい、寿命を落としてしまう。

ピットブル特攻隊長の口から飛散した鮮血で、シェパードボスの顔面は赤く染まった。

床の血溜まりには、折れた歯が浮いていた。

「これは……」

シェパードボスがピットブル特攻隊長の喉を咬んだまま跳躍した。

「ハナとドーベルマンのぶんだ！」

シェパードボスは叫びながら、ピットブル特攻隊長の脳天を下に向けたまま落下した。

不意にシェパードボスの視界が回った。ピットブル特攻隊長が、落下途中に体勢を入れ替えたのだった。

ピットブル特攻隊長の頭蓋骨を床に叩きつけるはずが、逆にシェパードボスが背骨を痛打した。

シェパードボスはすぐに起き上がろうとしたが、四肢に痺れが走り動けなかった。

顎にも力が入らなかったが、ピットブル特攻隊長の喉を離せば勝機はなくなる。

ピットブル特攻隊長の顔は、頭部からの出血で赤鬼のようになっていた。

信じられなかった。

何度も床に叩きつけられ深いダメージを負っているにもかかわらず、まだこんなに余力があるというのか？

「たまげたか？　俺ら闘犬はな、あんくらいのダメージはいつも受けてるんや！　それも、ワレらみたいな中型犬やのうて、土佐犬やらマスチフやらの超大型犬に咬まれ、叩きつけられとるんや。シェパード如きのパワーなんぞ、柴犬に咬まれたようなもんや。これから、闘犬の恐ろしさを思い知らせてやるわ！」

ピットブル特攻隊長が咬呵を切り、大きく首を横に振った。

景色が物凄いスピードで流れ、壁が急速に迫ってきた。

シェパードボスの全身に、骨がバラバラになるような衝撃が走った。

息が詰まった……思うように、呼吸ができなかった。

背中が波打ち、吐血した。

肋骨が何本か折れたに違いない。もしかしたら、折れた肋骨が内臓に刺さったのかもしれない。

それでも、立ち上がらなければ……犠牲になった犬達のためにも、ここでくたばるわけにはいかない。

シェパードボスは、四肢を震わせながら立ち上がった。だが、立っているのがやっとだった。

「なんや⁉ 肢がプルプル震えとるやないか！ 口から血も垂れとるで～。苦しいやろ？ かわいそうにな～。一息に殺して、楽にしたるで！」

ピットブル特攻隊長は、犬を小馬鹿にしたようにヘラヘラしながら突進してきた。

――なあ、シェパード。もし、闘牛と闘ったら勝てる自信あるか？

シェパードボスの脳裏に、警察犬大学時代のドーベルマンとの会話が蘇った。

――闘牛は俺らの二十倍以上の体重があるんだぞ？　さすがに無理だろ。

――相手の突進力を利用すれば僅かながら勝機はあるが、普通は無理だろう。だが、背筋力が強いお前なら可能性はある。


お前の言葉を、信じてみようじゃないか。


ピットブル特攻隊長との距離が三メートルを切った。

シェパードボスは犬歯を食い縛り、四肢を踏ん張った。


俺に力を貸してくれ……。


シェパードボスは、ドーベルマンに語りかけた。

「ほな、さいなら！」

跳躍したピットブル特攻隊長の顔が迫ってきた。

五十センチの距離を切ったときに、シェパードボスも跳躍した。

予想していなかったシェパードボスの動きに、一瞬、ピットブル特攻隊長が怯(ひる)んだ。

その隙を逃さず、シェパードボスはピットブル特攻隊長の右前肢を咬んだ——死力を振り絞り上半身を捻ると、ピットブル特攻隊長を壁に叩きつけた。

シェパードボスの耳に、内臓が破裂し骨が砕ける音が聞こえた。

シェパードボスは荒い呼吸を吐きながら、白眼を剝き四肢を痙攣させるピットブル特攻隊長を見下ろした。

闘犬ファミリー

「わしの大事な鼻に傷をつけおって」

床に横たわり動けずにいるロットワイラーに、土佐犬組長は唾液を吐きかけた。

「おんしの内臓をまき散らして、隊犬の餌にしちゃるき！」

土佐犬組長が大きな口を開け、太く長い犬歯を剝き出しにした。

ピューーッ！

ロットワイラーの腹部を咬み裂こうとした土佐犬組長は動きを止め、耳をピクピクと動かした。

ピューッ！

また聞こえた。懐かしい音……どこかで聞いた音だ。

土佐犬組長の記憶の扉が、ゆっくりと開いた。

ピューッ！

——なんだなんだ、大きな体してるくせに臆病だな〜。

ピョンピョン跳ねるカエルに、生後三ヵ月の土佐犬組長は驚いてパパの股間に逃げ込んだ。

土佐犬組長は、甲高い鳴き声が苦手だった。

——龍馬（りょうま）、大丈夫だよ。これは本物のカエルじゃないから、攻撃はしてこないよ。

パパは優しく土佐犬組長の頭を撫でながら言った。

――ほら、こんなふうにしても全然大丈夫。

パパがカエルを摑み、宙に掲げて見せた。

――お前も、攻撃してごらん。

パパがカエルを地面に置き、土佐犬組長を促した。
土佐犬組長はパパの股間から出てくると、カエルの周囲を回りながら様子を窺った。
カエルは相変わらずピョンピョン跳んでいるが、攻撃してくる気配はなかった。
もし攻撃してきても、こんな小さな相手に負ける気はしなかった。
土佐犬組長は勇気を振り絞り、恐る恐る右前肢でカエルを踏んだ。

ピューーッ！

空を切り裂くけたたましい鳴き声に驚いた土佐犬組長は、ふたたびパパの股間に逃げ込んだ。

――ごめんごめん。また、驚かせちゃったな。パパがついてるから、怖がらなくても大丈夫だよ。

パパは背後から土佐犬組長を抱きしめ、頬にキスをしてくれた。

――パパはね、お前に強い子になってほしいけど、それ以上に優しい子になってほしいんだ。強きを挫き弱きを助ける……龍馬には、そんな成犬になってほしいな。

大好きなパパの声が、土佐犬組長の耳を心地よく撫でた。

パパの言葉通り、土佐犬組長は心優しく逞しい青年に育った。

体重が百キロ近くなりパパの股間にもぐり込めなくなっても、生後三ヵ月のときと同じように抱きしめられ、名前を呼んでもらうのが好きだった。

パパと離れて月日は流れ、人間がいなくなった。

飼い主から捨てられた犬同士、群れを作った。群れのボスとなった土佐犬組長はいつしか、パパを思い出さなくなっていた。

いや、無意識に思い出さないようにしていた。

心の奥底には、いつもパパがいた……かたときも、パパを忘れたことはなかった。どれだけの犬を傷つけても、どれだけの犬の寿命を奪っても……。

どうして、こうなってしまったのだろう……。

脇腹に衝撃――土佐犬組長は横によろけた。

土佐犬組長の視界に、口から血液混じりの唾液を垂らしながら肩で荒い息を吐くシェパードボスの姿が入った。

「おんし……」

我に返った土佐犬組長は、視線を壁際に移した。

「なっ……」

顔面血塗れになり床に倒れているピットブル特攻隊長に、土佐犬組長は絶句した。

「おいっ、ピットブル！　なにしちゅうがや！　早く立つぜよ！」

土佐犬組長は叫んだが、ピットブル特攻隊長はピクリとも動かなかった。

「無駄だ……奴は……もう……死んでいる……」

シェパードボスが、切れ切れの声で言った。

「なんやと!?　奴がやられるわけないぜよ！」

言い聞かせているわけでも、願っているわけでもなかった。

土佐犬組長の知るかぎり、ピットブル特攻隊長を倒せる犬は自分以外にはいない。土佐犬組長であっても、百パーセント勝てるという保証はない。

そんなピットブル特攻隊長が、シェパード如きに殺られるわけがなかった。

土佐犬組長は、ピットブル特攻隊長のもとに駆け寄った。

「おいっ、おんし！　いつまで気を失ってるぜよ！」

土佐犬組長は、ピットブル特攻隊長の顔を舐めた。

ピットブル特攻隊長は、まったく反応しなかった。

「いい加減に眼を……」

土佐犬組長は言いながら、ピットブル特攻隊長の左胸部に耳を当てた。

「おんし、本当に……おぁっ！」

背中にシェパードボスが飛び乗り、背筋に犬歯を立ててきた。

「おんしゃあ！　調子に乗るんじゃないぜよ！」

土佐犬組長は後肢で立ち上がり、そのまま背後に倒れた。

シェパードボスは、百キロある土佐犬組長の下敷きになった。

「ピットブルの仇じゃ！　バラバラにしてやるぜよ！」

鬼の形相で振り返った土佐犬組長は、倒れて動けないシェパードボスに襲いかかった。

ピューッ！

また、懐かしい音……土佐犬組長の肢が止まった。

この音を聞くと戦闘力を喪失し、体が止まってしまう。

——あっはっは。まだ怖がってるのか？　パパがついてるから、大丈夫だよ。

パパが、土佐犬組長に微笑みかけてきた。

★警察犬ファミリー

床に叩きつけられたシェパードボスは、背骨をしたたかに打った。

土佐犬組長の体重で、息が詰まり呼吸ができなくなった。

ピットブル特攻隊長との闘いで満身創痍のシェパードボスには、致命的なダメージの蓄積だった。

シェパードボスは立とうとしたが、全身が痺れて思うように動けなかった。

「ピットブルの仇じゃ！　バラバラにしてやるぜよ！」

犬歯を剝いた土佐犬組長が迫ってきた。

ドーベルマンとハナのためにも、ここで寿命を奪われるわけにはいかない。

だが、シェパードボスは立ち上がることができなかった。

もはや、これまでか……。

ピューッ！

シェパードボスは、音がしたほうを振り返った。

チワワが、カエルのおもちゃを前肢で踏んでいた。

物凄い勢いで襲いかかってきた土佐犬組長の動きが、突然止まった。

シェパードボスは眼を疑った。

土佐犬組長は、彫像のように動かなかった。

なにがいったい、どうなっている？

フェイントか？

いや、半死半生の自分にそんなことをする必要はない。

だったらなぜ？

「なにやってるんですか！　せっかくの僕のスーパーセーブを無駄にしないでください！」

チワワが、カエルのおもちゃを踏みながら叫んだ。

スーパーセーブ？

チワワの叫んでいる意味はわからなかったが、千載一遇のチャンスなのはたしかだ。

シェパードボスは死力を振り絞り、立ち上がった。

いまのシェパードボスの咬合力では、土佐犬組長の分厚く弛んだ皮膚を咬み裂くことはできない。

だが、頑丈でダメージに強い土佐犬組長でも、内臓は別だ。

シェパードボスは犬歯を食い縛り、助走をつけて土佐犬組長の脇腹を目がけて突進した。

頭蓋骨に衝撃……土佐犬組長の肋骨が折れる音がした。

土佐犬組長がよろめいた。

脳みそが揺れ、シェパードボスもよろめいた。

衝突のダメージを受けたのは、土佐犬組長だけではなかった。

ピットブル特攻隊長との闘いで折れた肋骨が、シェパードボスの内臓に損傷を与えた。

だが、ここで攻撃をやめるわけにはいかない。

理由はわからないが、反撃してこないいまを逃せば土佐犬組長を倒せない。

シェパードボスは頭部を振り、遠のきそうになる意識を引き戻した。

ふたたび助走をつけ、シェパードボスは突進した。

今度は、頭部を突き上げるようにして土佐犬組長の脇腹を抉(えぐ)った。

土佐犬組長が大きくよろめき、大量の血を吐いた。

衝突の反動でシェパードボスは吹き飛んだが、四肢を踏ん張り懸命に耐えた。

どうして避けない？　どうして攻撃してこない？

内臓が破れてゆく激痛に抗うシェパードボスの脳内に疑問が浮かんだ。

土佐犬組長の内臓もかなりの損傷を受けてはいるだろうが、まったく動けないはずはない。それに、土佐犬組長は内臓を損傷する前から動かなかったのだ。

土佐犬組長が、ゆっくりと振り返った。

シェパードボスは息を呑んだ。

土佐犬組長の瞳に、哀しげないろが浮かんでいた。

なんだ、その眼は？　どうして、そんな眼をしている？

その瞳は、これまで悪逆無道な犬生を歩み、己の欲望のために多くの犬達の寿命を奪ってきた残忍な土佐犬組長のものでは……。

思考を止めた。

シェパードボスはふたたび頭部を振り、雑念を追い払った。

あと一撃で、土佐犬組長を倒せる。

頼むから、動いてくれ！

シェパードボスは己の体を叱咤激励し、ダッシュした。

三メートル、二メートル、一メートル……保ってくれ！　俺の体！

シェパードボスは頭部を低く下げ、土佐犬組長の脇腹に全身全霊の頭突きを食らわせた。

闘犬ファミリー

シェパードボスの二発目の頭突きを受けた土佐犬組長の内臓に激痛が走り、肢元に大量の血溜まりができた。

体の中で、内臓の破れる感触が断続的に広がった。

なにをやっている？　どうして避けない？　どうして攻撃しない？

いまからでも遅くない。相手もかなりの痛手を負っている。

シェパードボスが突進してきたら、反撃して咬み殺すんだ！

土佐犬組長の脳内で声がした。

土佐犬組長は首を巡らせた。

苦しげにパンティングを繰り返すシェパードボスの大きく開いた口からは、ひっきりなしに赤い唾液が垂れ落ちていた。

たしかに、シェパードボスも気息奄々だった。

手負いの土佐犬組長の余力でも、十分に倒せるだろう。

これまで、数えきれない犬達を犬歯にかけてきた。シェパードボスも同じ……過去に寿命を奪ってきた犬達の中の一頭に過ぎない。

ピットブル特攻隊長の仇を討つ！

土佐犬組長は、自らを奮い立たせた。

シェパードボスが犬歯を食い縛り、突進してきた。六メートル、五メートル、四メートル……。

――いいか？　龍馬はあと数ヵ月もすれば、パパより大きくなる。お前は遊んでいるつもりでも、相手の犬に致命傷を与えてしまうかもしれない。それほど、龍馬は力持ちになる。その力を悪いことに使わずに、弱い犬を助けることに使ってほしい。

鼓膜に蘇るパパの声が、土佐犬組長の心をノックした。

必死の形相のシェパードボスが迫ってきた。三メートル、二メートル、一メートル……。

土佐犬組長は眼を閉じた。

脇腹に物凄い激痛――土佐犬組長の腹の中で、なにかが破裂した。
スローモーションのように、土佐犬組長が転倒し床が揺れた。
直後に、ふたたび床が揺れた。

パパ、約束守ったよ……。

瞼の裏に、眼を細めたパパの顔が浮かんだ。
土佐犬組長が大好きな、パパの笑顔が……。

うん、よく我慢したな。こっちにおいで。
両手を広げるパパの胸に、土佐犬組長は飛び込んだ。
懐かしい腕の感触……懐かしい匂いに包まれて、土佐犬組長は永遠の眠りについた。

★警察犬ファミリー

シェパードボスの頭部が、土佐犬組長の脇腹に衝突した。

土佐犬組長の肋骨の折れる感触が伝わってきた。同時に、シェパードボスの頸部に電流が走った。

土佐犬組長がスローモーションのように崩れ落ちた。

勝った……。

シェパードボスは荒い息を吐きながら、事切れた土佐犬組長を見下ろした。

素直に喜べなかった。

理由はわかっていた。

土佐犬組長には、闘う気がなかった。

シェパードボスの攻撃をかわそうともせず、すべてを受けていた。

チワワが鳴らすカエルのおもちゃの音が聞こえてから、土佐犬組長の凶暴さが消えた。

あのおもちゃに、いったいどんな力が……。

意識が遠のき、視界が流れた。

土佐犬組長の横に、シェパードボスは倒れた。

シェパードボスの背中が波打ち、大量の血が口から迸(ほとばし)った。

気力を振り絞り、首を擡げた。

ロットワイラーは倒れたまま、微動だにしなかった。

「おい……大丈夫か？」

シェパードボスはかすれた声で呼びかけた。

ロットワイラーの耳がピクリと動くのを見て、シェパードボスの胸に安堵が広がった。

瞼が重くなってきた。

ドーベルマン、ハナ……頼りないボスで、悪かった。

そして、ビーグル神父……。

闘犬ファミリーを倒すため……情けを捨てるためとはいえ、取り返しのつかない罪を犯してしまいました。

そちらに行って謝りたいのですが、罪深き私は虹の橋を渡ることはできそうにもありません。

次に犬生を送るときは……。

瞼が落ちてくる、落ちてくる、落ちてくる……。

眼を開けた。

ロットワイラーの視界に天井が広がった。

俺はいったい……。

ロットワイラーは曖昧な記憶を手繰った。

土佐犬組長に床に叩きつけられ、止めを刺されそうになったときに甲高く鋭い音が聞こえたところまでは覚えていた。

俺は、生きていたのか？　土佐犬組長は？

ロットワイラーはゆっくりと体を起こし、首を巡らせた。

顔を血に染めたピットブル特攻隊長が、壁際に倒れていた。

視線を移動させた。反対側の壁際には、土佐犬組長が倒れていた。

土佐犬組長の周りには、血溜まりが広がっていた。

闘犬ファミリーのナンバー1とナンバー2が事切れていた。

シェパードが倒したのか⁉

首を巡らせようとしたロットワイラーは、土佐犬組長の横に倒れているシェパードボスに気づいた。

「大丈夫か⁉」

ロットワイラーは、ふらつく肢取りで壁際に走った。

「おい……」

ロットワイラーは息を呑んだ。

血溜まりは、土佐犬組長のものだけではなかった。

シェパードボスのマズルも、吐いた血で濡れていた。

ロットワイラーはシェパードボスの脇腹が微かに上下しているのを確認し、安堵した。

「おいっ、ボス！　大丈夫か⁉」

ロットワイラーは、シェパードボスの口元を舐めた。

「やめろ……気持ち悪いぞ……」

シェパードボスが、うっすらと眼を開いた。

「馬鹿野郎っ、俺も好きでやってるんじゃねえ。それより、お前、一頭で二頭を倒したのか⁉　凄（すげ）えじゃないか！」

ロットワイラーは声を弾ませた。シェパードボスを励ます意味もあったが、本当に驚いていた。

当然、その代償も大きかった。

それぞれが狼と差しで闘っても互角以上の勝負に持ち込める戦闘力の持ち主を、二頭も倒したのだ。

いま、呼吸をしているだけでも奇跡だ。

「お前が眠ってるんだから……やるしかないだろう」

横たわったまま、シェパードボスは憎まれ口を叩いた。

「それだけ皮肉を言えれば十分だ。とりあえず、ここで休もう。いま、水を持ってきてやるからな。おい。水を持ってこい」

ロットワイラーは、離れた位置から様子を窺っているチワワに命じた。

「こ、ここにはないんです……」

チワワが怖々と言った。

「だったら、外から持ってこい！」

ロットワイラーが怒声を浴びせた。

「そ、それが、セントバーナードボスが階段に挟まって……」

「ごちゃごちゃ言ってねえで、早くしろ！　咬み殺すぞ！　こら！」

「ひぃ～！」

ロットワイラーの怒声に吹き飛ばされるように、チワワがライブハウスの出口に駆けた。

「いま、すぐに水がくるから頑張れ」

ロットワイラーは、シェパードボスを励ました。

「……あ、ありがとう……だが、俺は……もうだめだ……」

シェパードボスが、切れ切れの声で言った。

「馬鹿野郎！　てめえみたいな図太い犬が、これくらいの怪我で死ぬわきゃねえだろう！　弱気になってんじゃねえぞ！」

ロットワイラーは涙を堪えながら、シェパードボスを叱咤した。

涙を流してしまえば、盟友犬の死を受け入れるようで怖かった。

「俺には……時間がない。聞いて……くれ。闘犬ファミリー……の隊犬……を受け入れて……やって……くれ。敵味方に……分かれて……争っていたが……俺らは……もともと……同じ犬同士……仲間だ。土佐犬組長も……ヒトに飼われていたときは……いまとは……違ったはず……」

シェパードボスが咳き込み、大量の血を吐いた。

「おいっ、大丈夫か!? もう、なにも喋るな！」

ロットワイラーはシェパードボスに涙声で言った。

「これからは……巨大犬ファミリー、闘犬ファミリーと……力を合わせて……一つのファミリーで争いごとなく……」

ふたたび、シェパードボスが吐血した。

「もう喋るなと……」

「頼んだぞ……お前が……みんなを……まとめるんだ！」

シェパードボスは渾身の力を振り絞り、首を擡げロットワイラーを見据えた。

「ああ、わかった！ お前の言う通り、争いごとのない一つのファミリーを作る！ だから、一日も早く怪我を治して戻ってこい！」

「ありがとう……頼んだ……ぞ。次の犬生でも……また……お前と……」

シェパードボスが微笑み、静かに横たわった。

「おい？　ボス？　おい！　起きろ！　俺を残して逝くのか⁉　お前がいなきゃ、みんなはまとまらねえよ！　おいっ、眼を開けろ！　眼を開けてくれ……」

ロットワイラーはシェパードボスの亡骸に覆い被さり、嗚咽を漏らした。

自分が失神さえしなければ……自分が土佐犬組長を倒していれば……。

込み上げる後悔と底なしの哀しみ――ロットワイラーの遠吠えが、繰り返しライブハウスに響き渡った。

♥愛玩犬ファミリー

「外に出たくても、あのデブ犬が挟まって

るから出られないのさ！　外に出られたら、いま頃ここは火の海で、お前らみんな焼け死んでるんだからな！」

チワワは毒づきながら、ライブハウスを出た。

「えっ……」

セントバーナードボスの巨体が、地響きとともに階段から転げ落ちてきた。

「危ない！　避けろ！」

階段の上から、グレートデンサブボスが叫んだ。

チワワは間一髪のところで、セントバーナードボスをかわした。

内臓にまで響く衝撃音——セントバーナードボスが、階段下の壁に衝突した。

チワワは震える息を吐いた。あと数秒反応が遅れていたら、潰されていた。

「ボス！　大丈夫ですか⁉」

グレートデンサブボスが叫びながら、階段を駆け下りた。

チワワは、障害物のなくなった階段を見上げた。

ライブハウスには満身創痍のシェパードボスとロットワイラー、階段下には動けないセントバーナードボスと気遣うグレートデンサブボス……チワワ帝国を作る絶好のチャンスだ。

チワワは階段を駆け上がった。

「ボス！」

トイプードルがチワワを認めて駆け寄ってきた。

「用意はできてるか？」

チワワは囁き声で訊ねた。
五、六メートル先には、警察犬ファミリーと巨大犬ファミリーの隊犬達が警備にあたっていた。
だが、彼らは闘犬ファミリーの隊犬達の襲撃に備えて全員ライブハウスのあるビルに尻を向けていた。

一頭として、体重が二キロにも満たないチワワに注意を払っている犬はいない。

「あそこに、ガソリンと新聞紙とライターを用意してます」

トイプードルが、ライブハウスに続く階段の傍(わき)……青いビニールシートに視線を投げながら囁き返した。

「お前は新聞紙を階段にバラ撒き、ガソリンの容器を倒せ。僕がライターの火を新聞紙につける」

チワワは指示した。

「ヒトと違って僕達肉球なので、ライターの火をつけるの難しいですけど大丈夫ですか？」

不安げな顔で、トイプードルが訊ねてきた。

「心配はいらない、これを見ろ」

チワワは、右前肢の傷だらけの肉球をトイプードルに見せた。

この日のために、一発でライターをつける特訓を百回以上した。

「その怪我、大丈夫ですか⁉」

「僕らが新宿を支配するためなら、これくらいどうってことはないさ。それより、実行だ」

チワワがゴーサインを出すと、トイプードルがビニールシートを取り去った。

ガソリンの入った三十センチ四方の半透明の容器の蓋は開いていた。

この大きさなら、トイプードルでも倒すことはできる。

チワワはライターを左前肢で押さえ、右前肢の肉球を着火レバーに当てた。着火した火を新聞紙に移して階段に落とせば、ガソリンに燃え広がりあっという間にライブハウスは火の海に包まれる。

トイプードルがガソリンの容器を倒し、新聞紙をバラ撒いた。

漂うガソリンの刺激臭——急がなければ、階段下にいるグレートデンサブボスに気づかれてしまう。

着火レバーを押そうとしたチワワの右前肢が止まった。

不意にチワワの脳裏に、シェパードボスとロットワイラーが寿命をなげうち誇りを懸けて闘っている姿が浮かんだ。

悪逆非道な振る舞いは別として、土佐犬組長とピットブル特攻隊長の二頭も己の誇りと寿命を懸けて闘っていたことに変わりはない。

そんな彼らを、こっそり抜け出して焼き殺そうというのか？

土佐犬組長よりもピットブル特攻隊長よりも、自分のほうがよほど卑劣であり非道ではないのか？

「ボス、どうしたんですか？」

トイプードルが怪訝な顔で訊ねてきた。

愛玩犬ファミリーも警察犬ファミリーも闘犬ファミリーも巨大犬ファミリーも、みんな、ヒトに置き去りにされ、不安と哀しみと孤独に耐えながら必死に生きてきたのだ。

「ボス……早くしないと臭いで気づかれてしまいますよ」

「もう、やめだ」

チワワは言った。

「え？　どういうことですか？」

トイプードルが首を傾げた。

「仲間の寿命を奪ってまで、天下を取りたいとは思わない」

チワワはくりくりとした眼を細め、遠くを見た。

「ボス……いまさら、なにを言ってるんですか⁉　ガソリン臭で、奴らに気づかれてしまうのは時間の問題です！　もう後戻りなんてできませんよ！」

「お前ら、逃げろ」

チワワは遠い眼差しで言った。

「え⁉　ボスはどうするんですか⁉　捕まったら寿命を奪われちゃいますよ！　早く火をつけて、皆殺しにしましょう！」

必死の形相で、トイプードルが進言してきた。

「寿命を奪われても、魂まで売る気はない。全責任は僕が取る。お前は、仲間を連れて新宿を離れろ」

チワワは遠くをみつめたまま言った。

強がりでも、いい格好をしたわけでもなかった。この絶体絶命の状況は、自分の卑劣な野望が招いたことなのだ。

「正気ですか！　ロットワイラーがきたら、ズタズタに咬み裂かれちゃいますよ！　お願いします！　火をつけないのならば、僕達と一緒に逃げてください！」

トイプードルが、円らな瞳に涙を滲ませ懇願してきた。

「僕は卑怯犬になるつもりはない。それに、忘れたのか？　僕が新宿の狂犬と呼ばれていたことを。さあ、早く行け」

チワワはトイプードルに頷いて見せた。

「ボス……」

「なんだこの臭いは⁉」

感動に震えるトイプードルの声を、ロットワイラーの大声が遮った。

「ヤバい……気づかれちゃいました……」

トイプードルが青褪めた。

「おいっ、どチビ！　てめえ、なにやってんだ！」

ロットワイラーが鬼の形相で階段を駆け上がってきた。

「てめえ！　なんだそりゃ⁉」

ロットワイラーがチワワの右前肢元のライターを見て、目尻を吊り上げた。

「あ、いえ、これはその……」

チワワは動転し、言葉に詰まった。

「てめえっ、ガソリン撒いてそいつで火をつけようとしたんじゃねえだろうな！」

「違います！　こいつがガソリンを撒いて火をつけようとしてたので、僕がライターを奪ったんです！」

チワワは甲高い声で言いながら、トイプードルを右前肢で指した。

「ボ、ボス……」

トイプードルが絶句した。

「嘘を吐いてんじゃねえ！　てめえが書いた筋書だろうが！」

ロットワイラーの犬歯がチワワに迫ってきた。

「違います！　みなさんを焼き殺して新宿を支配しようとしたのは、すべてトイプードルのシナリオです！　ぜーんぶ、そいつの責任です！」

チワワはトイプードルに罪をなすりつけると、肉球を返して逃げ出した。

「てめえこら！　くそどチビ！　待たんかー！」

犬歯を剥き出しにして、息も絶え絶えにロットワイラーが追いかけてきた。

チワワは、下見しておいた幅三十センチもないビルの谷間の野良猫道に飛び込んだ。

「おい！　ずるいぞ！　待てこらー！」

地団駄を踏むロットワイラーの怒声が、どんどん遠のいてゆく。

誰が待つか！　筋肉馬鹿が！

チワワは走りながら毒づいた。

もちろん、心で。

エピローグ

ロットワイラー、セントバーナードボス、グレートデンサブボスの三頭は、周囲に視線を巡らせながら新宿東口をパトロールしていた。

あの闘いから一ヵ月……いつも隣にいたシェパードボスは、もういない。

土佐犬が肢腰が悪くなったシニアのミニチュアダックスを背中に乗せ、通りを横切っていた。

反対側の通りでは、三頭のピットブルテリアが肉を小さく嚙みちぎり、柴犬のパピー五匹に食べさせていた。

ナンバー1とナンバー2を失った闘犬ファミリーの隊犬達は、ロットワイラーの提案に賛同して「ワンドッグファミリー」に加入した。

——俺には……時間がない。聞いて……くれ。闘犬ファミリー……の隊犬……を受け入れて……やって……くれ。敵味方に……分かれて……争っていたが……俺らは……もともと……同じ犬同士……仲間だ。土佐犬組長も……ヒトに飼われていたときは……いまとは……違ったはず……。これからは……巨大犬ファミリー、闘犬ファミリーと……力を合わせて……一つのファミリーで争いごとなく……。

シェパードボスの最期の言葉が、ロットワイラーの脳裏に蘇った。

「ワンドッグファミリー」は派閥も対立もない犬種を超えたファミリー……シェパードボスが望んだ、犬同士力を合わせて平和に暮らしてゆく世界を作るためのファミリーだ。

最初は難色を示していた闘犬ファミリーの隊犬達も、ロットワイラー、セントバーナードボス、グレートデンサブボスの粘り強い説得に根負けした。

ロットワイラー達がパトロールしているのは、以前と比べて争いごとはほとんどなくなったとはいえ、たまに悪さをする半グレ犬から住犬を守るためだ。

ロットワイラーの視界に、背中を怪我したゴールデンレトリーバーの傷を舐めて治療しているトイプードルの姿が入った。

「あ、こんにちは！」

ロットワイラー達に気づいたトイプードルが駆け寄ってきた。

「いつも、怪我犬の治療をして大変だな」

「いえ、僕ら小型犬は力仕事やパトロールはできないので、やれることをやっているだけです。それに、ボス……いや、彼の罪滅ぼしです」

　トイプードルの顔が曇った。

「あのどチビから、連絡はねえのか？」

　ロットワイラーは訊ねた。

「はい……どこに行ってしまったのか……。あの、彼をみつけたら寿命を奪うんですよね？」

　トイプードルが心配そうな顔をロットワイラーに向けた。

「なんだ。あんなひどい裏切りかたをされて、どチビの心配をしてんのか？」

　ロットワイラーは、呆れた顔で言った。

「ショックだったし、腹も立ちました。でも、根は悪い犬じゃないんです。それに、命じられていたとはいえ、僕もライブハウスに火をつけようとしていました……いえ、心変わりした彼に、早く火をつけてくださいと何度も僕はお願いしました。彼よりも、僕の罪のほうが重いのに……」

「お前は反省して、立派に犬助けしてるじゃねえか？　昔の俺なら、お前もどチビも咬み殺していただろうが、親友犬の最期の願いを叶えてやりたくてな」

　ロットワイラーが空を見上げた。

「じゃあ、彼のことも許してくれるんですか⁉」

トイプードルが弾む声で訊ねてきた。

「ああ、お前みたいに心を入れ替えれば、過去のことは水に流してやるよ」

争いのない世界……お前の夢の続きは俺が実現してやるかな? これでいいだろ? 安心して虹の橋のたもとで駆け回ってろ。

ロットワイラーは、空に浮かんだシェパードボスに心で語りかけた。

おまけ

地面、ビルのエントランス、駐車場……チワワは、せり出した眼で食べ物を探した。

逃亡してからの一ヵ月――チワワは、高田馬場、西早稲田、戸山、山吹町を放浪し、十五分前に曙橋に入った。

西新宿や歌舞伎町と違い犬はいなかったが、餌もほとんどなかった。

逃亡生活でチワワが口にしたのは、カチカチのパンと魚の骨に付着した僅かな身、公園に生えていたキノコくらいのものだった。

なんとか動けているのは、雨水で水分を補給できていたからだ。

空腹に負けて歌舞伎町に引き返そうと思ったが、ロットワイラーが待ち受ける街に戻るのは自殺行為なので思い止まった。

「あれは……」

二十メートル先に、公園があった。

「なにか食べ物があるかもしれない！　最悪でも、キノコや虫を食べればいい！」

チワワは公園に肢を踏み入れ、首を巡らせた。

「食べ物……食べ物……食べ……あ！」

チワワの視線の先――ベンチの下に、鶏肉らしき肉塊が落ちていた。

「神様！　ありがとう！」

チワワはベンチに向かって駆けた。

まともな食餌にありつけるのは、久しぶりだった。

肉塊は、やはり鶏肉だった。

「俺様のおやつに、なにしてるニャー？」

背後から、聞きなれない声がした。

恐る恐る振り返ったチワワは、息を呑んだ。

チワワより一回り大きな黒猫を先頭に、三十匹ほどの黒い野良猫が駆け寄りチワワを取り囲んだ。

「俺っちは、黒猫ファミリーのボス、タマっていうニャー！　犬が、俺っちの縄張り荒らして無事に帰れると思うなニャー！　シャー！」

ボスのタマが、毛を逆立てチワワを威嚇した。

「ぼぼぼ、僕を誰だと思ってる？　土佐犬やピットブルテリアを血祭りにあげた新宿の狂犬……」

「そんなの知らないニャー！　お前ら、侵入犬はズタズタに引き裂くニャー！」

タマの号令で、配下の猫達が襲いかかってきた。

前門のロットワイラーに後門の黒猫軍団。

進むも地獄、退くも地獄なら同胞のほうがましだ。

「ロットワイラー！　助けてくれー！」

チワワは叫びながら、歌舞伎町方面に向かってダッシュした。

あとがき

闇金融、新興宗教、復讐（ふくしゅう）代行屋、銀行強盗、獣医師、ピアニスト、紅茶専門店、マフィア、ヤクザ、刑事、ラジオパーソナリティー、地下アイドル、女優、キャバ嬢、セクシー女優、文芸編集者、女子大生、暗殺者、看護師、ホスト、芸能プロ、サイコパス、詐欺師、ＢＬ、異世界転生物……これまでに数えきれないほどの職業と世界をテーマにした物語を上梓（じょうし）してきた。

本作『極悪児童文学　犬義なき闘い』は、デビューして二十五年、九十作以上の小説を刊行している私にとって、紛れもない新境地だ。

舞台は新型殺人ウイルスが猛威をふるったあとの、ヒトがいなくなった新宿。置き去りにされた犬達がそれぞれファミリーを作り、「覇犬」を争う物語だ。

きっかけは、「仁義なき戦い」の世界観がワンコならどうなる？　という発想だった。

過去に犬物の小説は何冊か書いてきたが、闘いをテーマにした作品はなかった。

ワンコ小説は感動物が王道だ。

だが、本来、犬の世界は上下関係が軍隊並みに厳しく、縄張り争いも激しい。散歩のときに何十回もマーキングして自己の存在をアピールする姿が、犬の縄張り意識の強さを物語っている。

序列下位の犬は上位の犬が餌に口をつけるまでは食べられない、縄張りや仲間を守るためには血で血を洗う闘いも厭わないという世界観を書いてみたいと思ったのだ。

正直な話をすると、「私、ワンコ大好きです」という方には向かない小説かもしれない。

縄張り争いの戦闘シーンにはエグい描写も出てくるので、ハートが弱い方は眼を背けてしまうだろう。

だが、敢えて言わせてもらえば、本書こそ最もワンコの本能と習性を描写した動物小説だという自負がある。あくまでも自負だ（笑）。

だからといって、過激な描写ばかりの残酷な物語ではない。

プッと吹き出すコメディチックなシーンもたくさんあり、涙する感動シーンも満載だ。

執筆時に苦労したのは、戦闘シーンでリアルに生々しく描写しながら、黒新堂作品は苦手という方にも読んでもらえるようなソフトな仕上がりにすることだった。

白新堂作品『虹の橋からきた犬』（集英社文庫）を読んでくださった方も手に取れて、黒新堂作品『枕アイドル』（集英社文庫）を読んでくださった方も手に取れる内容にするために、一字一句、全集中した（笑）。

ワンコが主人公なので、表現も過去に書いたことのない個性的な描写になった。たとえば、人間が主人公の小説なら、「腕組みをして相手を見据えた」というのが「前肢組みをして相手を見据えた」となり、「酒を飲みながら語り合った」というのを「水を飲みながら語り合った」というふうに（笑）。

ほかに気を遣ったのは、登場する犬たちをみなさんが抱いている犬種のイメージ通りにデフォルメして、わかりやすいキャラにするということだ。

たとえば、ピットブルテリアは凶暴で喧嘩っ早いタイプ。シェパードは文武両道的な万能タイプ。チワワは小さいけど気が強くてしたたかそうなタイプ……という感じだ。

ここで大事なのは、動物図鑑やノンフィクションではなく、あくまでもエンターテインメント作品なので、リアルを追求するだけでなく愉しんでもらえる物語にしなければならないということだ。

本作では、闘犬ファミリーの土佐犬組長が土佐弁っぽい方言、ピットブル特攻隊長が関西弁っぽい方言、マスチフが九州弁っぽい方言を使っている。単純に物語を面白くしようという目的のほかに、犬種の個性を際立たせる目的もあった。

登場する犬種のセリフがすべて標準語だと、そこまで犬に詳しくない読者には同じようなキャラに見えてしまうので、そうならないための苦肉の策だ（笑）。

だが、なんといっても一番苦労したのは、登場する数十種類の犬種を、犬に詳しくない読者でもすぐに想像できるように描写することだ。

グレートデンなら、世界で一、二を争う一メートルを超える体高、鋭角な立ち耳、土佐犬なら、百キロ近い巨体に弛(たる)んだ頬の凶悪な顔、チワワなら、丸っこい頭に黒く潤んだ特大ビー玉みたいな瞳、割り箸のように細い四肢……本文では違うニュアンスで描いているが、だいたいこんな感じだ。

戦闘シーンなど多頭数が入り乱れるので、個々の外見的特徴と性格的特徴を表現するのが、通常の小説より何倍も何倍も大変だった(笑)。

こんなに苦労してまで「新しい世界観」に挑むのは、悪い意味で安定したくないからだ。

バブル時代は〝いい車に乗っていい女を連れて〟というのが成功者のイメージだったが、いまは車にも恋人を作ることにも興味がないという若者が増えてきた。

昭和、平成、令和と物事の価値観も常識も変わってゆく中、当然、その時代を生きる人間の思考も言動も変化してくる。

私自身、小説家デビューして四分の一世紀の時が過ぎているので、「今」の感性、世情、常識、非常識、流行、言葉遣いを違和感なく作品に取り入れられるように、常に思考をアップデートし、過去の経験で出来上がった先入観を断捨離(だんしゃり)している。

振り返ってみれば、二十五年間、安定しそうになると新たなジャンルに挑戦することの繰り返しだった。

ノワール小説、社会派小説、恋愛小説、官能小説、ヤンキー小説、オタク小説、ホラー小説、BL小説、昆虫小説、異世界転生少女漫画原作……新しい世界観を描くたびに全身の細胞が若返り、「新鮮な物語」を書けていることが、一九九八年（バスケットの八村塁（はちむらるい）選手、キックボクサーで現在はプロボクサーに転向した那須川天心（なすかわてんしん）選手、女優の広瀬（ひろせ）すずさん達が生まれた年）から現在までの年月、第一線でお仕事をさせて頂いている理由だと勝手に自負している（笑）。

その意味で本書は、新堂冬樹をさらにアップデートし、二十五年というキャリアを終盤ではなく折り返し地点にしてくれた、ターニングポイントの作品になることだろう。

最後に、これだけ攻めた作品を生み出せたのは、版元の集英社、そして私の戦友であり、いい意味で常識がない担当編集者のH君が、自由に書かせてくれたことが大きい。H君との濃厚な戦略会議を重ね、本書に「極悪児童文学」というサブタイトルをつけ、カバーの著者名は「しんどうふゆき」と並記し、文中に挿絵が入るという、初めてだらけの小説に仕上げていった。

みなさんが本書を読み終えたら、「新しい衝撃」に脳細胞が活性化されて五歳は若返ることだろう。

保証はしないが（笑）。

二〇二三年六月

新堂冬樹

本書は、「ｗｅｂ集英社文庫」二〇二二年三月～二〇二三年三月に配信された『犬義なき闘い』を改題のうえ、修正したオリジナル文庫です。

本文デザイン／高橋健二（テラエンジン）
本文イラスト／伊藤ハムスター

ＪＡＳＲＡＣ出 ２３０４２５３-３０１

新堂冬樹の本

虹の橋からきた犬

「大丈夫。眼には見えなくなるけど、これからもあなたのそばにいるから――」孤独な男性と一途な犬の永遠の絆。ペットロスからの希望を描く感動長編。

集英社文庫

新堂冬樹の本

枕アイドル

手段を選ばない地下アイドルVS.超攻撃的なアンチのデリヘル嬢！　アイドル界最大のタブーを描く、とんでもなく下劣な衝撃作！

集英社文庫

集英社文庫　目録（日本文学）

小路幸也	レディ・マドンナ 東京バンドワゴン
小路幸也	フロム・ミー・トゥ・ユー 東京バンドワゴン
小路幸也	オール・ユー・ニード・イズ・ラブ 東京バンドワゴン
小路幸也	ヒア・カムズ・ザ・サン 東京バンドワゴン
小路幸也	ザ・ロング・アンド・ワインディング・ロード 東京バンドワゴン
小路幸也	ラブ・ミー・テンダー 東京バンドワゴン
小路幸也	ヘイ・ジュード 東京バンドワゴン
小路幸也	アンド・アイ・ラブ・ハー 東京バンドワゴン
小路幸也	隠れの子 東京バンドワゴン零
小路幸也	イエロー・サブマリン 東京バンドワゴン
小路幸也	グッバイ・イエロー・ブリック・ロード 東京バンドワゴン
白石一文	彼が通る不思議なコースを私も
白石一文	光のない海
白岩玄	たてがみを捨てたライオンたち
白川紺子	朱華姫の御召人(上) かくて愛しき、ニセモノ巫女
白川紺子	朱華姫の御召人(下) かくて恋しき、花咲ける巫女
白川紺子	嘘つきなレディ 五月祭の求婚
白河三兎	私を知らないで
白河三兎	もしもし、還る。
白河三兎	十五歳の課外授業
白澤卓二	100歳までずっと若く生きる食べ方
城山三郎	臨3311に乗れ
辛永清	安閑園の食卓 私の台南物語
辛酸なめ子	消費セラピー
新庄耕	狭小邸宅
新庄耕	ニューカルマ
新庄耕	地面師たち
真堂樹	帝都妖怪ロマンチカ ～猫又にマタタビ～
真堂樹	帝都妖怪ロマンチカ ～狐火の火遊び～
真堂樹	帝都妖怪ロマンチカ ～犬神が甘噛み～
新堂冬樹	ASK トップタレントの「値段」(上)(下)
新堂冬樹	虹の橋からきた犬
新堂冬樹	枕アイドル
新堂冬樹	犬義なき闘い 極悪児童文学
眞並恭介	牛と土 福島、3.11その後。
神埜明美	相棒はドM刑事 ～女刑事・海月の受難～
神埜明美	相棒はドM刑事2 ～事件はいつもアブノーマル～
神埜明美	相棒はドM刑事3 ～横浜誘拐紀行～
真保裕一	ボーダーライン
真保裕一	誘拐の果実(上)(下)
真保裕一	エーゲ海の頂に立つ
真保裕一	猫背の虎 大江戸動乱始末
真保裕一	ダブル・フォールト
真保裕一	脇坂副署長の長い一日
周防柳	八月の青い蝶
周防柳	逢坂の六人
周防柳	虹
周防柳	高天原──厩戸皇子の神話

集英社文庫　目録（日本文学）

周防正行　シコふんじゃった。
杉本苑子　春日局
杉森久英　天皇の料理番(上)(下)
杉山大二郎　大江戸かあるて　桜の約束
杉山大二郎　大江戸かあるて　鍼のち晴れ
杉山俊彦　競馬の終わり
鈴木遥　ミドリさんとカラクリ屋敷
鈴木美潮　昭和特撮文化概論　ヒーローたちの戦いは報われたか
鈴村ふみ　櫓太鼓がきこえる
瀬尾まいこ　おしまいのデート
瀬尾まいこ　春、戻る
瀬尾まいこ　ファミリーデイズ
瀬川貴次　波に舞ふ舞ふ　平清盛
瀬川貴次　ばけもの好む中将　平安不思議めぐり
瀬川貴次　闇に歌えば　文化庁特殊文化財課事件ファイル
瀬川貴次　ばけもの好む中将　弐　姑獲鳥と牛鬼

瀬川貴次　ばけもの好む中将　参　天狗の神隠し
瀬川貴次　ばけもの好む中将　四　踊る大菩薩寺院
瀬川貴次　暗夜鬼譚　春宵白梅花
瀬川貴次　ばけもの好む中将　伍　冬の牡丹燈籠
瀬川貴次　暗夜鬼譚　遊行天女
瀬川貴次　ばけもの好む中将　六　美しき獣たち
瀬川貴次　暗夜鬼譚　夜叉姫恋変化
瀬川貴次　ばけもの好む中将　七　花鎮めの舞
瀬川貴次　暗夜鬼譚　血染雪乱
瀬川貴次　ばけもの好む中将　八　恋する舞台
瀬川貴次　暗夜鬼譚　紫花玉響
瀬川貴次　ばけもの好む中将　九　真夏の夜の夢まぼろし
瀬川貴次　暗夜鬼譚　五月雨幻燈
瀬川貴次　ばけもの好む中将　十　因果はめぐる
瀬川貴次　暗夜鬼譚　空蝉挽歌〈前〉〈中〉〈後〉
瀬川貴次　ばけもの好む中将　十一　秋草尽くし

瀬川貴次　暗夜鬼譚　狐火恋慕
瀬川貴次　ばけもの厭ふ中将　戦慄の紫式部
関川夏央　石ころだって役に立つ
関川夏央　「世界」とはいやなものである　東アジア現代史の旅
関川夏央　現代短歌そのこころみ
関川夏央　女流　林芙美子と有吉佐和子
関川夏央　おじさんはなぜ時代小説が好きか
関口尚　プリズムの夏
関口尚　君に舞い降りる白
関口尚　空をつかむまで
関口尚　ナツイロ
関口尚　はとの神様
関口尚　明星に歌え
関口尚　虹の音色が聞こえたら
瀬戸内寂聴　私小説
瀬戸内寂聴　女人源氏物語　全5巻

集英社文庫　目録（日本文学）

瀬戸内寂聴	あきらめない人生
瀬戸内寂聴	愛のまわりに
瀬戸内寂聴	寂聴 生きる知恵 法句経を読む
瀬戸内寂聴	一筋の道
瀬戸内寂聴	寂庵浄福
瀬戸内寂聴	寂聴巡礼
瀬戸内寂聴	晴美と寂聴のすべて1（一九二二〜一九七五年）
瀬戸内寂聴	晴美と寂聴のすべて2（一九七六〜一九九八年）
瀬戸内寂聴	わたしの源氏物語
瀬戸内寂聴	寂聴源氏塾
瀬戸内寂聴	寂聴仏教塾
瀬戸内寂聴	まだもっと、もっと 晴美と寂聴のすべて・続
瀬戸内寂聴	わたしの蜻蛉日記
瀬戸内寂聴	寂聴辻説法
瀬戸内寂聴	ひとりでも生きられる
瀬戸内寂聴	求愛
瀬戸内寂聴 美輪明宏	ぴんぽんぱん ふたり話
曽野綾子	アラブのこころ
曽野綾子	人びとの中の私
曽野綾子	辛うじて「私」である日々
曽野綾子	狂王ヘロデ
曽野綾子	観月観世 或る世紀末の物語
平安寿子	恋愛嫌い
平安寿子	風に顔をあげて
平安寿子	幸せ嫌い
高倉健	あなたに褒められたくて
高倉健	南極のペンギン
高嶋哲夫	トルーマン・レター
高嶋哲夫	M8 エムエイト
高嶋哲夫	TSUNAMI 津波
高嶋哲夫	原発クライシス
高嶋哲夫	東京大洪水
高嶋哲夫	震災キャラバン
高嶋哲夫	いじめへの反旗
高嶋哲夫	沖縄コンフィデンシャル 交錯捜査
高嶋哲夫	沖縄コンフィデンシャル ブルードラゴン
高嶋哲夫	富士山噴火
高嶋哲夫	沖縄コンフィデンシャル 楽園の涙
高嶋哲夫	沖縄コンフィデンシャル レキオスの生きる道
高嶋哲夫	バクテリア・ハザード
高杉良	管理職降格
高杉良	小説 会社再建
高杉良	欲望産業(上)(下)
高瀬隼子	犬のかたちをしているもの
高梨愉人	二度目の過去は君のいない未来
高野秀行	幻獣ムベンベを追え
高野秀行	巨流アマゾンを遡れ
高野秀行	ワセダ三畳青春記

S 集英社文庫

極悪児童文学(ごくあくじどうぶんがく) 犬義(けんぎ)なき闘(たたか)い

2023年7月30日 第1刷 定価はカバーに表示してあります。

著 者 新堂冬樹(しんどうふゆき)

発行者 樋口尚也

発行所 株式会社 集英社

東京都千代田区一ツ橋2-5-10 〒101-8050

電話 【編集部】03-3230-6095

【読者係】03-3230-6080

【販売部】03-3230-6393(書店専用)

印 刷 図書印刷株式会社

製 本 図書印刷株式会社

フォーマットデザイン アリヤマデザインストア マークデザイン 居山浩二

ISBN978-4-08-744551-0 C0193